—Dedicatoria—

Dedicado a todos los viequenses... En especial a los jóvenes y niños, poetas, escritores, artistas y, a los abnegados educadores, de la sempi-terna Isla de Vieques.

Juan Carlos Rivera

—La Yegua Indómita—

Juan Carlos Rivera

¡Ni burukena!
¡Ni burukense!
Yo soy Princesa,
¡Raza Biekense!
Yo soy la isla
que se transforma;
Yegua Indomable,
yegua cerrera...
Princesa humilde,
pero guerrera.
¡Agua!
De mar cristalina.
¡Aceite!
De palmas reales.
¡Jugo!
De yuca cruda.
Chorrearon sutiles
por mi melena
y con presteza,
fui bautizada.

¡Bieke es tu nombre!,
gritó el taíno.
Y mi corona fue colocada.
Buscando en la cima,
en Monte Indio quise.
De rojo escarlata,
asentar mi palacio.
Baluarte secreto,
regalo exquisito.
Del fiel Comeyuca,
mi verdadero dueño...;
valiente guerrero,
de ¡Raza Biekense!
El que me enseñó el atajo
contorsionado y antiguo;
sendero guardado
para mis guerreros.
Por donde la quebrada
se arquea,
en dirección a Quince Cuerdas.

Juan Carlos Rivera

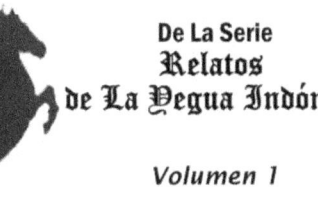

De La Serie
**Relatos
de La Yegua Indómita**

Volumen 1

Los Comeyuca

Los Verdaderos Dueños
(La Mancha de la Yuca Cruda)

Tercera Edición

Editorial Bieke Libre

Relatos de la Yegua Indómita (Vol. 1) Los Comeyuca.
(Los verdaderos dueños. La mancha de la yuca cruda)
Primera Edición: *2010*-Editorial Voces de Hoy
Segunda Edición: 2012-InstantPublisher
Tercera Edición 2018 Editorial Bieke Libre
©Relatos de la Yegua Indómita
©Volumen 1: Los Comeyuca
©Ilustraciones de Juan Carlos Rivera y otras entidades
Prólogo: Pedro Pablo Pérez Santiesteban
©Derechos de autor: Juan Carlos Rivera-2010
Primera y Segunda Edición, ISBN: 978-1-60458-895-8
Tercera Edición, ISBN: 978-0-9983330-0-7
Contactos: labiekense@aol.com, editorialbiekelibre@gmx.com

—Prólogo—

Hay varias formas y modos de contar historias, de dejar que la palabra protagonice el cuento, pero cuando el modo es original y acertado, el resultado final se corona con creces dentro de la literatura. Justo, ese ha sido el mayor logro que *Juan Carlos Rivera* nos presenta en este libro.

Los Comeyuca, es sin dudas un libro que cuenta con los ingredientes necesarios para el entretenimiento, pero además cuenta en su arsenal con los cimientos de la historia, en la interesante voz de una yegua indómita que narra el surgimiento de la paradisíaca Isla de Vieques.

Su autor se viste de gala en el uso adecuado de una prosa limpia y precisa, que va colocando en las voces de los protagonistas, para que nos vayan ilustrando a través del desarrollo de la trama, donde las diferentes personalidades de cuatros jóvenes: Simón, José, Pedro y Miguel, (los Comeyuca) llevan junto a La Indómita el hilo conductor de esta original novela. Por otra parte, Juan Carlos utiliza el recurso del tiempo espacio con acertado calibre, esbozando del presente al pasado, para que sus personajes viajen a siglos anteriores donde comienza la fábula.

Puedo asegurar que, leyendo esta obra literaria, he llegado al conocimiento en una escritura novelada, del surgimiento y características de esa hermosa Isla de Vieques, pintada a todo color por su flora y fauna, muy bien detallada en esta historia, al punto de adentrarnos en sus cuevas y fabulosos paisajes, dejándonos salpicar por sus aguas y haciéndonos partícipes del espectacular festival de la yuca.

Y como dijera la Yegua Indómita a los Comeyuca al descubrir que ellos pudieran ser sus dueños:

«Francamente, ¡ustedes son verdaderos Comeyuca!; ¡ustedes son dignos de ser mis verdaderos dueños!; ustedes tienen la maravillosa mancha de la yuca cruda estampada en sus frentes. Por lo tanto, ya que me martirizaron con crueldad (según me insinuó Lepsis, la salamanquita inmortal del monte; la presidenta de la Sociedad de Animales Realengos), les dejo una encomienda: cuando regresen a su época, pongan cuatro flanes y dos pastelitos de yuca en cualquier lugar debajo de una piedra cerca del antiguo y contorsionado atajo en Quince Cuerdas, para yo disfrutarlos con mis amistades cuando vaya a darme un rico chapuzón de hierbas aromáticas en Cascada Real el próximo domingo».

Por lo que me dejan a mí con el deseo indiscutible por los ricos pasteles, y la inquietud de conocer la cascada. Pero sobre todo con la apetencia expectante de tener en mis manos el segundo volumen de esta genuina saga.

Pedro Pablo Pérez Santiesteban
Editorial Voces de Hoy
Miami, Florida

1

El nacimiento fabuloso de
la Isla de Vieques

Dijo también Dios: «Júntense las aguas que están debajo de los cielos en un lugar, y descúbrase lo seco». ¡Y fue así! ¡Y nació la Princesa! ¡Y fue bueno para el Creador!

Quedó pues la islita, la flamante hija del Rey, en un letargo milenario: dormida, acurrucada y desabrigada... Temblaba sobre las aguas del mar. Con urgencia, el noble séquito de nubes blancas cubrió su desnudez, y clamó a Dios impaciente para que la vistiese sin demora. Sin embargo, ya que todo suceso tiene su tiempo, hubo que esperar.

Cierto día, en los meses de las lluvias, las lúcidas nubes presintieron el prodigio. Comenzaron a tronar, a danzar desesperadas. Entonces —de origen divino según me contó una tal *Yegüita*—, se abrieron los cielos... Iniciaba la vida. Sin demora, las potentes cargas eléctricas hendieron el firmamento, y la vibrante sinfonía celestial interrumpió el sueño milenario de la princesita, de la inmaculada hija del Rey, de la pequeña isla en pañales, que se estremeció y lloró de alegría. Al instante, cayó la lluvia y nacieron mil plantas y también mil flores de colores vivos en la llanura. Las palmas reales emergieron con soltura y, apresuradas, menearon sus verdes moños; revelando con jactancia los despampanantes racimos de las frutas pardo-rojizas; que se bamboleaban en el viento y engendraban una melodía amortiguada pero agradable, igual que ciclópeos carrillones de bambú columpiados por las rachas tropicales. El coquí apareció de súbito silbando; pitando con diligencia la melodía cokisonga de la libertad. Los árboles de guayacán, tabonuco y guaraguao se irguieron cual guerreros protectores, mientras la reinita mora difundía por los llanos sus cautivantes tonadas eufóricas, dignas del arpa del rey David. La rechoncha jutía chilló con regocijo: brincando y bailando se internó en el verde manto de hierbas silvestres que se extendían sin límites por toda la pradera. En lo alto, en el cucurucho de un roble, el juí come moscas disfrutaba de la agradable lluvia y de la fresca brisa mañanera; entre tanto, contemplaba a los inquietos cangrejos buruquenas correr con regodeo por el suelo, ostentando sus flamantes tenazas orientadas hacia el cielo.

Después, llegó la calma, y el sol, asombrado por el milagro, envió sus cálidos rayos de luz que se filtraban a través del arcoíris, el cual, arqueado sobre los verdegales, semejaba una reluciente diadema multicolor coronando a la pequeña hija del Rey: la señal polícroma, digna de memoria, que recordaba a nuestro Santo Creador el compromiso con su obra terrenal. En seguida, las aguas transparentes de las playas se tornaron verde azul y, sin previo aviso, engendraron borbollones; marullos altos y alborotados. El mar, plagado de orgullo, ordenó a las incansables olas que perfeccionaran el traje de la princesa, que revistiesen con premura el redondel de la isla hidalga. Al minuto, formaron marejadas revoltosas, y con gran delicadeza entretejieron encajes fabulosos con la espuma blanca de sus cúspides.

A toda velocidad y al unísono, extendieron el tejido portentoso, bajaron a las profundidades del mar antojadizo y, atraparon las arenas más hermosas y lustrosas que se aglomeraban cual doncellas prestas para un hierático sacramento. Sin tardanza, dieron giros sin descanso; arropando los perfiles costaneros de la islita con arena fina, regia, reluciente; con arena reducida a gránulos; con sedimentos aminorados a corpúsculos brillantes; elementos similares a partículas diminutas de oro coronario.

(Maravilloso, ¿verdad? Un paraíso escondido, protegido; igual que la lámpara mágica de Aladino oculta en una cueva donde nadie podía alcanzarla.) Así estaban las cosas, todo en perfecto orden —la inmaculada naturaleza en su más bella expresión—, hasta que al cruzar las barreras del espacio-tiempo llegaron de improviso cuatro chicos al inexplorado edén. Visitantes del futuro; del siglo veinte que, por alguna razón ilógica, "de película" diría yo, emergieron por la entrada de una cueva rocosa en una playa abundante en peces y sargazos escarlatas. Una gruta de la cual muchos pescadores hablan, y piensan que está embrujada.

Arribaron despistados, por estar metiendo las narices en cualquier roto incógnito, sin pensar en los riesgos ni en los efectos que ocasionan tales atrevimientos absurdos. Claro, estos chicos no son criaturas del montón. Estos "pipiolitos" de cabecitas verdes son atrevidos, inteligentes y, ¡bien "averigua'o"! Un caso aparte... Los viequenses los consideran abortos del siglo veinte. En fin, enmudezco por un ratito, ya que a medida que ustedes se adentren en este complicado, fabuloso, verdadero y sorprendente relato de cinco estrellas, tendrán la "gran dicha" de conocerlos, y compartirán sin duda alguna, sus experiencias junto a La Increíble Yegua Indómita.

Los viajantes del futuro aparecieron en el fabuloso paraíso un día cualquiera, al final del periodo Holoceno del tiempo geológico de nuestro planeta. Los cuatro compañeros inseparables: Simón, José, Pedro y Miguel, buscaban en sus cabezas una razón convincente, una idea, una explicación de lo ocurrido. Hacía sólo unos minutos, según recordaban, que compartían con familiares y amigos en la playa de Campaña —ubicada en el noreste de la Isla de

Vieques— y, siendo de naturaleza impulsiva y novata, decidieron caminar hasta uno de los extremos de la costa donde se encuentra la famosa Peña Hueca, un peñasco alterado con entrada estrecha en uno de sus lados y con cabida para seis personas. Una gruta costera, una cueva secreta, una caverna misteriosa cuyo origen no se encuentra archivado en el casillero del recuerdo; aunque dicen los que saben, que fue cincelada por aborígenes viequenses durante el Gran Festival de la Yuca, la fiesta anual que celebraban los aborígenes de las Antillas.

Sin apenas razonar, los impetuosos chicos no esperaron ni el rosario de la aurora para explorar la cueva. Parecidos a culebras danzarinas, enroscaron sus torsos y se escurrieron por la entrada angosta de la gruta hasta llegar al centro de la misma. Al minuto, escucharon unos ecos destemplados y, al segundo, se encontraron embotellados en anillos luminosos de colores vivos, rojo fuerte… collares de luz bermellón. En consecuencia, cayeron al suelo y perdieron el conocimiento. Luego, sin darse cuenta del tiempo transcurrido, al incorporarse y salir de la cueva, notaron que todo había cambiado. El imponente cocal de la playa había desaparecido y plantas de especies diferentes a las acostumbradas bordeaban la costa. A más de esto, sus familiares y amigos se habían esfumado.

Los pipiolos, aunque temerosos, soltaron su espíritu aventurero y comenzaron a caminar sin rumbo fijo. Después de un rato, el andar se hizo fatigoso. Detuvieron su jornada y saciaron la sed en una hondonada de aguas cristalinas cuya ribera estaba orlada de abundantes palmas de marunguey. La exuberancia de árboles frutales les permitió continuar su marcha, esta vez a sugerencia de Simón, a lo largo de la quebrada, puesto que también saborearon los frutos con deleite, recobrando así las energías perdidas, producto del calor y la humedad reinante en el ambiente impoluto de lo que parecía ser una tierra extraña y salvaje.

Sin pensarlo dos veces, salieron de la hondonada deprisa cuando un cangrejo gigantesco emergió de improviso de una cueva; se detuvo a observarlos, meneando con rapidez sus formidables pinzas de lado a lado y Pedro, con los ojos parecidos a los del pez ardilla, alertó:

—¡Oigan, muchachos! ¿Están viendo lo que yo veo? Sí, eso... Eso es un "juey palancú", y tiene por lo menos un metro y medio de largo. Es mejor que salgamos de aquí, pues parece que tiene hambre y... ¡No! ¡No!... Y, ¡no! Yo no quiero morir rebanado como pan de sándwich por esas pinzas monstruosas.

—Tienes razón Pedro, ese descomunal crustáceo parece que nos acecha, se nota peligroso —contestó Simón, intranquilo, al notar los cachetes rojeados de su amigo—. A más de esto, mientras brincábamos por encima de las rocas de la pequeña cascada que obstruía nuestro camino, observé con espanto la formidable bocaza de un reptil que se hallaba medio escondido entre las palmas, engullendo lo que parecía ser un roedor de colmillos filosos. No lo comenté con ustedes para no alarmarlos... Pero ahora la cosa es diferente. Si bien la hoya nos protege de los rayos solares y nos favorece con agua y comida, llegó el momento de que salgamos de ella a toda velocidad.

José miró hacia atrás, abrió los ojos igual al del múcaro puertorriqueño, y chilló:

—Que... ¿qué? ¡Un lagarto! ¡Huyamos, este lugar es peligroso!

Así que dejaron la perniciosa quebrada y caminaron por las tierras llanas de un valle acolchado de copiosos pastizales verdes que, rodeado de colinas altas y bajas, se perdía en la distancia. Deambulaban mudos y, de la nada, un celaje acaparó sus pensamientos, un presagio de algo que se avecinaba a tranco largo, una visión inquietante de un ser de ultratumba que, en esos momentos, no podían discernir. Los obstinados barbilampiños no le dieron el debido respeto al asunto porque Miguel, el chico más curioso del grupo, advirtió garabatos raros a poca distancia. Sin demora, interrumpieron su marcha en un pequeño claro en la maleza, orillado de unas rocas sobrepuestas que ostentaban extraños jeroglíficos. Y a pesar de que los escudriñaron con avidez, todo fue en vano. No pudieron descifrarlos.

Por otro lado, las ráfagas aplastantes de la confusión se acrecentaron en sus cabezas y los presionaron a entablar una conversación de lo sucedido en la gruta de Peña Hueca, ya que necesitaban ubicar sus pensamientos, pues sabían al dedillo que se hallaban en graves aprietos.

José, exhorta: "Si eres Comeyuca, puedes ayudar a tu gente"

2

El lanzamiento fabuloso de
La Yegua Indómita

Mientras examinaban su hallazgo imprevisto y hacían comentarios esporádicos para buscar una solución a su problema, *un ser similar a un cuadrúpedo de tronco escarlata intenso, rabo de color negro parecido al del lignito, cascos como fragmentos de ágata de tonos translúcidos, melena espesa con matices verde oscuro y venillas doradas,* salió catapultado de las profundidades de la tierra por la cumbre de un monte que luego se cerró, oyéndose en la distancia un bestial estruendo. Con mentes turbadas y piernas gelatinosas, los viajeros corrieron alarmados por los matorrales hacia el cerro para investigar lo acontecido. Llegando al borde bajo de la cuesta, escucharon un ruido en la maleza. Pálidos y con el corazón dando tumbos aligerados se asomaron.

De súbito... se escuchó una voz potente:

—¡Huy! ¡Concho, me asustaron!

—¡Rayos! —exclamaron los chicos al unísono, dando un brinco y, listos para correr en dirección opuesta, al encontrarse de frente con un ser increíble que, los miraba con ojos de lechuza puertorriqueña, en noches sin luna... Una criatura fuera de lo común.

—La verdad es que no los conozco. Si miraban, ¡yo ni los vi! —soltó la criatura, que en ese preciso instante se levantaba del suelo dándose palmetazos en el cuerpo para librarse del polvo, del rastrojo, y de piedrecillas que poblaban el terreno.

De prisa, y sin dar respiro a los muchachos, indagó:

13

—¿Quiénes son ustedes? Déjenme adivinar, ¡son chotas!... Aunque, mirándolos desde este ángulo, quizá no lo sean. Bueno... no estoy muy segura. ¿Acaso son siluetas con ojos turbados? ¿Figuras holográficas tridimensionales reflejadas en el aire? ¿Seres que emergen por buracos negros? ¿Psicoanalistas preguntones y curiosos que se gozan en hacerme la vida imposible? Ya sé... ¡Claro, hombre, son *sirenos*!; ninfos de cola escamosa. Un segundo... ¡Carambola y todas las bolas, ustedes son muchachones! Son primates barbilampiños, tal y como dijo el insecto entrometido que me dio la bienvenida.

Los pipiolos quedaron mudos y aterrados. Sus pies fijos en el suelo... El pánico los había inmovilizado. Sin embargo, Simón, el más atrevido del grupo, aunque nervioso, bombardeó al ser con expresiones altisonantes:

—¡Cielos, casi muero de terror! ¿Qué cosa es? ¿Cómo se llama? ¿Y ese color? Esa melena dorada... Esa... ¡Qué sé yo! ¿Por qué tiene el torso de color escarlata?

—¿Quién? ¿Yo? ¿Este color? ¿Melena? ¿Qué soy? No me mires así, ¡no sé! —reaccionó la criatura escarlata a bocajarro, observándolo con detenimiento.

—De la manera que habla y se comporta creemos que oculta algo… Lo mismo se hace la inocente. Por consiguiente, ya que tiene todos los atributos de una bestia de cuatro patas, mejor dicho, de una yegua, aunque de apariencia extraña, la llamaremos "Yegua", por el momento —señaló José que, si bien era un chico de temperamento intranquilo, se había recuperado del susto.

—¡Demando más respeto! ¡No soy cualquier cuadrúpedo! —exigió la criatura con autoridad—. ¿Acaso no escuché de la boca del insecto que me dio la enhorabuena que soy un ente muy especial? ¡Ajá, así como lo oyen! A lo lejos, como en sueños, por estar un poco mareada producto de mi aterrizaje forzoso, oí que masculló: «Eres la

Princesa del Caribe; eres la Yegua Escarlata; eres... ¡La Increíble Yegua Indómita de las creíbles fábulas universales!»

—¡Me quito el sombrero ante sus títulos Princesa! Usted tiene toda la razón. Me doy cuenta de que su majestad tiene... ¡cara de mula! —comentó José mordaz, riendo a carcajadas.

—¿Cara de mula? ¡Dios mío, qué muchachito más parejero! Qué habré hecho yo en este milenio para merecer este suplicio. Pero bien, lo entiendo, vienes del siglo veinte y eres un guasón de nacimiento.

—¿Y? —ripostó José, continuando la risita chabacana.

—¿Y?, contestas. Ahora escucha nene lindo —respondió La Indómita, mirándolo con su ojo de pescado frito—. Te aconsejo con fervor que mejores tus modales, pues a veces, cosas del destino, creo yo, ¡jejé!, ciertas balas de fusiles descuidados salen por la culata. ¿Entiendes mi "amorosa" advertencia chamaquito?

—¡Huy, José, no te metas con ella! Pienso que es peligroso. Es más, creo que tiene poderes especiales y te puede convertir en una rana verrugosa —advirtió Miguel, sin dar crédito a la ignorancia de su amigo.

José tembló. Abrió los ojos cual faroles encendidos y quedó pensativo. Pedro aprovechó el espasmo de su amigo y consultó:

—Tocante a usted, su majestad, me parece que tiene nombre propio. ¿Por qué lo niega?

—Créeme, chamaquito, ¡no tengo un nombre personal! Los sobrenombres que escuché, y les acabo de mencionar, son sólo eso: apodos. Además, que yo recuerde, no he sido bautizada. Hace tan sólo unos minutos abrí mis ojos, me encontré acostada en unos matorrales, y un insecto diminuto, quien dijo llamarse "hormiga abayarde", trataba de explicarme los pormenores de lo que está sucediendo a nuestro alrededor. También pretendía convencerme de que pertenece a La Real Orden de los Acérrimos Abayardes Comeyuca Biekense De esto último no entendí "ni papa". De lo demás, sólo capté algunas cosas, porque me levanté de prisa al presentir pasos apresurados y latidos a lo loco de varios corazones. Estoy segura de que eran los de ustedes. ¡Algo pasó! ¡No pregunten! ¡No sé! ¡No lo entiendo! No recuerdo nada... Creo que he perdido la memoria.

—¡Caramba! Es muy raro eso de que no recuerde nada. Nosotros somos testigos de que usted salió de la cumbre de ese monte —señaló Simón con su mano derecha—. El cerro que humea y lanza chispas a sus espaldas. Pero..., está bien. Lo pasaré por alto. Sin embargo, las redes negras de la duda me machacan el cerebro. ¿Qué lugar es este? ¿Cómo llegamos aquí? Diga algo, por favor, que estoy más perdido que un chivo viejo cuando intenta bailar el chachachá cubano con una cabrita salsera puertorriqueña.

—Algo insólito, supongo chicos, con algún propósito. Presumo que no están en un sitio extraño, sino en su propia isla. Por alguna razón oculta que no consigo digerir, lo que pude asimilar de la cantaleta de la hormiga, ustedes fueron transportados al pasado a través de los tiempos y los espacios por ciertos consejeros celestiales. Por desgracia, no les puedo verificar el asunto, pues no sé si la información que me suministró la hormiguita parlanchina es auténtica o sin son dimes y diretes de políticos corruptos, quienes se arrastran por las tuberías de las oficinas del gobierno para escuchar las conversaciones de los visitantes. En resumen, algo pasó y, al igual que ustedes, me encuentro bastante confundida. Por consiguiente, les sugiero que entren al boquete por donde salieron, con celeridad, y regresen otro día, ya que mi impulso indeliberado me dicta que, por ser la primera vez, estos seres encubiertos les dieron muy poco tiempo para estar en este siglo. De mi parte, quiero que se larguen, pues necesito estar sola para disfrutar mi lanzamiento.

—¿Cómo? ¿Quiénes? ¿Guías galácticos? —espetó José, intempestivo—. Por coincidencia no será ¿usted? Para mí, la responsable de nuestra aventura espacial es usted, y no nos iremos hasta que hayamos arreglado este enredito astronáutico. ¡Confiese doña Jaca! ¡Aclare nuestras mentes!

—¿Jaca? ¿Por qué me faltas el respeto otra vez? Escuchen bien. Desde ahora, pueden llamarme: Princesa, o Indómita, o doña Yegua si así lo prefieren. De ese modo podremos entendernos sin que me ofendan. Tocante a su compleja andanza sideral, les puedo asegurar con certeza que yo no soy la responsable.

—Entendemos doña Yegua, y nos sentimos halagados de que comparta sus apodos con nosotros. No obstante, si bien nos ha dicho que fuimos transportados al pasado y que estamos en nuestra propia isla, todavía no sabemos el motivo del viajecito cósmico ideado sin nuestro consentimiento por esos "consejeros" que usted alude. Denos una pista, por favor, que ya tengo la cabeza codiciando pastillitas de aspirinas —consultó Simón, agarrándose la chola con sus manos.

—Mira, chiquitín, antes de tropezar con ustedes escuché como en sueños de la boca de la hormiga lenguaraz —la que me observaba con ojos de chinches alborotados mientras me encontraba espatarrada en la maleza y me recuperaba de mi fabuloso lanzamiento desde la cúspide del cerro—, que existe una alianza de consejeros astrales ocultos en esta región conocida como Valle Diablo. Ellos, después de un estudio exhaustivo, eligen a ciertas personas —deduzco que la edad no importa— con talentos especiales.

»Por ejemplo: deben ser curiosas, atrevidas, disciplinadas y acérrimas comilonas de yuca. Me parece, y esto no

17

lo dijo la hormiguita, que los enviaron a presenciar mi entrada triunfal al mundo de los primates, para testificar a todos los Comeyuca del universo que en verdad existo; que soy un personaje genuino de esta hermosa islita, ya que algunos *comilones de otras cosas* —envidiosos y criticones de mis relatos—, dirán que soy un ser ficticio y me tildarán de embustera en los siglos venideros.

»También deduzco que fueron aceptados como estudiantes y que serán trasladados cuando menos se lo esperen, a diferentes épocas a través de las barreras del espacio-tiempo, para que se empapen de la gloriosa historia y geografía de esta islita. Eso, amiguitos, es lo único que puedo adelantarles por el momento. Luego... ya veremos, porque presiento que son cosas misteriosas que se irán deshilando poquito a poco. Así que, no nos preocupemos, ya que me parece que los guías celestiales tienen un plan definido, para cada uno de nosotros.

»Por otro lado, según me alegó el gárrulo insecto abayarde, cuando luchaba desesperado por arrancarse un chicle derretido de una de sus tres patas izquierdas, que una vez me conozcan y observen mi espectacular aterrizaje, ¡y ya lo hicieron!, un "coso luminoso" los devolverá a sus hogares, porque los consejeros me exigen que no debo perder mi tiempo hablando ñoñerías con ustedes, ya que tengo que explorar estas tierras, hacer amistades, disfrutar mi nacimiento... Bautizarme... Descubrir mi verdadera identidad. Así que nos veremos en otra ocasión, pues se me acabó la música del mambo y las ganas del chateo.

»Ahora... descansen sus cholitas, porque quiero que conozcan al bólido brillante y trastornado: "El Coso Loco". El cual se encarga de transportarlos sin sutilezas, a través de los tiempos, por aquí y por allá, ¡jejé! Escuchen el sonido peculiar cuando hace su desquiciada entrada... ¿Lo oyen?

De repente se escuchó el *¡Zas!* El sonido inconfundible que produce el bólido brillante y chiflado cuando cruza las barreras temporales. Los chicos… desaparecieron. Mejor dicho, el Coso Loco descendió con precisión extraordinaria sobre ellos, los empuñó por el cogote y los transportó como paquetes de correo al año 1990. Los zumbó sin miramientos en el interior de la gruta de Peña Hueca; la misteriosa y estrecha cueva ubicada en la Playa de Campaña al noroeste de la Isla de Vieques.

Los curiosos exploradores salieron mareados de la cueva, y se miraban unos a otros sin poder hablar. Al rato, después de convencer a sus familiares de que nada malo les había ocurrido, se juramentaron para regresar a charlar con el magnífico ejemplar parlante que los había fascinado. A más de esto, brincaron de regocijo al recordar que fueron elegidos como estudiantes y viajeros del espacio-tiempo por los mentores cósmicos de Valle Diablo; los consejeros celestiales versados en la extraordinaria historia y la geografía de la Isla de Vieques.

Aquí "entre nos", les revelo sin tapujos que el asuntito del bólido chiflado es un invento fabuloso y verdadero de La Indómita, puesto que ella en realidad, es la dueña del espacio-tiempo, y no necesita la ayuda de un bólido para transportar a los chicos al pasado, al presente o al futuro. Pienso que lo maneja a su antojo para que ustedes se monden de risa y olviden por un instante los sinsabores amargos de la vida cotidiana ocasionados por los disparates del gobierno "politiquero" de Puerto Rico; tales como la larga espera para conseguir una licencia de conducir (tiene que venir un examinador de Puerto Rico) y los embustes del Departamento de Transportación y Obras Públicas, que se jacta gritando a viva voz: «Nuestra misión es desarrollar, mantener, operar, administrar y maximizar la utilización de transportación marítima desde el Este de Puerto Rico hacia las Islas Municipio de Vieques y Culebra, para que provean una infraestructura y servicios que promuevan el desarrollo turístico y económico sustentable de ambas Islas Municipio».

¿Qué les parece? Tremendo embuste, ¿verdad? No obstante, mis futuros compatriotas Comeyuca, para que esto se cumpla, los viequenses y los culebrenses tienen que tomar el control de las lanchas; no la administración de Fajardo, la cual se ha proclamado jefa absoluta de nuestro transporte marítimo, y lo maneja su antojo.

En otro escenario, como el coso chiflado rompe las barreras de la cuarta dimensión de forma errática, y nadie sabe cuándo aparece, pienso que La Indómita también lo utiliza para despistar a los políticos imperialistas y colonialistas de USA; ella cataloga esta nación como el Reino del Águila Calva, y tilda a los miembros de su gobierno como Truches Bribones y Robahuevos. Del mismo modo, desorienta a los políticos corruptos de Puerto Rico; los cuales tilda de Palomos y Palomas.

Para mí, este uso que le da La Indómita al Coso es magistral, ya que los pichones americanos y las aves borincanas, enloquecen. Mejor dicho, "Pierden la Chaveta", pues pasan toda su vida atribulados; pensando que El Coso Loco, algún día, vendrá a buscarlos para darles su merecido, desapareciéndolos del mundo actual. Porque: —¡Esos! —dice doña Yegua— truches malsanos, esas palomas desgraciadas y estos palomos viles, "les caen como pedradas en ojo de tuerto", a los viequenses y a los culebrenses.

Asimismo, La Indómita alega que ese bólido está "tosta'o" —que es lo mismo que lunático—, porque transporta a los escogidos a la gruta costanera de la playa de Campaña en menos de una trillonésima parte de un segundo. Increíble, ¿verdad?

Yo espero que ustedes no me tilden de desequilibrado, porque inyecto el "Coso Loco" de la yegua en estos relatos. Les aseguro, clientela indagadora, que ella tiene sus motivos y que debo hacerlo sin chistar. De lo contrario, me coloca en el rostro —sin pestañar— su ojo de pescado frito y me pone a temblequear.

En conclusión, ahí les dejo el revoltijo para que se rompan la cholita analizándolo. Yo me largo echando chispas por las orejas, porque no soporto la mirada de La Indómita, ni las manipulaciones inhumanas del gobierno de Puerto Rico, ni las programaciones rompe chola del gobierno de USA. Iré, y no me sigan, a saborear un rico flan de yuca en mi chalet de techo doble en la loma de Mambiche.

Si ustedes queridos lectores y lectoras, amantes de esta serie fabulosa y verdadera logran llegar al final de este libro, y salen de la fila Comearepa convertidos en Comeyuca, pues bien, los felicito. De lo contrario al igual que los pichones americanos y las aves colúmbidas borincanas, sufran las ocurrencias y las amonestaciones duras y amargas de doña Yegua como puedan. Tomen aspirinas y pasen las de Caín, en la cueva tenebrosa de la playa de Cofí.

**Miguel exhorta:
«Chicos, chicas y adultos, dejen de ser Comearepa y conviértanse en Comeyuca, para que ayuden a su gente. Además, de ñapa cito: ¡"El Mundo es del Valiente"!».**

3

La Increíble Educadora de la Isla de Vieques

Así fue y así es querida concurrencia, la deslumbrante criatura escarlata se fue a vagabundear, a explorar su acrisolado hogar, una vez los chicos se esfumaron en los aires. Pero así es ella... impredecible. Les saca la cordura a los coquitos incautos y le mete la locura a quemarropa. Ruego a todos que no pierdan el hilo de sus enrevesados relatos, de lo contrario terminarán sin remedio en un hospital para pacientes mentales.

Los años transcurrieron como pólvora encendida. La Indomable conoció y se relacionó con grupos aborígenes que se establecieron en la isla en diferentes épocas. Aprendió de ellos el complicado arte de la jerigonza antigua, y compartió sus penas y alegrías, ya que, aunque ustedes no lo crean, es un ente muy sentimental.

Asimismo, se ejercitó en la técnica de conversar con los animales, entablando una amistad perdurable con las criaturas más nobles del lugar. De vez en cuando experimentaba cambios en el ambiente y, siendo de naturaleza extrovertida, tenía la costumbre de hablar en voz alta para refrescar la memoria. Del mismo modo —¡cómo la envidio!—, tiene un don especial: cruza los límites prohibidos del espacio-tiempo a su antojo.

Cierto día de madrugada —en la playa de Campaña, en el año 1501 después de Cristo—, sentada bajo el tronco liso y grisáceo de una elegante palma real, parecía que meditaba, o amonestaba a alguien a lo lejos, pues tenía los ojos clavados en el frondoso pico de Cerro Bone, y susurraba palabras incomprensibles.

De pronto...

—¡Eh, doña Yegua! —se escuchó una voz juvenil.

—¡Concho me asustaste! ¿Quién chilla con tanta ansiedad?! ¿Algún curioso del siglo veinte? ¿Simón? ¿Pedro? ¿José? ¿Miguel? Sapo gordo de letrina vieja, ¡soñé que me había librado de ustedes! Con franqueza primates, me salen ronchas en el rabo cada vez que los veo. ¿Qué centella hacen en esta época, ah? ¿Acaso les envíe una invitación por correo electrónico?

—¡San Pitufo! ¿He oído nuestros nombres? ¡Me alegro en grande! —enfatizó Simón, con una amplia sonrisa de oreja a oreja—. Creo que nos ha tomado cariño. Hemos regresado porque nos picaba la curiosidad y, de la nada, un pensamiento extraviado nos embrujó, empacamos las mochilas, las atiborramos de manjares de yuca dulce y nos reunimos en la gruta de Peña Hueca. En seguida apareció el bólido maniático y luminoso, nos empuñó por el cogote, y nos lanzó a esta época. ¿Qué siglo es este, doña Yegua?

—El siglo de los grandes cacikes, Cacimar y Yaureibo; el siglo dieciséis: la época del bestial genocidio aborigen.

—Que... ¿qué? —lanzó Miguel entusiasmado—. ¿La época de exploración y expansionismo en el Caribe? ¡Interesante! ¡Qué espera! Cuéntenos, ¿qué eventos positivos tiene para nosotros? Pues soy un chico bien curioso, y me gustan las interesantes y asombrosas historias de los tiempos pasados, cuando la gente vivía una vida simple y placentera.

—¡Ninguno, "averigua´o"! Nada provechoso. —soltó La Indómita con voz cortante—. Me da grima cuando alguien relaciona el siglo del genocidio con la expresión: "¡Interesante!", como tú lo has hecho. ¿Acaso no entiendes que fue una época de amargos sufrimientos para los habitantes del "Nuevo Mundo"? ¡Un lapso de tiempo donde las libertades fueron encarceladas! ¡Una época siniestra que creó un cementerio de mártires! Muertes viciosas causadas por el Reino de los Zancudos.

—¡Diantre, doña Yegua!, ¿a qué se refiere con eso de Reino de los Zancudos? —soltó Simón, mirando a doña Yegua de soslayo.

—España Simoncillo, el país de España, incluyendo los mercenarios diabólicos contratados por esta nación. Pero, olvídense de ellos por el momento, porque no vinieron a recibir una descripción detallada sobre las conquistas y los maltratos del Reino de los Zancudos.

—Entonces, diga. Si no vamos a conocer los asedios de los despiadados "Mosquitos", ¿a qué hemos venido esta vez? —acometió Pedro, sarcástico—. Pues no hemos aparecido por cuenta propia. Estoy seguro de que usted, o los "consejeritos celestiales", nos motivaron a venir con algún propósito que no logro discernir.

—Los trajeron a conocerme. A conocer su tutora, ya que los seres celestiales me otorgaron el título de legítima Educadora de la Isla de Vieques y de toda nación subyugada por déspotas sin escrúpulos. Sí chamaquitos, soy su tutora, y a través de mis sabios consejos aprenderán los pormenores de lo que significa ser un *Comeyuca*. En nuestras reuniones, tienen que demostrar que son verdaderos Comeyuca a través de ciertas pruebas. Una vez las aprueben con éxito, entrarán a formar parte de La Hermandad Comeyuca Biekense y, automáticamente, serán miembros de la Hermandad Comeyuca Universal, que es la hermandad que agrupa a todas las hermandades Comeyuca del mundo, con sede en el país de Bieke.

»Luego, a medida que nos reunamos en diferentes épocas y se aprendan de memoria los eventos históricos más importantes de su islita, incluyendo su olvidada geografía, la *semilla antigua* crecerá en sus cabezas. Pero…, y esto es importante, si realizan un acto memorable, ingresarán con prontitud en el grupo especial que he denominado: La Real Orden de los Acérrimos Abayardes Comeyuca Biekense, que es el equipo más fiel de todas las hermandades comeyuca en Bieke. Los miembros de esta hermandad son consagrados y jamás venden sus ideales patrióticos. Algunos pierden hasta su vida.

»No obstante, ese no es el final de su odisea, porque ustedes son exclusivos. Ustedes fueron escogidos por los seres celestiales para viajar en los tiempos; ustedes se convertirán en los acérrimos guerreros del país de Bieke, ¡ustedes serán **Los Comandos**!: el grupo que saca la cara por el pueblo viequense en situaciones difíciles. Ustedes bloquearán ciertos chanchullos de administraciones corruptas que sólo los miembros de este grupo paralizan con éxito. Y para que se gocen, de antesala les anuncio, que ustedes viajarán en los tiempos y se enfrascarán en dos batallas históricas contra las fuerzas especiales de la Marina Norteamericana, en las altiplanicies de la Isla de Bieke: *La Batalla de Quince Cuerdas* de 1948 y *La Embestida en Cerro El Muerto* de 1962.

»Como ven, la tarea es difícil y la explicación ni se diga. Sin duda, un currículo dilatado y complejo que le mete miedo a cualquier estudiante. Pero no os preocupéis… si bien son faenas peligrosas, yo estaré ahí para apoyarlos, porque yo, la increíble Yegua Indómita, fui escogida para entrenarlos. Mi trabajo como tutora es prepararlos, enseñarlos a caminar la senda tortuosa de los verdaderos Comeyuca. Mas no esperen que los instruya de golpe, iré abriendo brechas en sus inteligencias poquito a poco para que la *semilla antigua*, escondida en sus encéfalos, eche raíces profundas.

25

—¡Oiga, instructora! —aquilató Simón—, no se ha dado cuenta de que está sustituyendo la palabra Vieques por *Bieke* y viequense por *biekense*. ¿A qué se debe?

—La verdad es que ni cuenta me he dado. Creo que se me cayó el asunto de la memoria Simoncillo. Pero no te preocupes varón impúber, porque de algún modo lo averiguaremos. Sin embargo, creo que hay ciertas verdades en el asunto. Así que les doy luz verde para que las adopten y las utilicen a su antojo.

—A mí, la espera me desespera, dígamelo todo ahora, o enmudezca para siempre —dijo José, socarrón—. Quiero ser, ¡acérrimo abayarde Comeyuca biekense de pura raza! Quiero ver las raíces de la "semilla antigua", algún invento suyo, saliendo por mis orejas.

—Perdona que te corrija de esta manera, Joseito: ¿Eres un chico *cabecicoco*? ¡O un burrito sabanero de chola dura llevando plátanos en sus lomos —durante el bloqueo naval norteamericano en el año 1898—, en los tiempos de la hambruna, desde Playa Grande a la plaza central de Isabel II en la Isla de Vieques! Ya les dije que iré abriendo boquetes en sus entendimientos a paso limitado. Son varias lecciones plagadas de conceptos nuevos para ustedes que toma tiempo explicar, pues cada una de ellas se realiza en épocas diferentes. ¿Ahora entiendes, comilón de yuca?

Al minuto, se oyeron murmullos de interés. Simón miró a La Indómita y preguntó:

—¿Cuál es la primera prueba Princesa? Denos una pista, ¿sí?

—No hay un orden determinado para las pruebas Simón. Aparecen sin aviso. Son parecidas al jueguito del gato y del ratón: ahora me ves, luego no me ves.

—¿Y cómo sabremos que son exámenes? —impugnó Simón—. Sería justo que nos avise con tiempo doña Yegua. De esa forma, estaríamos preparados para afrontar y lograr franquear con éxito, sus desconocidos retos. ¿No cree?

—Bueno, no sé. Si bien sería justo, también sería injusto, porque le quita el "saborcito misterioso" a mis relatos. Me encanta sorprender a los incautos. Muchas veces chicos, utilizo acertijos para que mis grandilocuencias no sean aburridas. En fin, inyecto con agudeza un matiz emocional a mis narraciones.

—No se haga de rogar Princesa, sírvanos en bandeja de plata un cachito del "gustillo enigmático" —insistió Miguel, en tono jocoso.

—¡Y yo que pensé que José era el único cabecicoco del grupo! Bueno, ya que suplican, aquí les va: «Músico pago no toca bien».

—Yo no practico la musicología. ¿Qué pista es esa, doña Yegua? ¡Eso no tiene sentido! —rezongó Miguel intempestivo, entornando los ojos.

—¿No? Pues chúpate este otro con más deleite: «Si todo lo sabes, nada te sabe». ¡O, este invento mío para que te sigas gozando!: «El pordiosero que saca y come arenques podridos de un barril extranjero, nunca aprende a pescarlos ni a salarlos».

—¡Concho!... —extendió Miguel su refunfuño—. Tampoco entiendo... ¿Usted no sabe que los acertijos me ponen nervioso doña Yegua? ¡Acaso ignora que me puse el cerebrito más chiquito que un granito de mostaza!

—¿Estás delirando, chocheando, o tu mente está trabada? —intercedió Simón, arqueando el entrecejo—. ¡Piensa Miguelito!, porque bien mirado tiene sentido. Simplemente doña Yegua nos bombardeó las mentes con estos rompe cholas para retarnos. A mí en particular me gustan los retos. En verdad presiento un "gustillo enigmático" en nuestras pruebas. Ahora lo entiendes, ¿chamaquito?

Miguel se quedó en el limbo por unos segundos. Tal

parece que asimiló la explicación de Simón, porque al segundo su boca desplegó una ancha sonrisa.

La Princesa Escarlata aprovechó el espasmo de su pupilo para liquidar la cuestión con otro de sus acertijos:

—El que escucha o lee mis relatos y los entiende, camina sin tropiezos por la senda tortuosa de los verdaderos Comeyuca.

Los muchachos se frisaron con el nuevo rompecabezas. Contemplaron el rostro de su profesora, como buscando una aclaración. Pero doña Yegua viró su rostro y los ignoró. Así que, calladitos, consintieron mansos a los caprichos de su tutora. De inmediato, sacaron los cuadernos de sus mochilas para tomar apuntes; querían estar preparados para las pruebas que vendrían camufladas. También empuñaron pedacitos de yuca cocida para comer ya que, según dicen los acérrimos Comeyuca del barrio Fanguito en Vieques, estos muchachones no tienen estómago, sino un barril sin fondo. En seguida Pedro, mientras saboreaba su cachito de yuca hervida, recordó un pensamiento extraviado y consultó:

—¿Por qué se encontraba sentada bajo esta palma con los ojos idos? ¿Qué rayos rezongaba?

—Es una rutina Pedrito. Y lo hago una vez por semana; es mi ratito de reposo y apartamiento. En ese preciso momento me encontraba nostálgica y preocupada. También amonestaba a un pichón pardo que, apostado en la cima de Cerro Bone, se entretenía comiéndole los huevitos a una reinita de pecho hermoso. La inocente avecilla abandonó su nido por unos instantes, y se fue quién sabe a dónde, detrás de un pajarillo local.

—¿Qué?... ¡Comiéndole los tiernos "güevitos" a una pajarita! —chilló Pedro, con cara de asombro.

—¡Sí hombre, los huevitos del nido! —aclaró La Indómita—. Lo que pasa es que hay ciertos pajaritos pardos, parecidos al zorzal, que yo denomino *Truches*; aves extranjeras que invaden los nidos ajenos y les roban los huevitos a las pajaritas incautas. Se confabulan con los *Palomos* y *Paloma*s del patio para que entretengan a las inocentes avecillas. De ese modo, aprovechan el descuido de las aves y sin miramientos, les roban y les comen los huevitos… ¡Les roban hasta su territorio!

—¡Olvídese de los acertijos raros y profundos doña Yegua! —chilló Simón de sopetón, mirándola de ojo a ojo—. ¡No machaque mi coquito con sus cuentecillos fabulosos y verdaderos! ¡No quiero saber de aves dañinas en este momento! Prefiero empapar mi cerebrito virgen con sus pasadas experiencias y de lo que significa ser un Comeyuca. ¡Lo entendió!

—Perdón, Simoncillo, tienes toda la razón, soy una desconsiderada y, para arreglar el asunto, te regalaré un precioso truche para que te robe las yuquitas que guardas en tu mochilita, ¡jejé! Pero bueno, no te alarmes, descansa tu cholita y despúes me contestas con un ¡Sí, lo acepto!

»En cuanto a mis pasadas experiencias, pues han pasado ante mis ojos una miríada de eventos fabulosos, incluyendo generaciones aborígenes, y añoro a muchos de mis fieles Comeyuca que se establecieron a través de los años en la islita. A más de esto, estoy preocupada, ya que sospecho que se aproximan nubarrones prietos a pasos agigantados que estremecerán las neuronas internas de su terruño y, yo, La Indomable, pasaré por una horrible alucinación; recibiré sin misericordia un augurio contundente de los acérrimos heraldos de Peña Hueca. Lo triste del caso es que lo presiento, pero no recuerdo nada. Tal parece que sostengo un coco seco sobre mis hombros en vez de una cabeza.

—¡Calle, Princesa! —imploró Simón de nuevo—. Detenga el impulso. Olvide el augurio. Luego hablaremos, y le encontraremos una solución a su futuro problema. Pero, ¡suelte el dichoso truche! Tírelo en una cuneta sucia para que se empuerque. Ya le dije que lo que nos interesa es la yuca, y de paso conocer sus pasadas experiencias.

—Dudo mucho que puedan auxiliarme en este instante. ¡Muchas gracias! De todos modos, con la intención de sus corazones basta. No obstante, si se quedan tranquilitos en una esquina sin hacer preguntas aburridas, o compartir bochinches de comadres, les doy permiso para que armonicen sus orejuelas con mis cuerdas vocales mientras narro. Así se enteran, poquito a poco, de lo acontecido en este paraíso desde el día de mi fabulosa salida por el boquete del cerro, en Valle Diablo. ¡Ah, por poquito se me olvida! Simón, seguiré tu sabio consejo. Lanzaré sin miramientos en una cuneta asquerosa al dichoso truche para que enderece su camino.

—¡Maravilloso! —exclamó Simón—. Nos sentaremos calladitos y tranquilitos como nenes chiquititos para que usted nos…

—¡Silencio y no me tienten!, porque los convierto ahora mismo, ¡en truches bribones y robahuevos! —soltó La Indómita de sopetón, pasmando a los chicos. Luego sonrió y retomó la plática.

Simón, el chico predestinado a ser el capitán de Los Comandos, exclama:
¡"Quiero ser Comeyuca Biekense para luchar por el bienestar de mi gente"!

4

Ferro y los primeros dueños Comeyuca

—Recuerdo con gran cariño a mis primeros fieles Comeyuca: los Arcaicos de Valle Prieto del cuarto milenio antes de Cristo. Eran dóciles, simpáticos, y me trataban muy bien. Los acepté sin pensarlo dos veces cuando me expresaron su deseo de ser mis amos. Conversaba un poco con ellos por medio de señas y sonidos, ya que no tenían un idioma definido. Me divertía de lo lindo viéndolos cazar animalillos y buscar frutas silvestres. Casi siempre paseaba con Ferro, el gran jefe, el arcaico más viejo y mañoso del valle. Aunque la tierra era oscura por la abundancia de cierto material ferroso, había abundancia de *jutías*. Unos roedores grandes y gorditos parecidos a conejillos que pululaban por doquier. No obstante, como sé que ustedes son unos curiosos empedernidos, les aconsejo que no se metan en la maleza a buscarlos, pues la raza se extinguió hace ya un largo tiempo.

»Mi fiel amigo Ferro estaba obsesionado con ellos. Decía a su manera, y yo entendía, que los consideraba manjares exquisitos. En varias ocasiones me hacía señas para que lo acompañara en las come latas, pero yo prefería hacer fiesta con el jugoso cohitre —la planta del género *Commelina*—, excelente contra la osteoporosis, ¡jejé!; el cual crece a tutiplén en los perfiles bajos de las límpidas quebradas de los valles de mi islita. Mis primeros dueños dormían en cuevas y no se preocupaban de lo más mínimo de lo que sucedía a su alrededor. Sin duda, se sentían seguros por la ausencia de enemigos y la abundancia de comida. Además, no eran muchos, era un grupo pequeño y nómada. Pienso que eran grillos que brincaban todo el tiempo de isla en isla buscando el lugar más seguro puesto que, en aquellos tiempos, como nadie sembraba o criaba animales, ni construía viviendas, la competencia por la comida era implacable.

»Cuando murió Ferro, me sentí muy triste. Ese nefasto día —que aún recuerdo con tristeza— se desató una fuerte lluvia; y según me comentó Ferrita, su hija menor, cuando comenzaron los aguaceros, Ferro comenzó a temblar y a caminar dentro de la cueva. Indicó que *El Goloso* —¡así lo tildó y yo no la cuestioné!— murmuraba la jerigonza antigua, mientras cruzaba repetidamente la cueva de lado a lado. "¡Como si lo impulsara un algo diabólico Princesa!", vociferó Ferrita de sopetón, y me asustó. En seguida, brinqué azorada y me alejé de ella guardando la distancia. Me persigné instintivamente, puesto que vislumbré la llegada de la horrenda temblequera. Al segundo, hui a tranco largo cuando la oí chillar: "Mi *pai* salió deprisa... ¡igual que un bólido chiflado!... sin despedirse de nadie... ¡tenía un diablo pegado a sus espaldas!"

De súbito, La Indómita pausó el relato y comentó:

—Para mí, chicos, creo que a Ferro se le pegó un antojito infernal en su pensamiento; una manía de querer comer jutías sin importarle las condiciones del tiempo. La obsesión es mala amiguitos, y deben evitarla. Si no, pregúntenle al amigo íntimo del politiquero Rosendo, el cual, cierto día soleado, cuando se bañaba en una playa rodeada de palmeras en la costa norte de Fajardo, se clavó un erizo endemoniado en la planta del pie izquierdo, y por algún motivo, también endemoniado, se obsesionó con los chavos asignados a los maestros y a los estudiantes del país de su íntimo amigo, y terminó su carrera de corrupto en la cárcel, ya que lo "mangaron", lo pillaron con las manos en la masa.

Dicho esto, y sin esperar repuesta alguna de sus embobados estudiantes, La Indómita retomó la narración:

—Por desgracia, muchachones, mi amigo Ferro no llegó muy lejos, pues un peñón embarrado de lodo y matojos le cayó encima cuando salía de su cueva en Valle Prieto. La corriente de agua que descendía cual cascada por encima de la gruta, lo arrastró de cabeza por un barranco y el fango lo sepultó. Sus amigos no pudieron encontrarlo, se fueron muy tristes para sus hogares. Sin embargo, los seres galácticos de Valle Diablo me alegaban que recuperarían sus huesos en el año 1990 en el pueblo de Puerto Ferro. Ese mismo año aparecí, y vi a los arqueólogos escarbando en el barranco. ¿Me pueden creer que encontraron la osamenta de mi amigo Ferro?

»Yo me desgalillé relinchando, rogué en vano para que le dieran cristiana sepultura...; digo inútil, porque reflejaban en sus frentes *la mancha del plátano* "indomalayo". Por lo tanto, como no tenían en sus frentes, *la mancha de la yuca cruda*, no entendieron mis palabras. ¡No me hicieron caso! Me cayeron a pedradas, me ahuyentaron. ¡Corrí más rápido que un proyectil del USS John F. Kennedy (CV 67), bombardeando las costas de mi islita, y me oculté en la maleza detrás de un palo de tachuelo!

»Mientras yo vigilaba desde mi inesperado escondite, aquellos acérrimos *Comeplátnos* exhumaron la osamenta, se la llevaron a toda prisa en un Jeep, y hoy en día exhiben el esqueleto de mi fiel Comeyuca, como si fuera un muñeco raro, en un museo de Puerto Rico, puesto que todos los que vienen de Puerto Rico a excavar los tesoros del país de Bieke, se apoderan de ellos y se los llevan —sin permiso del pueblo biekense—, como si fueran amos absolutos de nuestro patrimonio cultural.

33

—¡Qué descaro y qué falta de respeto! ¡Pa´mí, son unos charlatanes! —gruñó José, con cara de disgusto.

—Y, ¿por qué nuestra gente no le pone fin al asuntito doña Yegua? —preguntó Simón, un tanto entristecido.

—Porque la mayor parte de los biekenses son Comearepa Simoncillo; la raza sometida a los caprichos del gobierno borinqueño y del gobierno de los gringos. A los tales, le importa un bledo lo que hacen con su hermoso país. Es por ello chicos, que ustedes fueron escogidos para que, a través de mis relatos fabulosos y verdaderos y mis sabios consejos por supuesto, salgan de la vieja raza Comearepa, y abracen la nueva *Raza Comeyuca*; la raza que se preocupa y lucha incansablemente por el bienestar de su pueblo. Todo miembro de esta casta, comprende que posee identidad propia y, busca incansablemente la autonomía de su país.

— ¡San Tacorruco! —chilló Simón con rostro sombrío y ojos lagrimosos.

—¡Santa Masú! ¡Qué te ocurre chamaquito! —soltó La Indómita preocupada por su pupilo.

—¡Ay, doña Yegua! he descubierto que soy un Comearepa, pues nunca he buscado el bienestar de mi gente.

—Ni te apures ni te amargues la vida Simoncillo, eso le pasa a toda persona que no comprende lo que está sucediendo en el país de Bieke. Enjuaga tus lágrimas, y anímate, porque *la mancha de la yuca cruda* se está plasmando en tu frente.

Dice La Educadora de Vieques:
«¡Echa pa' lante futuro Comeyuca, veo la mancha de la yuca cruda sobre tu frente!»

5

La Brujita Lepsis

Al ratito de escuchar las quejas y consolar a su pupilo, La Indómita prosiguió su fabuloso y verdadero relato:

—Un domingo deleitoso muchachones, troté con alegría hasta otro de mis valles favoritos: el enigmático Valle Diablo, al este de Valle Prieto. Aminoré la marcha y caminé distraída por el borde de una barranca, donde choqué de frente con un "calambreñal" —si existe tal palabra— y me puse las botas comiendo de las ramitas llenas de frutas melosas. Es que vivía en una época donde todo era abundante. Hasta las avispas, que me picaron cuando les robé unas cuantas calambreñas. Luego, me fui a galopar, a dar una vuelta por el valle, pues me entraron unas ganas tremendas de corretear por todos lados, y unos deseos inmensos de respirar el aire fresco; la brisa impoluta de esa época.

»Más tarde, me cansé de "brincotear", y decidí tomar un descanso merecido. Me allegué al tronco enorme de un Dormilón. Por instinto, me rasqué las posaderas en su tronco. Luego me agaché, me acurruqué bocarriba debajo del frondoso árbol, y tomé mi anhelado sueñito. Después de un rato, me levanté, estiré mis hermosas piernas y manos, suspiré aliviada, y me largué a devorar manojitos de hierbas verdes y jugosas que me tentaban cuando la brisa las meneaba vigorosamente en un vaivén desenfrenado.

»Triturando con mis agraciadas muelas la rica y deliciosa yerbita de los fecundos pastizales —por casualidad—, conocí a Lepsis, la salamanquita inmortal del monte. Digo que fue por accidente, porque se me atravesó en el camino, y por poquito le rompo el esqueleto con la enorme uña de mi mano izquierda. Después del susto, me invitó a su hogar, y nos sentamos a charlar bajo un árbol de tabonuco en el patio de su casita en la ladera sur de Cerro del Muerto. Me habló de cosas que yo no entendí en aquel momento. Cuestiones en futuro, pensé, y sentí un pavor indescriptible. Me levanté como el que no quiere la cosa y, sin despedirme, comencé a caminar preocupada. Iba con los pelos de mi cuerpo encrespados cual espeques de verjas alambradas que rodean las tierras que el Reino del Águila Calva les expropió, sin contemplaciones, a los habitantes de Vieques.

»Corrí sin mirar hacia atrás, cuando abrió los ojos igual que bocas de pocillos, mientras me gritaba algo en jerigonza antigua meneando la punta de la lengua a gran velocidad. Creo que decía que muy pronto sería portadora de los augurios predestinados de los seres galácticos de Valle Diablo. Y, yo, queridos estudiantes, tenía tanto miedo que temblé como el "tembleque de maicena" que confeccionaba doña Melita, una Comeyuca humilde y buena gente residente en el barrio Mambiche, que hacía un postre tremendo de harina fina de maíz, y yo me lo atragantaba a toda velocidad porque se meneaba como un demente en mi cuchara. Confieso, aunque me tilden de cobarde, que jamás he regresado a la morada de la brujita Lepsis. ¡No he vuelto, ni a buscar bombones!

—Entendemos con lucidez Princesa —socorrió Simón compasivo— que, al igual que nosotros, usted estaba pasando por un periodo de adiestramiento. Son cosillas que aparecen de sopetón y, como somos jóvenes inocentes, nos confunden.

—Eso es cierto Simoncillo, en esos tiempos hermosos

estaba transformada en mi otra personalidad, una tal "Yegüita", un ser extrovertido e impredecible que en sus primeros comienzos yo no conocía cabalmente. Me parece que los guías celestiales me jugaron una mala pasada. Deduzco que lo planificaron de esa manera para que mis nuevas amistades no salieran huyendo igual que sardinas indefensas, escapando de tiburones hambrientos, al verme tal como soy: un ser escarlata del ámbito más allá de la muerte. Pero nada, porque ya se acostumbraron a verme como princesa escarlata, y celebrábamos juntos el Gran Festival de la Yuca en la playa de La Hueca todos los años.

»De todas maneras, gracias chamaquito, por esas palabras de aliento. ¡Oye Simoncillo, se te nota un poco más la pinta de los fieles Comeyuca! Veo con más claridad, *la mancha de la yuca cruda* marcando tu frente. ¡Grandioso!

—Para mí, debió pasar más tiempo en Valle Prieto que en Valle Diablo doña Yegua —sugirió José, con ojos saltones—. Pienso que "ese", ¡ese vallecito del demonio!, con sólo pronunciar el nombre le pone los pelos de punta a cualquiera. A lo mejor un jueyero, buscando cangrejos para comer, vio a Satanás haciéndole muecas desde el cucurucho de un palo de uvas playeras, una noche prieta y sin luna, y salió corriendo y gritando: «¡Este valle es del diablo!».

—¡Concho! —chilló La Indómita alarmada— ¡Qué mentalidad, Dios del Cielo! Mira chiquitín, se llama Valle Diablo, no porque el "ángel caído" se pasee por ahí, sino porque al norte del valle, adyacente a Cerro Farallón, hay una ensenada con aguas turbulentas; con marejadas endiabladas, por así decirlo. Las personas que siempre están pensando en maleficios la bautizaron Puerto Diablo, y el valle, de carambola, adquirió el tétrico motecito. Pero bueno, amiguito, olvídate de los ángeles de las tinieblas y volvamos a tu preocupación. En cuanto si debía pasar más tiempo en uno de los valles más que en el otro, yo no tuve elección.

»Como antes dije, los seres celestiales me impulsaron a conocer cada recoveco de la isla para hacer amistades, y de ñapa conocer mi verdadera identidad, pues todavía no sabía quién rayos era.

»Para que tengan una idea más clara, después de que les hable de mis primeras amistades fabulosas, les contaré la historia de mi encuentro con un personaje muy especial, que afectó mi vida para siempre: Arepa, uno de los más grandes comilones de yuca de la región caribeña. Para mí, pipiolitos de calabacitas verdes, Arepa es un Comeyuca de grandes ligas.

»Por lo tanto, aprovecho esta oportunidad para exhortarlos a modelar su inquebrantable espíritu Comeyuca, para que salgan más rápido que ligero de las garras de los reinos usurpadores y lava-cerebros, que les roban su identidad de pueblo.

—Y, ¿cuáles son los atributos de "este Arepita" que lo colocan en algún pedestal de grandes ligas? —soltó Simón, sarcásticamente, como sintiendo envidia del personaje mencionado por su tutora.

—¡De repente, se me cayó el asunto de la memoria Simoncillo! —respondió La Princesa mirándolo fijo, con la sonrisa: «Te perdono, ¡pero no te desmandes!», que es la sonrisa que utiliza cuando alguien comete una falla involuntaria, ya que posee el don de la profecía y, tal parece que presintió de antemano un descontrolado berrinche de Simón. Por lo tanto, tomó un nuevo impulso y continuó la cháchara educativa.

6

Dalis, la reinita mora y Albi, el sapito de labio blanco

—Luego de varios días, olvidé la mala experiencia que tuve con la salamanquita Lepsis, y seguí con mis acostumbradas caminatas. Curioseando un sábado por la tarde atravesé por colinas bajas, hondonadas ocultas, y respiré con gozo el aroma virginal de la buena tierra. Abriendo camino, me chupaba las uñas de mis agraciadas manos con deleite, una vez saboreaba las hierbas jugosas que encontraba a cada paso, en cada subida, en cada bajada, en cualquier recoveco. Al rato, sentí deseos de tomar agua. Tenía la garganta seca, y la lengua más larga que una hoja de la mata de *Lengua 'e Vaca*. No obstante, no le di mucha importancia, ya que me encontraba eufórica, deseosa de conocer cada escondrijo de mi nuevo hogar.

»Al llegar al peñascal de una de las quebradas de Valle Diablo, aproveché la ocasión. Doblé mi hermoso cuello, y sacié mi sed en la primera poza que encontré entre las rocas. Mientras bebía el preciado líquido, hice amistad con el sapito Albi, y la pequeña ave Dalis, que no me perdían de vista desde que notaron mi presencia en la isla. Más tarde, tuve enormes deseos de probar algunas de las frutas más exóticas de mi terruño. Claro, tuve que viajar a otra época para satisfacer mi extravagancia, puesto que no son delicias nativas. Me encaramé en el tiempo, y llevé conmigo a Albi y a Dalis, que no lo pensaron ni dos veces para acompañarme, pues también padecen, al igual que yo, del mal de: *tengo la pata caliente*, y del síndrome de: *el cuerpo me pide calle.* Aparecimos sin tropiezos en Quebrada Palma. Caminamos con precaución por la hondonada, y detuvimos nuestro viaje una vez descubrimos el primer árbol exótico; el cual, después de un tiempo, averigüe su nombre: el árbol de algarrobo. Henchidos de frutas, me hicieron señas para comer. Mordí sin sutilezas una de las vainas duras llamadas miel en "cajetas", con mucho amor y cariño, y solté un ¡Puaf! tan rápido como pude, ya que, de súbito, salió un polvillo "superapestoso" y se me incrustó en las fosas nasales; el empalagoso manjar harinoso casi me ahoga, pues al mojarse con saliva se aglutina y se atora en las gargantas inexpertas sin misericordia alguna. Me acuerdo con lucidez que la tiré al suelo a toda velocidad chicos, y de inmediato me estrujé por todo el hocico el jugo de una flor olorosa llamada *duende rosado* que Dalis ocultaba bajo su ala izquierda, y me la ofreció sin pedirme nada a cambio.

»Más tarde averigüé que, la había encontrado en el huerto de injertos de mangó, propiedad de don Tomás Leguillou, ubicado en el barrio Destino, en el año 1926, y que la guardaba con mucho celo para obsequiársela a su parejita. La pura verdad es que me sentí muy agradecida, pues necesitaba camuflar el mal olor del polvillo de la traicionera "cajeta" repleta de miel.

»A ustedes, chicos, les gusta mucho su olor; las encuentran deliciosas, y hasta juegan "gallitos" con sus pepitas. Sin embargo, cada cual tiene sus antojitos. Por fortuna los míos son distintos.

»La enseñanza es, para que no se les olvide, que los frutos del algarrobo, hieden a sudor de reinos conquistadores; a cochambre de países expansionistas *Come oro y Come tierra*, atacando y masacrando a los pueblos pequeños e indefensos.

—¡Caramba doña Yegua! ¿Por qué relaciona el tufo de los frutos del algarrobo con peste, sudor y cochambre de naciones expansionistas? —lanzó Pedro de golpe, buscando más detalles sobre el asunto, ya que, reconoció las frutas como "algarrobas", y le gustaban muchísimo… aunque apestaran.

—Hablo de eventos futuros. Lo hago sin querer queriendo, Pedrito. Lanzo con precisión y mesura asuntos premeditados a cada rato, para que vayan asimilando en sus tiernos encéfalos ciertos temas importantes que, iré explicando en esta y en otras reuniones futuras; temas relacionados con países *Come Oro y Come Tierra*. Asuntos que han afectado negativamente a los habitantes de su terruño.

»Voy con toda intención abriendo brechas y boquetes en sus inteligencias, para que no caigan en las garras de la sumisión devastadora, la cual se avecina como huracán descontrolado, y arropará sin miramientos —igual que una nube prieta sobre los tres picos del Kilimanjaro durante la repartición de África— cada rincón de las Antillas. Lo hago chiquitines, para que estén pendientes y tengan el coraje necesario para taparse de las ráfagas de las apariencias y las complacencias que siempre la acompañan.

Los chicos no estaban preparados para escuchar la grandilocuencia profunda de La Indómita. Así que no hicieron comentarios. Por otro lado, Pedro, sí escuchó el familiar diminutivo de su nombre.

—¿Acaso oí, "Pedrito"?, ¿o solo fue un murmullo lúgubre del viento? Qué bueno, al fin nos reconoce como individuos con personalidad propia. ¡Qué bien me siento! Creo que va por buen camino Princesa, ya que cuando escucho mi nombrecito se me suelta la lengüita. Le recomiendo que se prepare, porque ahora podré bombardearla con mis insólitas preguntas.

—¡Así me gusta chamaquito! —contestó La Princesa, mirándolo complacida—. Me babearé de gusto cuando menees la "sin huesos", ¡¡jejé!, y me zumbes a rajatabla tus escandalosas consultas. Tienes luz verde, mi permiso incondicional para cañonearme a tu capricho, puesto que siempre ando preparada. Pero acuérdate de esto Pedrito: no tires bombas desde tus aviones ni cañonazos desde tus barcos de guerra, cerca de las casitas de los habitantes de Vieques, igual que lo hacía la armada bélica del Reino del Águila Calva. ¿Entendéis?

Pedro quedó mudo mirando un largo, pues no entendía el trabalenguas de su maestra. Por otro lado, José, que parecía distraído, pero que en realidad esperaba el momento oportuno para realizar uno de sus impertinentes actos, desembuchó sin aviso la bufonada maquinada en su cerebro, mientras saboreaba lascas de papitas fritas, que sacaba a cada instante de una bolsita.

—Ese polvillo de las frutillas *miel de encajeta* del algarrobo Princesa, no apesta a sudor podrido de expansionistas extranjeros asesinando, programando y esclavizando a los pueblos indefensos, sino a *Si…cote*, o sea cochambre del cuerpo humano, especialmente de los pies, mezclada con el sudor. Una vez concluyó su argumento, el despiadado chico se agarró la punta de la nariz y alzó las piernas, pues iba calzado con tenis y medias sin lavar, del día anterior.

—No le haga caso Princesa, José es un chamaquito desvergonzado cuando se siente inseguro —indicó Miguel, con vehemencia—. Disimula su temor haciendo bromas de mal gusto, porque aún no comprende el daño causado por los reinos expansionistas en nuestro terruño. Olvide sus payasadas y prosiga con la narración. Explíquenos: —Además de la comunidad del cacique Ferro de Valle Prieto, ¿qué otros ancestros aborígenes, fieles Comeyuca, pasaron por su vista? Ande, no se detenga, empape mi cabecita, ¿sí?

—Antes que nada, gracias por tu consejo Miguelito. Sé

que este bufoncito tampoco comprende que los manjares exóticos son peligrosos. Pero hablemos: has dicho algo que me pasma el entendimiento. ¿Cómo sabes que estoy hablando de tus ancestros? Yo no lo he revelado. Yo no he dicho que son tus antepasados.

—Tan solo cito el dicho popular: "A buen entendedor, pocas palabras bastan". Uno de mis refranes preferidos.

—¡Te felicito en gran manera Miguelito!, al igual que Simón, estoy notando el trazado de la gloriosa *mancha de la yuca cruda en tu frente* —soltó La Indómita muy complacida—. En cuanto a otros grupos aborígenes, vas a tener que ser paciente. Los iré mencionando poquito a poco para que puedas recordarlos con mayor facilidad. Ahora escuchen todos, que el tiempo apremia.

»Después de desechar las olorosas algarrobas, nos fuimos cantando bajito, a saciar la sed en la región de Pozo Prieto, pues según me dijo Albi, el agua del manantial que forma el pozo, tumba las canas del cuero cabelludo. Aún no sé por qué lo dijo, ya que yo soy una yegua sempiterna y no envejezco. Estoy más que segura, que pensaba en Juanito el león de Ponce; el Zancudo que traicionó a los aborígenes de Borikén, y que luego se fue a buscar la fuente de la juventud por la costa suroeste del territorio que llamó Florida, en el año 1521.

»Una vez llegamos al pozo, mi amiguita Dalis bajó el piquito y paladeó las refrescantes aguas del aljibe... luego se mondó de risa —pensaba, creo yo, en las "canitas"— mientras miraba al sapito de labio blanco que, sostuvo la mirada y se mantuvo serio. Yo bebí de un pilón al lado de la poza que servía de lavadero, pero no me reí porque Albi estaba tan molesto, por haber dicho que el agua del pozo tumbaba las canitas del cuero cabelludo, que su rostro se alargaba constantemente, y semejaba una arepa de coco asándose en un caldero viejo y tiznado puesto sobre un

43

anafre de latón, abarrotado de carbones encendidos.

»Pero nada, porque hicimos las paces, nos alegramos bailando al compás del *Son de los Comeyuca* y la *Canción Cokisonga de la Libertad*. Y así, brincando y danzando; Albi, parecido a un "ninfo", y Dalis y yo, igual que ninfas que nunca mueren de viejas ni por enfermedad alguna, ni echamos canitas... ¡jejé!, arrancamos por un sendero sin pavimentar en cuyos lados se alzaba con orgullo un fracatán de árboles cuajados del conocido pelón y rascón de gaznates, el exquisito Mangó Blanco. Mi mangó preferido, ya que es "Grefé", un injerto nativo de mi terruño; la fruta que los Comeyuca del barrio Mambiche y las Comeyuca del barrio Destino clasifican como *Mangó Yegua*.

»Mientras bailaba y reía, arranqué el más jugoso y amarillito de una rama que tocaba el suelo y me lo comí completito —pepita, cáscara y pulpa— sin sentir la molestosa picazón en la garganta. Luego enfilamos el rumbo hacia el barrio de Gobeo y nos encontramos de frente con una talita bien cuidada repleta de viandas criollas. Presentí que era el *conuco* de Albi, y le pregunté, pero en aquel momento se hizo el inocente y no me dijo nada. En seguida, y por instinto, olí la yuca. Desenterré las raíces de dos de las muchas plantas que poblaban la finquita y engullí sin misericordia siete "yucotas" —eran yucas enormes— de pulpa blanca y sabrosa que me provocaron, entre tanto charlaba llena de gozo con mis nuevos socios: Albi, el sapito perpetuo y curioso de labio blanco, y Dalis, la perenne reinita mora de nuca anaranjada; la indiscutible parlanchina de estos parajes.

»Si bien nos divertimos de lo lindo penetrando las barreras temporales, regresamos de nuevo a la época simple y tranquila de los Arcaicos de Valle Prieto.

7

Chupaflor,
el colibrí polifacético

—Cierto día caluroso chicos, me acosté y me desvelé; estuve zambullida en una inquietante duermevela hasta las cuatro de la mañana... dando vueltas y más vueltas. Por alguna razón ilógica, el recuerdo de la muerte de mi gran amigo Ferro se empeñaba en taladrar mi preciosa cabecita. Me levanté de inmediato y sentí la urgencia de sacarme la toba de tierra de mi prodigioso cuerpo y el sarro fastidioso de mi dentadura, pues con el ajetreo diario de vagabundear por montes y llanos haciendo amistades, comiendo frutas deliciosas, machacando con mis muelas las raíces suculentas y las hierbas caldosas que encontraba a cada rato en mis jornadas, me sentía pegajosa y agotada.

»Un extrovertido y luminiscente cucubano de Valle Diablo, que se las guillaba de buen samaritano, me orientó: me reveló que el mejor lugar era en Cascada Real, ubicada en el corazón de Quebrada Urbano. Me fui tranquilita cantando la melodía cokisonga de la libertad —la canción de los cokíes, por supuesto—, arribando a la hondonada cuando el sol se peinaba la calva. Mientras me raspaba los dientes con mucho esmero con una hoja de yuca cruda y, me daba un rico baño con hierbas silvestres en el chorro cristalino de la cascada, escuché una algazara en la maleza.

»Salí de la charca y caminé sigilosamente, me asomé y conocí por primera vez al eterno Chupaflor. Se encontraba parado sobre una rama de un arbolito de tintillo haciendo chistes graciosos a una concurrencia. Incluso, a una

45

hermosa parejita de *buruquenas* o cangrejos que abundan en las quebradas y en los manglares cercanos a las playas. Me acerqué sin miedo alguno y me saludó con mucho fervor. Al segundo me confesó que era un "chistólogo" profesional, y que le encantaba la "chisteología"; que lo invitaban a participar en todos los eventos importantes, o cualquier jolgorio popular, a divertir a los oyentes con su talento humorístico.

»La verdad es que este colibrí polifacético, este excéntrico chupaflores con su dicción impecable —aun cuando llena de barbarismos— y con sonrisa picarona de sapo concho de boca ancha, me cautivó. El ladino, me confesó, sin tomar impulso, que plasmaba todos sus encuentros tomando fotos con una camarita digital con velocidad de obturación entre los 30 segundos y 1/8000 de segundo.

»Ustedes pensarán que yo estoy loca, que esos aparatitos no existían en esa época. Pues... miren que no, porque yo vi la camarita, aunque tampoco entendí lo que el colibrí polifacético me decía en ese momento. Sin embargo, después de un largo tiempo, deduje que este ser diminuto es parecido a mí: somos seres sempiternos. Además, muchachones, averigüé que este pichoncito polifacético es un andariego sideral y consigue sus artefactos en tiendas de tecnología futura. Otras veces obtiene sus artilugios por Internet desde su casa, mientras saborea su famoso invento: *jugo de papaya a la hielé*, el cual complementa con cachitos de yuca dulce. Es más, cierta vez me alegó que compró una computadora cuántica en el año 3450 d.C. capaz de comunicarse con todas las computadoras del mundo, cruzando las fronteras temporales. Cierto, o falso... yo no me atreví a cuestionarlo.

—¡Diablos, Chupaflor es un pichón cibernético con plumas! —soltó José de improviso.

—¡Cállate, muchacho! —amonestó La Princesa—. Que,

46

si te oye, te convierte en un *político podrido* de Puerto Rico. Mira, mejor volvamos al relato original, porque el tiempo es nuestro peor enemigo.

»La cuestión fue que este chupaflores —tendría yo, ¿cara de cura?— me usó de "confesonario" en nuestra primera reunión. Me declaró muy emocionado que su residencia principal se encuentra cerca de la espumosa cascadita conocida por la gente Comeyuca del barrio Mambiche, como El Salto; la cual se encuentra ubicada en la hoya de los Cayules, que ustedes llaman Quebrada Puerto Mulas.

»Aún no sé por qué lo dijo, pienso que le gusta que lo visiten, ya que noté a leguas que pertenece al club de los parlanchines empedernidos. No obstante, lo que más me impresionó, fue cuando me reveló que, en un futuro no muy lejano, se convertiría en mi reportero estrella y que pensaba inmortalizar todas mis narraciones sobre los abusos perpetrados por los reinos extranjeros que han pisoteado esta islita, en los archivos del "Estatuto de Roma"; el instrumento constitutivo de la Corte Penal Internacional, que fue adoptado en la ciudad de Roma, Italia, el 17 de julio de 1998.

»Vuelvo y recalco: yo no entendía nada de lo que decía este pichoncito medio loco en aquellos momentos, pues transformada en Yegüita, mi cabecita estaba verdecita, tierna, virgen. Lo que hice fue que lo dejé con la palabra en la boca, una vez lo convencí para que nos uniéramos al grupo de sus fanáticos, que nos observaban con caras de: *¿cuál será el bochinche?, ¡ay, si me lo contaran!*

»Nos unimos al grupo, callando nuestra conversación privada, y compartimos experiencias espontáneas toda la mañana, incluyendo sus chistes arrabaleros. En fin, chicos, sepan que este loco payasito es lo máximo; que este artista de la risa me puso a carcajear como el agua de los ríos

47

desbordados. Se me saltaron las lágrimas y me arrastré por el suelo a cuatro patas, cual soldado americano gateando en la Zona de Maniobras en la Isla de Vieques, mientras dispara su fusil con bala viva a los pescadores y a los animalitos indefensos de los montes.

»Al rato, con un chichón púrpura que se me formó en la garganta de tanto reírme de los chistes sandungueros de mi amigo, y después de tomarme un jarabe meloso, rico y delicioso que me preparó él mismo —pues es un fiel seguidor de la ciencia herbaria—, me fui a trotar, a conocer nuevas amistades, a explorar la fauna, la flora; lugares escondidos, rincones reservados..., oscuros, de mi país biekense.

Pedro dice:
«Jóvenes, ya es hora de luchar por Vieques.
Únete al movimiento Comeyuca».

8

Las personalidades de La Yegua Indómita, y las golosinas extranjeras

—Princesa perdone mi intromisión, hay algo que no entiendo —inquirió Simón—. Usted es de apariencia extraña, ¿cómo se las arregla para que no le cojan miedo?

—Me transformo, o me transforman los seres celestiales Simón. Yo lo había comentado. ¿No te acuerdas comilón de yuca? ¡Me convierto en potranquita! Mi cuerpo se materializa en la despampanante *Yegüita*; en la "potrita" graciosa y petulante; en la potra que no ha mudado sus dientes de leche; en la hermosa potranca de clase, briosa, elegante, distinguida y de caché. ¡Jejé!

—Oiga, doña Yegua, ¿por qué se ríe de ese modo? No sé, pero ese "Jejé" suyo, me huele a *copia'o* —lanzó José sin pensarlo.

La Indómita lo observó de medio lado por breves momentos. Después sonrió y dijo:

—¡Te felicito muchachón! Aunque eres un payaso despiadado tienes el don del discernimiento, una característica importante de los grandes Comeyuca. En cuanto al Jejé, te aconsejo que no le des mucha importancia. Es la risita que identifica a mi otra personalidad: la de *Yegüita*; la joven potranquita de mis próximos relatos. Lo que pasa es que la echo de menos, y algunas veces la imito... Sin duda, manías pasajeras de una yegua celosa, ya que somos diferentes. Ella es tierra, y yo soy cielo; yo soy seria, y ella es juguetona. Pero, bueno, ya es suficiente. Ahora, y lo digo con franqueza Joseito, ¡estoy notando el estampado de la

49

verdadera y prestigiosa *mancha de la yuca cruda en tu frente*!

—¡Me caso en de!, ¿por qué tenemos que verla como la increíble Yegua Indómita en esta época? ¿Por qué no se manifiesta igual que una potranquita en este instante? ¿A qué se debe? ¡Ilumine nuestras mentes! —consultó Simón, esperanzado.

—Yo diría, ¡Qué chavienda!, Simoncillo, porque yo soy dueña y señora de mi destino, y me manifiesto sólo cuando es necesario. Aun así, no se acongojen, les prometo que en mi próximo relato apareceré a son de tambores y de platillos, como la fenomenal *Yegüita*. Creo que es lo más conveniente ya que, siendo joven, transformada de esa manera, podemos bromear y pasarla de maravilla. Por desgracia, este es nuestro primer encuentro, y es importante que conozcan mi verdadera identidad. A más de esto, yo controlo a mi escritor, y se lo he prohibido. ¿Quieren saber algo? Cuando yo lo miro a cierra ojos, suelta el lápiz y corre más rápido que una multitud de gente aguijoneada por un mosquito de dos zancas —un Zancudo *Come oro* y *Come tierra*—. Al segundo chicos, mi escritor zambulle su flácido esqueleto en el remolino de agua que se forma en la poza de Cofí.

—Por favor, Princesa —suplicó Miguel, impaciente—, no me hable en parábolas; prefiero hechos concretos. ¿Acaso es cegata?, ¿no ve que soy un nene inocente?, ¿un chamaquito virgen? ¿Acaso no entiende que las figuras retóricas me confunden la cholita? Deje sus "comparanzas" para cuando los aborígenes caribeños se rebelen y les metan leña y fuego a los asentamientos extranjeros en la región antillana. Así que volvamos a nuestro asunto. Siga con sus relatos, con sus aventuras pasadas, pues soy un goloso de la historia de mi pueblo.

—Tienes mucha razón chiquillo inquieto, esos temas complejos, esos símiles, esas comparaciones aterradoras que lanzo a cada rato acerca de conquistadores asesinos arrastrándose por las islas caribeñas los perturban; les trastornan sin sutilezas las tiernas calabazas. No obstante, estos tópicos los podrán espeluzar a su antojo una vez conozcan a *Yegüita*, ya que ella será la protagonista principal en mi próximo relato: *El Reino de los Zancudos*. Aunque no dejaré de mencionarlos en su totalidad chicos, porque son cuestiones imprescindibles en mis relatos.

—Y, ¿dónde queda su morada? —preguntó José con ojos curiosos, dándole un vuelco a la conversación—. Pues hasta el momento sólo nos habla de sus andanzas por las colinas y valles de la islita. ¿No tiene un ranchito o una casita de paja por casualidad?

—Bueno, chiquitín, en el principio cuando deambulaba despreocupada conociendo nuevas amistades y escudriñando cada recoveco de la isla, dormía en cualquier lugar que se me antojaba. Luego, sin yo pedirlo, todas mis amistades se reunieron y me construyeron un cobertizo techado de hojas de palma real en la barranca que ustedes llaman en su época "Joyo ´e Bin", ubicada en la hoya de los Cayules. Les recomiendo de antemano que no busquen el cobertizo, porque lo abandoné a toda carrera el 29 de octubre de 1867, cuando las lluvias copiosas del huracán más tardío en cruzar la isla de Puerto Rico, San Narciso, engendraron una descomunal crecida en la ancha quebrada —mientras yo me "jartaba" de alcapurrias de yuca cruda sentada en una sillita de pichipén, ¡jejé!— y, lo arrastró hoya abajo hasta el mar. Está estacionado en la costa norte de Isla Palominos, en los lindes del pueblo de Fajardo. Hoy en día los *Palomos* y las *Palomas* del gobierno de Puerto Rico, lo utilizan como salón de fiesta para bailar sus bachatitas, sus calipsos y sus reggaes, sus tanguitos, sus quebraditas, sus salsitas, sus funks, sus raps y sus flamencos...

—Ahora entiendo su atinada indirecta. —interrumpió Simón, siguiendo el hilo de la conversación—. ¿Será por eso que no tienen tiempo para luchar por su gente?

—En parte Simoncillo porque ellos, nunca sacan tiempo para luchar por el pueblo que los eligió; lo que buscan es saturar sus bolsillos con dinero del pueblo. También reciben riquezas "por debajo de la mesa" de algunas compañías locales y forasteras; las que controlan la economía del país. Del mismo modo, Simoncillo, se roban parte del dinero federal y local destinado a los municipios... entre tanto, el pueblo se empobrece.

—¡Santo Cleto! ¡Qué bandidos, así cualquiera brinca y baila!

—¡Bien dicho Simoncillo! Pero, yo diría, ¡San Antonio Parrilla!, puesto que los tales, poseen *la mente del Águila Calva*; la mente del gobierno norteamericano que no tiene sentimientos ni le importa un bledo la condición de sus "colonias".

Simón no entendió el insólito trabalenguas de La Indómita, así que enmudeció y dejó que doña Yegua continuara su charla fabulosa y verdadera.

—Por otro lado, les confieso que en la actualidad vivo en un palacio escarlata situado en la cima de Monte Indio. Ahora les suplico que dejen las preguntas encerradas en sus cerebros; echen hacia un lado el *cómo*, y el *dónde*, porque no pienso detallar el asuntito de mi palacio por el momento.

—Princesa con su permiso, llegó a mi cabecita una duda cuando usted mencionó la alcapurria de yuca, la cual contiene ingredientes extranjeros. Entonces, ¿puede un Comeyuca consumir manjares exóticos? —espetó José, buscando una afirmación positiva, ya que le gustan las delicias extranjeras; se acostumbró a ellas porque en la Isla de Vieques la gente ya no siembra, y todas las finquitas privadas se encuentran huérfanas, abandonadas; el pasto, el polvo y el abrojo, son sus moradores.

—Antes que nada, debo decirte que las alcapurrias que tanto me gustan y que consumo con gran deleite, no contienen ingredientes exóticos: son de masa solida de yuca cruda, tostadas al sol y sazonadas con sal de Bahía Salinas, la rocosa e inquieta zona costanera en el extremo este de la Isla de Vieques, donde las aguas saladas de sus playas se cristalizan en la arena. Referente a tu impaciencia por saber si debes o no debes ingerir manjares extraños, te puedo adelantar que el término *Comeyuca* es simbólico. O sea, no tiene que gustarte la yuca para ser miembro del grupo Comeyuca. Mi escritor es un Acérrimo Comeyuca, y le encanta el pan sobao con mantequilla, queso de bola y mortadella de la buena y apestosa, ¡jejé!

»No obstante, cuando consumes manjares exóticos, conviene proceder con cautela, ya que la gran mayoría de los comestibles extravagantes tienen puesto el sello de aprobación de los gobiernos, pero están podridos por dentro. Los sustentos ajenos vienen disfrazados, amigo mío. A simple vista se ven suculentos, apetecibles, sabrosos... Pero —¡Dios nos cuide, José!— están saturados de químicos dañinos. En consecuencia, estas sustancias nocivas, estos engaños a sabiendas, trastornan tu intelecto chiquitín, y te pueden volver loco o causar la muerte. Sin embargo, como yo soy la instructora del pueblo, les dejo una tarea a las acérrimas damas Comeyuca de Vieques, Culebra y Puerto Rico: *Les pido de todo corazón que escudriñen los libros históricos y averigüen lo que les pasó a las mujeres en el año1960 por estar probando los productos extranjeros del Reino Americano sin analizarlos. La frase clave para que no se confundan es: "píldora anticonceptiva".* Luego vayan al Salto, la cascadita en la hoya de Los Cayules, hablen con Chupaflor —digan que yo las envié para que se ponga "culeco"—. A la hora le

53

piden prestado el palo grueso y sin acepillar de la escoba que descansa en una esquina del patio. Al minuto se lo llevan. Entran al capitolio de Puerto Rico y gritan a todo pulmón: ¡"Canto de charlatanes"! Al segundo, sin coger impulso, le meten sin remisión 1960 golpetazos bien duros en el coco a cada uno de los representantes del pueblo, para que dejen de lamerle el ojo bizco al Reino Americano y se acuerden de que ellos fueron cómplices del terrible experimento anticonceptivo.

»Pero volvamos a nuestro asunto. En fin, si tienes un antojito Joseito, pues bien, que remedio, hay que ser realista, todo el mundo los tiene. No obstante, ningún Comeyuca debe ser acérrimo comilón de viandas extranjeras. A más de esto, aprovecho esta oportunidad, para exhortar a todos mis Comeyuca a doblar el lomo, a desyerbar sus talitas, a que siembren para que sus finquitas salten de gozo; ¡porque mi gente ya no quiere sembrar, prefiere comprar las golosinas de *Yankee Doodle*!...; pero más que nada, y lo deseo ardientemente, que se alejen de las promociones televisivas lava-cocos del *Feudo Expansionista del Norte*, que es el causante de que la gente haya perdido la fe; que es el embaucador que ha provocado la dejadez; que es el cochino que hocicó sus tierras, desmanteló sus barrios y los desplazó; el que le quitó a mi pueblo la ropa interior; el que le borró de la mente su glorioso origen. El que le robó su identidad de patria. El que todavía se confabula con su compadre Puerto Rico, para desmantelar la isla y empobrecerlos.

»Igualmente pipiolitos, mientras esto acontece, los palomos y las palomas de Borikén se hacen de la vista larga, sin importarles ni un huevo el sentir del pueblo biekense.

—De acuerdo, doña Yegua, eso haré. Ahora, por favor, apiádese de mí, que mi cabecita parece un reloj de péndulo rápido —suplicó José, que no esperaba una contestación tan profunda de su tutora—. Desde hoy le prometo que comeré alcapurrias de yuca rellenadas con carne de *carrucho*: los ricos caracoles, "Lobatus gigas", residentes en las aguas diáfanas de las playas de Jardín y Playa Vieja, ubicadas en el litoral suroeste de mi islita. Juro que sazonaré mis alcapurrias con la exquisita salmuera que se forma en las arenas de las playas de Punta Este. No obstante, a manera de antojito, seguiré comiendo mi bacalaíto guisado con aceite de oliva extra virgen, para complementar mi yuquita cocida. También, y doy palabra —¡qué bochorno!—, sacaré de mi cuartito la caja de cartón repleta de comida chatarra: *Cheese Trix, Potato Chips, Snickers* y otras golosinas que guardo debajo de mi cama, y las echaré a la basura.

—¡Perfecto, Joseito! Sin embargo, olvidas lo más importante: debes de limpiar tu cabecita. Te aconsejo que recuerdes la lucha histórica de tus ancestros, y eches en la cuenca del olvido, las golosinas podridas que implantaron en tu sensible cholita el infame *Reino del Norte*. Algunas son: la desgana, la sumisión, la programación mental, el pavor a los que se creen grandes, el miedo a reclamar tus tierras y el gusto por las ayudas federales, las cuales utiliza de maravillas el Gobierno de Puerto Rico y el Gobierno del Norte, para doblegar tu lomo y acallar tu perenne *lamento biekense*. Eliminando todas estas golosinas incrustadas como garfios —cual abrojo estrellado que se incrusta en la ropa cuando caminamos por los campos— en tu mente, encontrarás tu identidad. ¿Entiendes muchachito inquieto?

—¡Concho!, se lo ruego Princesa —interrumpió Miguel con premura—, cambiemos el engorroso panorama. Eso es doloroso. Prefiero que me hable de su otra personalidad... de *Yegüita*.

Y en seguida, se estrujó los ojos con el dorso de su mano derecha y, tomando un nuevo estímulo, exclamó:

55

—¡Alegre, distraiga, entretenga mi calabacita! —Pues tenía los ojos colorados y aguados, ya que recordaba el dicho: *¡porque mi gente ya no quiere sembrar, prefiere comprar las golosinas de Yankee Doodle!*, y la talita de su casa estaba descuidada; era un criadero de abrojos y sabandijas; la comparaba en su mente con el gobierno local de su terruño, el cual se encuentra en bancarrota, producto de la mala administración y la rampante corrupción de las sabandijas que representan al pueblo.

—¡Grandiosa idea Miguelito! —lanzó Pedro —. Yo secundo la moción, porque también me duele la cholita oyendo acertijos y enredos que no entendemos a cabalidad en estos momentos. Mire doña Yegua, olvide esos temas rompe cholas, y deposite toda su confianza en nosotros; tiene que quitarse la máscara de su personalidad para evitarnos confusiones futuras.

»Así que, si no podemos ver su figura adolescente en esta época, por lo menos trace en nuestro entendimiento una imagen casi tangible de lo que observaríamos una vez estuviera transformada en "potrita de caché". Sería maravilloso saludarla si la viéramos deambulando por los pastizales del siglo veinte y, sin recelos doña Yegua, compartiríamos con usted un rico flan de yuca.

La Indómita aceptó los ruegos, meneando la cabeza de arriba abajo. Sin embargo, volteó el cuello y sonrió con gran misterio. Pero no por mucho tiempo porque siendo como es, impredecible, al segundo dio un giro, miró fijo a Pedrito, y dijo:

—¡Qué avispado eres! ¡Qué "averigua´o" y lamedor de ojos eres glotón de yuca! No obstante, te perdono y te lo despepitaré con gozo… porque veo con claridad, el gráfico de *la mancha de la yuca cruda* surgiendo de la superficie de tu frente. Bien. Escucha con atención chiquillo indagador, para que te diviertas bailando sin control, un tango "arrabalero" de Carlos Gardel, entre tanto te embelesas leyendo el librito de La Revolución de Mayo, bajo la máscara de Fernando VII, "El Deseado".

»Una vez transformada, *soy una yegua zaina, maciza, compacta, musculosa, con cabeza corta y ancha, de perfil recto y ojos separados. Mi cuello y mis cuartos se ven bien desarrollados; mi pecho, amplio con lomo corto y los hombros en declive. Mis patas, cortas y huesudas con cascos resistentes. Mi cola y crin, negra, con raya de mulo en la espina dorsal, y señales cervunas en mis patas.*

»Además, tengo una mancha blanca en la frente que no me he visto ni poniéndome bizca, pues mi creador en un momento de olvido —eso creo—, me dejó los ojos distanciados, ¡jejé!

»En fin, me siento satisfecha, ya que mis amistades alaban la manchita de mi frente. Dicen que es similar a un diamante perfecto.

—¡Increíble! —tronaron los jóvenes a viva voz.

Al segundo, Miguel sacó de su mochila una torta de *casabe* para celebrar la confesión de La Indómita, y comenzó a devorarla a toda prisa, porque sus compañeros lo miraban fijo. Igual que si desearan algo. Pero el chico troglodita, ¡los dejó velando! Cambió la vista, les dio la espalda; no quería compartir su manjar exquisito con nadie.

Y así como así, todos velando – incluyendo a doña Yegua—, y deseando meterle el diente al casabe de Miguelito, retumbó el **¡Zas!**

El Coso Loco bajó como un bólido y empuñó a los chicos por el cogote… Los pipiolos se esfumaron en los aires.

—Un Comeyuca siembra su talita, y no depende de ayudas federales —dice La Indómita.

9

La prueba de la conformidad

Los estudiantes aparecieron en una cueva cuando la brisa costanera se movía presurosa sobre las aguas del mar, buscando aliviar del calor y del resol, a la fauna y a la flora de la islita. Emergieron desparramados por el suelo arenoso en sueño profundo; "a pata suelta" como dicen las Comeyuca del barrio La Mina y los Comeyuca del barrio Tortuguero. Doña Yegua sentada sobre una roca, con sonrisa de caramelo derretido, ya los esperaba.

De pronto, La Indomable chasqueó las uñas de sus manos, y los chicos despertaron. Simón se restregó los ojos con el dorso de sus manos, miró a su alrededor, distinguió a su entrenadora sentada sobre la roca, y exclamó:

—¡Qué pasó Princesa! ¿Dónde rayos estamos?

La Indómita no contestó, pues sonreía tranquila y enseñaba su flamante dentadura. Los demás chicos miraban a todos lados. Buscaban en sus mentes un esclarecimiento de lo acontecido ya que, el lugar donde se encontraban era cerrado y oscuro. Además, por algún motivo extraño, no recordaban haber viajado en los tiempos. Y así, y así, comenzó el desesperante interrogatorio de los pupilos.

—Deje la sonrisa picarona y hable doña Yegua, pues tengo la memoria en "blanco y negro", ¡Díganos qué rayos pasó! —secundó Miguel a modo de ruego, pues contemplaba nervioso las paredes rocosas de lo que parecía ser una penitenciaría pequeña de suelo arenoso.

—¿No se acuerdan? Comenzó a llover con fuerza en la

playa de Campaña, después de que Miguelito se atragantara la rica torta de yuca sin darnos un pedacito, y salimos corriendo igual que petardos encendidos a buscar un lugar lo suficientemente grande para guarecernos del chubasco. Así que nos trasladamos a esta cuevita bajando por la pendiente norte del cerro Sonadora. Y, cruzando por el barrio La Miray, pasamos Playa Gulfo y Playa Luján a *las millas de chaflán*. Luego, sin coger impulso, entramos a este refugio transitando a paso acelerado por las arenas lustrosa de Playa Juan Carlos —explicó La Princesa, mirándolos con ojos enigmáticos.

—¡Yo no me acuerdo! Prefiero creer que usted nos trasladó... ¿O fue el bólido insano? —expresó José, alzando las cejas.

—No sé nada de nadita —aclaró La Princesa, encogiéndose de hombros—. A lo mejor no corrimos hasta aquí, quizá nos caímos de cabeza por un risco, nos achocamos, y alguien nos trajo aquí.

—Pienso que nos miente. No sabía que las princesas consejeras tuvieran la frígida desfachatez de engañar a sus estudiantes —reaccionó Pedro, que la miraba amodorrado.

—Yo estoy de acuerdo con Pedro —gruñó Miguel—. Creo que nos miente. Yo no me acuerdo de ningún aguacero. Mire bien doña Yegua, ¡mis ropas están sequecitas!

—Presiento que usted nos oculta algo —soltó Simón, que aparentemente analizaba el misterio en su mente—, pues yo no me acuerdo haber corrido por la playa ni haberme encaramado en monte alguno.

—Bueno. Ya les expliqué lo que sucedió en la playa de Campaña... ¡Y me importa un pepino si no lo creen! Si desean romperse la calabaza grandota que llevan encima del cuello tratando de resolver el misterio, ¡pues bienvenidos al club de los testarudos! ¡Allá ustedes!

—Usted habla y se comporta como una maestra "Old

fashioned" doña Yegua —lanzó José sin pensarlo.

—¿"Old fashioned"? Suelta la lengua Comeyuca, expresa tus ocultos sentimientos —alentó La Educadora, observándolo fijo, con sonrisa de Yegua Lisa; la sonrisa que saca a flote los sentimientos de las personas.

—Hombre... ¡usted sabe! Una maestra de esas; de esas educadoras de antaño que mi papá menciona cuando me comporto mal en la escuela, de esas que le metían "fuete" o correazos como centella a los estudiantes, o le propinaban sin clemencia un delicioso "cocotazo" o mamporro en el coco para que respetaran a sus superiores. Sin embargo, para mí, hoy en día es mejor, porque en la escuela somos unos incordios, unos descorteses, somos... unos parejeros empedernidos, y las maestritas y también los maestritos, nos pasan la manita por la cabecita, porque si no, los meten presos. Creo que usted debe hacer lo mismo. ¡Páseme la "pezuñita" por la cholita doña Yegua!

—Ya mismito te la paso bufoncito, ya mismito... Por eso estamos... donde estamos —murmuró La Indómita mirando al cielo, pero en seguida exclamó:

—¡Ay José, Dios te ampare! Creo que debo meterte de cabeza en el salón de clases de mi gran amigo Wilfredo, el maestro comeyuca que reside en el barrio Santa María, para que te ponga vergüenza. Sospecho que tienes el coquito extremadamente "virao". Pero ese no es el asunto muchachón. ¿Acaso no entienden el rompecabezas que les he puesto sobre la mesa? ¿No ven que los estoy probando? ¿Qué analizo su conformidad?

—¡Gozoso Ajidulce! —gritó Pedro, asombrado—. ¡Princesa nos cogió de bobo! Eso es bueno que nos pase porque nos tragamos el cebo, con todo y anzuelo.

—Pues, yo diría, ¡Felices Mojotros!, porque se tragaron la carnada cruda sin olerla..., ¡jejé! No obstante, aunque no pasaron la prueba de la *ingenuidad*, ya que desconocen las frívolas artes del engaño a cabalidad, los felicito de corazón, porque pasaron la prueba que a los seres celestiales les interesa, con altos honores: la prueba de *la conformidad*. Hemos descubierto que no son conformistas, que son rebeldes naturales. Una de varias particularidades que debe poseer todo aquel que pretende ser un fiel Comeyuca.

»Las garras de la conformidad son peligrosas, pues destruyen la identidad de un pueblo. Un Comeyuca inconforme no se amilana ante los reinos expansionistas, mantiene su integridad y lucha por el bienestar de su gente.

»Un caso clásico lo fue la rebeldía, la lucha histórica de Cacimar y Yaureibo; los caciques guerreros e inconformes de su terruño. Los caciques y su gente, se rebelaron contra las injusticias del reino español de los Zancudos, porque querían privarlos de su libertad, programar sus mentes y arrebatarles su identidad de pueblo.

—¡Ay mi madre, jamás lo hubiera creído! Ahora entiendo que los habitantes de Bieke, fueron y son presa fácil del gobierno extranjero y local, por culpa de la inexcusable y dolorosa conformidad. —reconoció Simón—. ¿Y ahora qué?

¡No desmayen mis valientes!
¡Aquí llegó su Yegüita! Vine a educarlos, a perfeccionarlos, pues soy la única y verdadera educadora del país de Bieke.

10

Lección de Geografía

—Ahora comilones de yuca, pónganse cómodos; necesito retomar la narración de mis fabulosas y verdaderas pasadas experiencias, durante mis andanzas por montes y llanos de mi divino edén.

Y sin esperar comentario alguno de sus discípulos comenzó:

—Un mes de junio, en el siglo de mi espectacular aparición, cuando el sol se encontraba en el cénit, salí sin prisa para la hoya de los Cayules. Iba decidida a discutir un asunto profundo con mi amigo Chupaflor que, por algún motivo extraño sin yo saberlo, decidió proclamarse él mismo, mi reportero estrella. Además, planificaba incluir mis relatos en los archivos del Estatuto de Roma sin haberme consultado. Yo pensaba amonestarlo, pero el tiro me salió por la culata, porque este chupaflores, este colibrí polifacético me puso sobre la mesa argumentos convincentes y, sin yo darme cuenta de lo que hacía, le di el sí de inmediato, a todos sus enredos. Luego, *metí la pata*, le confesé que existe otro ser que piensa hacer lo mismo: el doctor Eleuterio D. Porsis; el cokí aborigen con grado honorífico; el batracio erudito, nacido y criado en el curioso barrio La Mansión del Sapo del pueblo de Fajardo, en Puerto Rico.

»Mi amigo El Chupe —así lo llamo de cariño—, quería más detalles de las sapiencias de Porsis, pero esquivé el asunto porque lo noté un poquito celoso. Luego de la reunión —la cual fue un éxito total, ya que llegamos a un acuerdo amistoso y celebramos con sorbitos de *jugo de papaya a la hielé*—, me di cuenta de que el día estaba esplendoroso. Entonces me acordé del problema de Albi.

»Me despedí del Chupe, después de alabar su delicioso invento *jugo de papaya a la hielé,* y salí deprisa como si algo me impulsara a visitar al sapito, pues me habían dicho que el sapito Albi estaba medio loco. Yo pensé que había perdido la sesera, ya que se empeñaba en construir su residencia en el tope de Monte *Bana,* un cerro en la costa norte de Valle Diablo, con el único propósito de asistir a las reuniones de las entidades celestiales que por allí se congregan.

»Con esto, según el bochinche que llegó a mis oídos, proyectaba —junto a Lepsis, la salamanquita inmortal del monte, que también padece de estos eufóricos caprichos— ser el mensajero estrella de los seres siderales que nadie sabe, ni yo misma, en qué época aparecieron. Asimismo, me alegó muy entusiasmado —yo diría enajenado— que, una vez fuera confirmado como emisario, pasaría a ser miembro honorífico del Cuerpo de los Heraldos de Peña Hueca.

»Sin embargo, al cruzar la quebrada Marunguey, cambié de idea al instante: la imagen del sapito Albi se escapó de mi pensamiento. Todavía no sé el porqué del súbito cambio. Sólo sé que troté hasta la ladera sur del cerro *Biajaní* porque un sentimiento me obligaba. No obstante, no me detuve, ya que escuché un susurro pegado a mis orejas; un murmullo que reconocí al instante expresado en la antigua jerigonza; un susurro que me indicaba a seguir de largo.

»Llegando a la falda del cerro *Güey* me arropó la confusión: silencio total... Desesperada, rechiné los dientes, grité algo en jerigonza antigua y en seguida escuché el susurro.

Me señaló a regañadientes que tomara la ruta occidental en dirección al monte que destapó su pico y me lanzó al vacío como pelota de batú. Recuerdo, chicos, que también protesté —¡a mala hora!—, y sentí que me propinaban un buen manotazo en la chola. Por instinto, me tapé las orejas y acorté por las afueras de Bahía Jalova, corriendo más rápido que ligero.

—Perdone, Princesa, la verdad es que no entiendo por dónde rayos usted vagabundeaba. Me tiene el coquito enredado con esas palabritas extrañas —interrumpió Pedro, que buscaba ubicar en su cerebro la ruta trazada por su mentora.

—Eso les pasa por haber perdido su identidad de pueblo —amonestó La Indómita—. Son palabras del lenguaje aborigen ya olvidadas —Lo que queda de la lengua primigenia es muy poco—; relegadas porque a ustedes les gusta someterse; les encanta la terminología ajena... les fascina el vocabulario actual del país que los rechaza y los ultraja. Si bien el lenguaje debe mantenerse activo, añadiendo palabras nuevas —¡incluyendo nuestros nobles neologismos!— para no caer en desuso, también es importante recordar y mantener vivo el idioma antiguo; el lenguaje prestigioso que identifica a los pueblos. En taíno, la palabra *bana*, significa «grande»; *biajaní*, «paloma turca», y *güey*, «sol».

—Ya entiendo, doña Yegua, en nuestra era contemporánea, *Monte Bana* es Monte Largo; *Cerro Biajaní* es Cerro de las Palomas, y *Cerro Güey* es... ¡Caramba, no sé!

—Mira chiquitín, *Cerro Güey* es el cerro Jalova, al cual, sin miramientos, los Comearepa le cambiaron el nombre y lo catalogan como Cerro Matías. Es el monte más prominente en Valle Diablo, y se encuentra en la parte oriental de la isla; lugar por donde se asoma el pícaro sol después de desayunar..., un poco antes de peinarse la calva. Creo

64

que la palabra «güey» lo identifica a la perfección. Y, para que no sigan con el "pregunteo", Cerro Ventana, al oeste de Vieques, que es el cerro más alto de la islita, es *Yaití*, que en lenguaje taíno significa: «lugar alto».

»A más de esto, chicos, la ruta que describo en mi loco caminar de aquellos tiempos se encuentra en la parte oriental de su terruño. Les exhorto a estudiar con ahínco la geografía de la Isla de Vieques, porque no quiero que anden por ahí semejantes a ciegos con bastones tallados de palos de cachimbo, iguales a los que vendían mis inolvidables compatriotas Rey y Cheíto Lambistocking, frente al bar Boca Chica, durante los años de la *invasión americana* en la Isla de Vieques. Tampoco quiero que les pase, lo que le pasó a un joven cuando un turista le preguntó: "¿Dónde queda la calle Baldorioty de Castro?" Y el chico lleno de asombro contestó: "¡Muchacho eso queda en Puerto Rico!" Y para su información, ya que estoy segura de que ustedes tampoco lo saben, esa es la calle que discurre por el frente del Supermercado Portela, haciendo esquina con la calle Luis Muñoz Rivera.

Los muchachos sonrieron al escuchar la chistosa anécdota de su tutora, pero no dejaron de cañonearla con sus preguntas.

—¿Y qué rayos significa *marunguey* doña Yegua? —soltó José de sopetón, mirándola con la sonrisa guasona que lo identifica.

—Marunguey es el nombre de una palma de baja estatura, de la cual los taínos utilizaban la fécula o almidón como alimento. Ustedes las vieron cuando transitaron por una hoya llamada Quebrada Marunguey en su primer viaje temporal durante la época de mi fabuloso lanzamiento, y salieron corriendo más rápido que una saeta de ballesta española, cuando avistaron el cangrejo de un metro y medio de largo que los observaba con avidez. No obstante, no les daré muchos detalles sobre la palmita, ya que en toda lección se dan tareas. Así que su primera asignación es averiguar el significado de su nombre. Luego, marchan tranquilitos a explorar las riberas de la quebrada, toman fotos de la palma, diseñan un póster, añaden un buen artículo debajo de las fotos con todo lo que aprendan, y lo llevan a su escuela. Lo quiero de esa forma para que las maestras y los maestros se asombren, se caigan de fundillo, y se abochornen; pues no inculcan en las mentes de sus estudiantes la historia y la geografía de su islita.

—¡Fabuloso! ¡Qué manjar tan exquisito! —expresó José con deleite—. ¡Me fascinan las asignaciones escolares! Me encantaría ver a estos profesores, a estas educadoras de cosas extranjeras, cuando se caigan de nalgas en el piso del salón, porque tienen miedo de diseñar un currículo nativo para los estudiantes vïequenses. ¡Todo esto me ayuda a mejorar el intelecto!

La Indómita sonrió al escuchar las expresiones del chico. Luego, profundizó el tema:

—Aunque soy una tutora franca y directa chicos, los exhorto a que respeten a la clase educadora, pues son personas de buenos sentimientos. Los culpables son los representantes del pueblo que tiran las quejas de estos abnegados instructores de escolares en los zafacones municipales sin respeto alguno, porque los tales se enchulan del sistema educativo de los reinos que los oprimen. Para que lo entiendan con mayor claridad y jamás lo olviden, se lo pongo en palabras de los humildes agricultores del área oeste de la Islita de Vieques, a quienes el despiadado Reino del Norte les arrebató sus tierras en la época de las expropiaciones desoladoras de los años 1941—1943: «Nuestro pueblo, doña Yegua, está sujeto a los poderes plenos del Congreso del Reino Americano, mediante la "Cláusula Territorial"».

Concluida la explicación, los chicos tomaron apuntes en sus cuadernos y merendaron. La Indómita les dio tiempo y, luego de un largo y profundo suspiro, continuó el relato interrumpido:

—En fin, muchachones, después de dejar atrás la fabulosa playa Bahía Jalova y olvidar el furtivo manotazo que me propinaron sin cortesías, llegué a la falda occidental del monte misterioso y lo observé de arriba a abajo. Digo que es misterioso porque ese montecito fue el que me lanzó por el buraco de la cima sin yo pedirlo, y tampoco me reveló su nombre... ¡Jejé! Sin pensarlo dos veces, corté por la maleza a paso lento y comencé a subir la cuesta con prudencia. Casi llegando a la corona creí oír voces a mis espaldas, pero no me detuve, me hice la desentendida.

»Apresuré el paso hasta alcanzar la cumbre y me senté en una roca forrada de acertijos, porque, aunque ustedes no me crean, el tope del cerro misterioso no tenía buraco alguno. Creo que los seres celestiales lo sellaron para que nadie husmee en sus entrañas. Para que tengan una idea de lo que vi desde el tope, hacia el noroeste de la isla, señorea un valle majestuoso que, limitado por una playa celosa a su derecha, se extiende hacia el poniente, más allá de Quebrada Marunguey.

»En aquel momento histórico para mí —pues tuve la dicha de estar en mi cuna de origen—, la inquieta brisa del sureste refrescaba y acariciaba mi atractiva melena, cuando alguien musitó en mi oreja izquierda: ¡"Cuidado! Estás mirando el enigmático Valle Diablo; lugar donde se reúnen los seres del disco o plano galáctico". Confieso Chicos, que mi hermoso pelambre se erizó y sentí graves escalofríos y, por aquello de que es mejor prevenir antes que remediar, me santifiqué con diligencia; me hice una cruz imaginaria en el pecho con mi mano derecha. Sin pensarlo dos veces, ignoré el asunto, viré el pescuezo hacia la costa occidental y presté atención al bello espectáculo ante mis ojos. Contemplé embobada y al borde del éxtasis las exuberantes colinas frente a mis ojos, y el imponente uval y manglar verde oscuro, que se fundían con la arena lustrosa de las flamantes playas colindantes a Ensenada Honda, pues las olas en alzada se encaramaban sobre las rocas; y engendraban una explosión salina que salpicaba la vigorosa naturaleza costera. La brisa sonriente y juguetona pretendía ignorar el prodigio, pero era sin duda alguna su más ferviente cómplice.

»Abajo, en la hondonada, el reflejo del sol sobre los árboles de muñeco, uvas playeras, palmares, creaba figuras vagas; estampas fijas, sombrías, incomprensibles.

Arriba, en la bóveda celeste, formaciones de nubes blancas y grises: formas abultadas y ansiosas, siluetas en el aire con ojos turbados… Hologramas.

La Indómita, la educadora del país de Bieke, cita a Virgilio Dávila: «¡No le des tu tierra al extraño!»

11

La prueba de agudeza y temeridad

—Tan pronto terminó mi embobamiento con la fabulosa naturaleza biekense, vista desde el tope de Monte Indio, bajé la cuesta del cerro con recelo y me fui a saborear matitas de cohitre y batatilla en Quebrada Bastimento. También a cavilar, ya que sentía la necesidad de aclarar los asuntos intrínsecos que asediaban mi hermosa y despampanante cholita. Pensé y todavía pienso, que fueron los guías celestiales los que me impulsaron a visitar el cerro para que supiera que están pendientes de todo lo que hago. Deduzco, sin temor a equivocarme, que trastornan el espacio-tiempo en ese lugar cuando se comunican conmigo. Me zumban cosas, me muestran imágenes extrañas... me tiran de todo: cuestiones que debo observar y analizar para estar al día, con los asuntos de mi terruño.

—¡¿De qué centella habla?! —lanzó Miguel a boca 'e fuego—. A mí me parece que son siluetas de exploradores que viajan por el tiempo, asustando a "Raimundo y a todo el Mundo".

—¡No te apresures a forjar comentarios de cosas que no entiendes Miguel! Todo lo que existe, ya sea real o irreal, lo disciernen los seres eternos.

—¡Si usted lo dice, algo esconde! —impugnó Simón—. Tiene suerte de que nosotros no dominemos el espacio-tiempo, de lo contrario estaríamos investigando las maquinaciones de los consejeros galácticos por cuenta propia. Aun si fuera posible, nos perderíamos si lo intentáramos, ya que todos los relojes creados por los humanos, tienen fallas internas y no marcan el tiempo con exactitud.

—¡Es obvio!

—¿Cómo? ¿A qué se refiere usted, cuando dice, "es obvio? —intercaló Simón con cara de preocupación.

—¡Es evidente, porque los relojes son artificiales, y todo lo artificial es imperfecto y desastroso Simoncillo! Inflige males irreversibles al cosmos; desbalancea la naturaleza perfecta del universo. Por otro lado, amiguito, cualquier juí come moscas sabe que viajar al futuro quizá es posible, pero ningún ser humano lo ha logrado. ¡Trasladarse al pasado es lo difícil!

»¡¡Y, no lo oculten!! Lo sé todo; no se hagan los inocentes..., ¡jejé! Mi amiguita Dalis, la perenne reinita mora de nuca anaranjada, me reveló que ustedes descifraron el entresijo. Así que dejen de estar brincando como pichones, perforando las barreras del tiempo con relojes imperfectos; pueden tener un accidente fatal... Es más, me atrevo a asegurar que tienes la cholita forrada de chichones Simoncillo.

—¿De qué nos habla? Yo no tengo chichones en mi calabacita. Nosotros no sabemos viajar hacia delante o hacia atrás en diferentes puntos del tiempo. ¡¿Qué rayos sucede?! Usted misma dijo que, por alguna razón imperiosa, los seres celestiales nos transportan a través de las barreras temporales. Cuando hice el comentario en relación a los cronómetros, me refería a las fallas de los artefactos existentes para medir el tiempo, ya que los científicos humanos de la época contemporánea no han podido diseñar un reloj que nos permita ordenar los sucesos en secuencias con exactitud —aclaró Simón, mientras ojeaba a su tutora con cara de asombro.

—¡Ajá! ¡Muy bonito! ¡Linda excusa! ¡¿Creen que soy una tonta?! Sé que penetran las fronteras siderales por cuenta propia —remachó La Indómita, ignorando la exposición de su pupilo—. Tienen suerte de no haber caído de cabeza en un mundo paralelo, por estar experimentando sin conocer a fondo el comportamiento de las leyes físicas. Además...

La Indómita hizo una pausa, abrió los ojos y miró a sus alumnos, fijo. Al segundo, vociferó:

—¡Huy! ¡Corran! ¡Salgan! El bólido loco quiere retornar, y, si no los encuentra en la playa de Campaña, se va y no vuelve... y ustedes, queridos estudiantes, ¡se quedarían en esta época para siempre!

—¡Que venga la centella maniática! ¡Yo no me moveré de este sitio! —gritó Simón con bravura.

Los demás estudiantes temblaron, pero no dieron un paso atrás. Estaban dispuestos a sacrificarlo todo con tal de convertirse en acérrimos Comeyuca; con tal de llenar sus cabezas con la impresionante historia de su pueblo, escuchando los relatos de su tutora. Así que no perdieron la calma y gritaron a una voz:

—¡Nosotros tampoco nos marcharemos! ¡Uno valiente, todos valientes!

—¡Concho, fallé! —exclamó La Indómita, rechinando los dientes—. Pensé que me iba a deshacer de ustedes. Rogaba en mis adentros que una vez escucharan mi argumento ingenioso sobre el tiempo y les metiera un poco de miedo, deprisa y presos de una terrible ansiedad, correrían igual que usurpadores de tierras ajenas perseguidos por aborígenes rebeldes, hacia la caverna prohibida en la playa de Campaña, y así evitar quedar atrapados en este siglo.

—¡Chacha! ¿Cómo? En verdad no lo puedo creer. —atacó Miguel con mueca de pocos amigos—. Primero nos raja la cholita con teorías físicas que no entendemos y al segundo, sin misericordia, nos mete en los sesos un sonado embuste para amedrentarnos.

71

La Indómita lo miró con una sonrisa a flor de bembos, y se defendió con tenacidad.

—¿Yo? ¡Yo no soy la culpable de estos líos Miguelito! El culpable es mi amigo Chupaflor, que se trepa en el techo de su casa en la hoya de los Cayules a espiarnos con su telescopio de espejo cóncavo, y le envía por telepatía —sin el uso de los cinco sentidos— pensamientos enmarañados a mi tierna y velluda calabaza, incitándola.

—¡Otra mentira Miguel, no le creas! —alertó Pedro, exaltado—. ¡Qué bárbara! ¡Ni el Chupe se escapa de sus enredos! Esta instructora de inteligencia fecunda no se cansa de cañonear nuestros cerebros con ficciones y trabalenguas.

La cháchara de ataque y contraataque arreciaba, pero José, pensaba en Chupaflor.

—¿Un colibrí le trastorna los sesos? Fíjese, yo pensé que los culpables eran los seres celestiales ¿Por qué lo hace doña Yegua? ¿Por qué este pajarito husmeador controla su mente?

—¡No me acuerdo José! No sé el porqué de su comportamiento. A lo mejor el Chupe es un encubierto, un chota de los seres siderales. Algo así como un funcionario, o una funcionaria del gobierno local, que pasa el tiempo espiando a los colegas más honrados del ayuntamiento para mancillarlos y tomar sus puestos. Pero nadie sabe Joseíto…nadie sabe.

Sin aviso, La Indómita mueve su cuerpo escarlata y, sin quitar los ojos, comenta:

—Les revolqué la molleja, ¿verdad? ¡Pero hombre, anímense! ¿Acaso no ven la alegría reflejada en mi bello rostro? Es que siento un gozo inmenso en mi pecho. Los felicito de corazón chicos, puesto que no cayeron en mi laberinto complicado de difícil salida.

—Si dijera: «¡Los felicito calurosamente por no caer en

mi embeleco!», sería más fácil de entender —aclaró Miguel, ceñudo.

—Creo que no le has dado la debida atención al "embelequito" Miguelito. ¿Acaso no entiendes que sólo fue un juego premeditado? Una comedia que me permitió descubrir que son *avispados y temerarios*, porque ni cayeron en la mentira sobre el embrujo del tiempo, ni salieron huyendo como truches bribones y robahuevos cuando los pillan asaltando los nidos de avecillas indefensas. Sepan, pues, que han aprobado con éxito dos de mis intrínsecos exámenes. Demando que sean chicos buenos y me absuelvan sin represalias..., ¿sí?

—La verdad es que no pegamos una Princesa. Siempre nos agarra por sorpresa. Usted es la reina de los desconciertos y la forjadora por excelencia de los "cuentos chinos" —opinó Pedro, apuntando los brazos hacia arriba, como implorando al Todopoderoso.

—¿No se acuerdan? —preguntó La Indómita—. Ya les había dado ciertos detalles sobre la manera enigmática de mi enseñanza. Yo reto a los que dicen ser fieles Comeyuca profesionales y también a los aprendices; analizo sus cualidades lanzándoles de improviso cuchufletas, acertijos y otros artificios aparentemente ilógicos; así me entero si los tales son legítimos Comeyuca: les sacudo la sesera para averiguar si son dignos de ser llamados *mis verdaderos dueños*.

»Por lo demás, les aconsejo muchachitos, que se espabilen, ¡que se pellizquen con fuerza la barriguita! Pues todavía son dormilones de ojos abiertos —concluyó La Princesa, señalando a los jóvenes con sus lustrosas manos.

—¿Y quién le da la autoridad para retarnos, para evaluarnos? —disputó José con ironía—. Si usted salió por el roto de un monte extraño en Valle Diablo, como proyectil lanzado desde un submarino nuclear sobre las costas de Vieques, y cayó igual que un coco rancio en la maleza.

—Es hora de que sepas chiquitín, que yo no soy un coco añejo, que yo no salí por un boquete de la cresta de un monte al azar. Yo, ¡La Increíble Yegua Indómita!, emergí del corazón de esta tierra con la gran encomienda de alentar y liberar a mi pueblo —mi adorado país biekense— de los abusos del gobierno local y del *Reino Invasor del Norte* que lo ahogan.

»A más de esto muchachón, le doy fortaleza a mi gran amiga *Bi* —la admirable Isla de Culebra—, que también es víctima de estos gobiernos insanos y llora desconsolada. Al mismo tiempo lucho por todos los barrios pobres de Puerto Rico: los gloriosos barrios donde residen muchos fieles Comeyuca y que sienten el perjuicio y el abandono en carne propia. Por lo tanto, *cargo el sello autóctono de la autoridad suprema, igual que una mácula diamantina, estampado en mi frente.*

Los chicos suspiraron hondo; cabizbajos, lagrimeando. Al segundo, a poca distancia de ellos se formó una pocita; el fluido acuoso de sus ojos estancado en un hoyito del terreno.

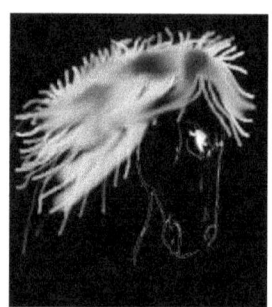

«Querido público viequense. Esta es mi fabulosa "mirada de Pescado Frito". Si ustedes no se aguzan, no abandonan la apatía y la desgana que los tiene eñangota´o, los buscaré y se la pondré en sus caritas para que tiemblen como tembleque de maicena de doña Melita; ¿Entendéis?».

74

12

Las tres pruebas contundentes

Al ratito, luego de la descarga sentimental de doña Yegua, hubo un cambio en los ánimos de los chicos, porque se oyó una consulta inesperada de una garganta media ronca.

—Hay algo que no entiendo doña Yegua, ¿por qué desea tener dueños? Sólo los objetos inanimados, creo yo, pueden tener dueños. Siento la leve sospecha de que oculta algo. ¿Quién es usted en realidad? ¡Hable de una vez!

—De repente, se me cayó el asunto de la memoria Simoncillo. Por lo visto, no es tiempo de darles una explicación. Es mas, ¡me voy y los dejo a su suerte! Tengo un compromiso muy importante con mi eterno amigo Chupaflor. Vamos a disfrutar de unos ricos mantecados de yuca en la fuente soda *Green Room*, de la calle Luis Muñoz Rivera, mientras escuchamos nuestra canción favorita, «Sabor a Mí». La famosa canción de los años trágicos de la Segunda Guerra Mundial.

De inmediato comenzó a tatarear la canción... pero a su manera:

Pasarán más de mil años, muchos más...
Yo no sé si mi terruño aguantará.
Pues ya van setenta y pico
y muy pronto...

No obstante, el cántico no llegó muy lejos porque...
—¡Cállese, por favor! ¡Acaba de romperme el tambor de

mi oreja derecha! —clamó José—. ¡Usted castiga mi cholita adrede!, pues me recuerda los setenta y pico de años que hemos sufrido bajo la bota absoluta de los Yankees desde que asolaron y expropiaron nuestras tierras en el año 1941.

—¡Sufren y sufrirán! —raspó La Indómita a boca 'e fuego—, porque la endemoniada Águila Calva —símbolo de la Nación Norteamericana— sigue dando vueltas sobre la islita, humillando y maltratando a los habitantes y, los viequenses no tienen el ánimo para cazarla, porque no han desarrollado el glorioso valor de sus ancestros. Los viequenses Joseito, todavía se pasman y acatan todos los mandatos del Águila sin chistar.

—¡Qué castigo Dios del Cielo! —contraatacó José de nuevo, alzando la vista al cielo—. Aguante el empuje que me tortura. Mire, yo sé que eso nos pasa por ser Comearepa, pero ese abuso se acabará cuando todos los viequenses se conviertan en Comeyuca, ya lo vera.

—Tienes toda la razón, se acabará. Pero hay que pensarlo bien, porque ya para el año 2000, se levantará un movimiento anti-marina, que protestará las maniobras militares del Águila, con éxito. Pero cometerá un grave error, ya que una vez logra sacar la marina de la isla, el movimiento, por falta de líderes genuinos, dejará la lucha y no ocupará las tierras recuperadas.

»Tremendo error al no ocupar las tierras porque el Águila malicioso los burlará. La Marina de Guerra Americana traspasará un total de 17,769 cuerdas de mis tierras —con la aprobación del *gobernador de Puerto Rico*, quien firmará los documentos sin el consentimiento de los viequenses—, al Departamento del Interior de su país. El cual, le pasará la *papa caliente* al U.S. Fish and Wildlife Service.

»En conclusión, el infame se apoderará del 53.650 por ciento de mis tierras, cuando ustedes —en vez de quedarse en los dominios conquistados—, brinquen la verja de "Yankee Doodle", y se vayan a bailar la salsa y la bachata sin darle importancia al asunto. Por lo tanto, seguiré cantando para que tu cholita y las cholitas de todos los viequenses se aceleren y, cuando se levante el *Nuevo Movimiento Comeyuca*, no cometan el mismo error.

—¡Lo sé, y admito públicamente que pertenezco al grupo de los resignados! —confesó 'José—; los llamados *masoquistas*, pero a mí no me cabe el sobrenombre ni la culpa, porque soy un chico de coco verde. ¿Acaso no entiende que la mayoría de la gente adulta de Vieques está dormidita en sus cunitas, cual nenes chiquititos, esperando despertar en el inalcanzable *American Dream*?

—Sí, eso es cierto. —concedió Miguel, entrando en la conversación—. Pero nosotros, aunque somos niños, y toda la juventud viequense, también hemos caído en la trampa del yankee, y al igual que los adultos, estamos mamando bobos, chupetes, pezones plásticos, biberones...; disfrutando del mantengo federal. ¡Qué sé yo!; navegando en la barca de "La Dolce Vita". Mire, doña Yegua, ellos ni nosotros, queremos que nos despierten, eso duele. ¡Usted no tiene corazón!

—Está bien. Los comprendo chamaquitos. No les gusta ser masoquista porque les duele el encéfalo cuando se lo machaco bien *machacao*. Sin embargo, todos los que se someten a las naciones imperialistas son masoquistas: les gusta que los maltraten. Si no reaccionan y se convierten en acérrimos *Comeyuca*, permanecerán eternamente dentro del pozo vicioso del masoquismo..., pero que remedios, les daré un respiro. Por el momento, meteré y guardaré los setenta y pico de años de penurias causados por La Marina Norteamericana en mi inigualable *baulito incordio*. Pero más tarde, les zarandearé los *cocotes* a los Comearepa viequenses, para que despierten y salgan de sus cómodas cunitas.

»Por otro lado, Joseito, quisiera cantarte la melodía a modo de serenata española, o de jazz americano, o de seis chorreao en Cante Hondo Biekense —si te gusta el desconsolado *lelolai* de los mancillados jibaritos de tu pueblo—, para que recuerdes que "Wildlife" posee el setenta por ciento de mis tierras, y, ni tú, ni tus compueblanos viequenses, se agilizan para remediar la situación.

—¡No y no! —chilló José, alterado, atajando a su maestra—. ¡No sea testaruda ni sádica! ¡Ya le dije que soy un nene inexperto! Cánteselo a los que dicen ser patriotas viequenses que, también están dormidos, para que se aviven, rompan las nuevas verjas de *Wildlife* y reconquisten las tierras de nuestro Vieques.

—No entiendo el porqué del setenta por ciento de las tierras —cortó Pedro, la penosa plática—, porque usted dijo cincuenta y tres y pico. ¡Explique eso, por favor!

—Lo que pasa Pedrito —amplió La Indómita—, es que Wildlife dice ser dueño del cincuenta y tres y pico por ciento de mis tierras, pero como ustedes no chillan por estar dormiditos en sus cunitas como nenes chiquititos, el pícaro Wildlife a escondidas, se ha ido apoderando de más *tierritas*... y, ya el pico, es más largo. De modo que, a cálculo bruto, controla un setenta por ciento de mis hermosas tierras… Asimismo, estos *truches bribones y robahuevos*, del gobierno norteamericano, también se jactan de ser mis dueños…, pero *son dueños postizos*, ya que, sin el consentimiento de mi pueblo, y con la ayuda de su compinche Puerto Rico, comenzaron a apoderarse de mis fértiles tierras ilegalmente, forzosamente, en el año 1941.

—Mire, doña Yegua: ¡basta ya de traidores, y de naciones come oro y come tierra! —rechinó Miguel, alborotado, porque tenía cierta duda cuajando en su cerebro—. Volvamos al asunto del *Green Room*, porque cualquier ciudadano viequense sabe que en esa heladería no preparan esos mantecados de yuca que usted indica. Ahí lo que venden son manjares extranjeros: perritos calientes, hamburguesas, y cosillas hechas de frutas, leche con vainilla, leche con chocolate... y el sabroso *bananita Split*..., y todos me gustan mucho y...

Miguel paró en seco —todos lo miraban con ojos descoloridos—. Al segundo, bajó la vista abochornado, pues se acordó del consejo de su tutora, que puede comer manjares extranjeros, si tiene un antojito, o si tiene hambre, pero si se convierte en Comeyuca, no puede ser un tragantón empedernido de ellos. Toda Hermandad Comeyuca —según La Indómita— debe usar su sano juicio, ya que los manjares exóticos o simbólicos destilan podredumbre.

La Escarlata observó a Miguelito fijo, con su recia mirada de pescado frito. Creo que lo perdonó, porque al segundo le obsequió la mirada de *Becerro Mongo*: Te perdono, ¡pero no te desmandes!, que es la mirada que utiliza cuando alguien comete una falla involuntaria.

—Miguel tiene toda la razón doña Yegua, ningún *comilón de otras cosas* prepara esos mantecados de yuca que usted menciona —comentó Simón de repente, después de reponerse del incidente bochornoso de Miguel—. Ellos comen "apple pie" a tutiplén, ocultos en sus covachas repletas de sabandijas, pero no les gusta oler ni comer la rica yuca. Es más, desconocen las recetas aborígenes, pues patean los libros históricos y desprecian a las personas que les hablan de las costumbres de antaño.

La Indómita observó a los chicos con rostro enigmático y ojos centelleantes. Sin demora, se levantó de la roca y tronó a viva voz:

—¡Me importa un pepino si no lo creen! Me largo... hasta luego... ¡Incrédulos!

—¡Hola! ¡Estamos pegados al suelo y no pensamos movernos! —gritó Pedro a toda velocidad—. A más de esto, y no lo dude, estamos interesados en sus relatos. Queremos atiborrar nuestros encéfalos de la gloriosa historia de nuestro pueblo, para convertirnos en fieles Comeyuca. ¿Por qué desea marcharse y dejarnos solitos en esta cueva tenebrosa, ah? ¿Le gusta jugar con nuestras mentes?

—¿De veras? No lo había notado. ¡Caray, ustedes me torturan! Siempre andan atolondrados.

—¿Cómo así? —consultó Simón de sopetón, buscando una aclaración. Ande, diga, ¿por qué la torturamos?

—Me sacan de quicio, porque nuevamente los estaba evaluando, ¡y ni cuenta se dieron! No obstante, ¡los felicito! Me siento satisfecha, ya que aprobaron tres exámenes contundentes en este encuentro. Primero: noté que son recelosos, desconfiados; no se dejan engañar con facilidad por cualquier "cuento chino". Segundo: corroboré que sus mentes están dispuestas al aprendizaje, aun siendo machacadas. Tercero: confirmé que son ávidos tragantones de los asuntos históricos de su pueblo.

—¡Dios de los cielos! ¡¿Cuántas pruebas faltan doña Yegua?! —chilló Miguel.

—Quedan pocas, Miguelito, pero lo más importante de todo esto es la evaluación final. Quizá... Presiento que, en este primer encuentro, como estudiantes primerizos, los consejeros celestiales los convalidarán como fieles Comeyuca. Así que no se detengan, coreen el "Son de los Comeyuca" a viva voz, porque *la mancha de la yuca cruda*, la mácula de mis verdaderos dueños, se está plasmando vigorosamente en sus frentes.

Y de chiripa, para celebrar, La Temible Educadora Biekense, comenzó a vocalizar su melodía rompe chola preferida:

Pasarán más de mil años, muchos más...
Yo no sé si mi terruño aguantará...

13

El «Son» de los Comeyuca

Como era de esperar, los chicos se taparon los oídos con sus manos para no escuchar la punzante sinfonía. Tan pronto doña Yegua tomó un respiro, José aprovechó el momento para cañonear a su tutora y disipar una duda.

—Acaso escuché de sus bembos, la frase: ¿*El Son de los Comeyuca*? ¿De qué centella habla? Eso suena a balada musical, pero yo no conozco el tal sonsonete, doña Yegua.

—Yo tampoco —secundó Simón—. La Princesa no se cansa de asombrarnos. Siempre tiene un trabalenguas enredado en la faringe.

—¿Bembos? Eres un chico tremendo Joseito. ¡Estás cegato! Mis labios son de raya fina, parecidos a los labios de la *Paloma* puertorriqueña —Ramírez de Ferrer— que, en el año 2016, defendió en una entrevista radiofónica la propuesta del *truche* americano, Inhofe, argumentando que la reapertura de una base estadounidense en esa isla crearía empleo y ayudaría a impulsar la actividad económica.

Al segundo, sin esperar comentario alguno, chilló de sopetón:

—¡Qué mala suerte la suya! Pensé que el armónico verso de los Comeyuca ya se encontraba incrustado en sus tiernas calabazas. Está bien, no importa. Se lo cantaré *a capella* en tono taíno de *Guey* Mayor, que es lo mismo que en tono español de *Sol* Mayor..., ¡jejé!

Les sugiero que lo copien o lo memoricen para que lo usen sin restricciones en futuras celebraciones o reuniones de hermandades comeyuca. Y, abriendo la boca como boca de palomo corrupto viequense, comenzó a cantar la melodía a todo pulmón.

Ni soy un búho, ni soy fanduca,
Soy abayarde, ¡soy Comeyuca!
¡Gritad mis fieles!
¡Chillad a coro!
¡Tengo la mancha de yuca cruda!
Uno valiente, ¡todos valientes!
Al mal le damos, ¡clavos calientes!

Los chicos quedaron asombrados —parecían muñecos de tiendas de vitrinas colocados en escaparates— al escuchar las rimas cadenciosas del poema entonado por su profesora. Luego sonrieron, y se miraron unos a otros sin comentar.

La Indómita empleó el gozo instantáneo para retomar la narración pasada.

¡Hola fanaticada!
Los "mangué" por ser curiosos empedernidos…, ¡jejé!

«Sé que estaban deseosos de conocer mi famosa sonrisa "Yegua Lisa". Pues, aquí la tienen, ¡cantos de averiguᵒo! ¡Y se buscaron un buen lío!, porque mi sonrisa Yegua Lisa desembucha los sentimientos del que la mira, y, como son bien atrevidos y me están mirando, presiento que muy pronto proclamarán a todo pulmón, que son Acérrimos Comeyuca, ¡jejé!».

82

14

Interludio: Pesadillas y sustos

—Alrededor de dos mil años después de la muerte de Ferro, mi fiel Comeyuca, me acosté a las tantas una noche calurosa. Me acomodé en el hueco de unas peñas rodeadas de árboles hermosos de péndula cimarrona, muy cerca de la casita de mi eterno amigo Chupaflor, a tomar un merecido descanso. La noche cerrada, sin estrellas, invitaba al sueño. Sin embargo, todo resultó en duermevela. Eso me pareció, ya que abría los ojos entre dormida. Era un sueño fatigoso y pesado, interrumpido con frecuencia por formas móviles, encarnadas, que me arrastraban mientras me hablaban. Formas que me invitaban a buscar algo, formas que... ¡Ay, mejor ni les cuente!

»Luego, desperté y razoné. ¿Serían imágenes accidentales? ¿Cambios apresurados? ¿O sería un celaje? No pude descifrar el sueño. Entonces, de la nada, sentí enormes deseos de conversar con mis Arcaicos y, sin pensarlo dos veces, me lavé los ojos en el chorro cristalino de Cascada el Salto; desayuné manojitos sabrosos de cohitre fresco —charlando a tutiplén con mi amigo Chupaflor que tampoco pudo conciliar el sueño y había madrugado—, y marché deprisa para Valle Prieto. Al llegar a la primera cueva noté que estaba vacía. Corrí por todos lados desesperada, pero... no estaban. No había nadie. «Se han marchado», pensé. Con presteza, viajé a Monte Largo, el cerro donde el brujito Albi construyó su nueva morada, y le pedí su sabio consejo.

»Me dijo sin titubeos que buscara en el lugar conocido como La Hueca. De inmediato, percibió mi pálido semblante, y me aconsejó que pasara por Laguna Dorada; que charlara con nuestros amiguitos luminosos para que me tranquilizara.

»Partí al instante triste y desbocada con los ojos aguados, y llegando a Puerto Mosquito, me detuve en la orilla de la bahía bioluminiscente siguiendo los sabios consejos de mi amigo Albi. En seguida me zambullí, y escudriñé sin pestañar —con ojos de tiburón politiquero cuando le dicen que llegó una millonada de dinero federal—, las diáfanas aguas del estanque para dialogar con mis camaradas refulgentes, los que residen en las aguas donde las raíces de los manglares ennegrecidos por el salitre semejan zancos de acróbatas en baile de carnaval.

»Mientras buscaba a mis delicados bahameses, a mis fieles y graciosos dinoflagelados por todos lados, recordé que sólo se ven cuando el pícaro sol se esconde. Pude haber esperado hasta que cayera el ocaso, pero estaba muy preocupada por mis dueños, y no lo hice. Entonces, adolorida, salí de las aguas, me acomodé las penas sobre mis hombros, y me alejé con paso apresurado hacia el valle costanero de La Hueca.

—Oiga, Princesa, perdone la intromisión. Me siento intranquilo y no sé el porqué. ¿Será un mal presentimiento? —expresó Miguel nervioso, mientras observaba algo que se movía en la parte más oscura de la cueva—. Creo que me sentiría mejor si nos explicara con lujos de detalles, ¡en dónde rayos estamos metidos!

—Estás en lo que en tu época llaman la Cueva de Cofí. Y, queda al tanteo, a veinte metros de una laguna peligrosa: la poza tenebrosa que guarda en su seno el remolino asesino, la vorágine de corriente de agua circular cuyo vórtice hala hasta las profundidades del estanque a los infelices que se atreven a bañarse en sus aguas, ahogándolos. Este remolino es parecido a los torbellinos del gobierno borinqueño y del gobierno americano, que ahogan impunemente la economía de Vieques y Culebra.

»A más de esto Miguelito, esta cuevita es la morada de un mosquito bien panzudo que, en este momento, duerme profundamente. Creo que tiene un peso de... 1511 libras, y su pico ponzoñoso puede sostener 1514 aborígenes indefensos en el aire por una hora sin que se caigan... entre tanto les raspa el pelambre de sus cholas con las puntas de sus largas patas. También, dicen los que saben, que en menos de un minuto les chupa los jugos internos con su aguijón ensangrentado, y que luego, abre su garganta putrefacta para esparcir por toda la isla su carcajeo diabólico.

—¡Ay bendito! Ahora sí que tengo las piernas gelatinosas. ¡Pronto, doña Yegua, larguémonos de aquí!

—Ya nos vamos pipiolitos... ¿No lo escuchan? Es el ¡*Zas*!... el Coso Loco se aproxima a toda velocidad.

La Indómita Biekense les propone:
«¡No se rindan mis valientes, la victoria está en la esquina! Sigan leyendo mis libritos para que se mojen la sesera con mis sabios consejos, porque *La mancha de la yuca cruda se está esbozando en sus frentes*».

15

Los traidores del pueblo y la prueba claustrofóbica

Nuestros personajes atraviesan las barreras de los espacios y los tiempos. ¿Quién? ¿Quiénes? ¿O qué los transporta? No sé mucho sobre el asunto, pues La Indómita me confunde y me obliga a echarle la culpa al Coso Loco y, otras veces, a ciertos seres celestiales que pululan en Valle Diablo, región ubicada al este de la Isla de Vieques. ¡Esta yegüita tiene cosa! Yo no le creo. Pero ustedes, futuros Comeyuca, que ya se han convertido en tenaces entusiastas, están sugestionados y creen todo lo que ella les zumba.

»Les recomiendo de antemano, que hagan una pausa ahora mismo, ¡y dejen de leer este relato!; ella los tiene hipnotizados, y poquito a poco les romperá la sesera... Pasarán sus vidas en una casa para pacientes mentales. A mí, me lleva al trote, y me amenaza a cada rato. Ahora mismo me está mirando sin pestañar, con su ojo de pescado frito. Por lo tanto, yo sigo al pie de la letra sus instrucciones cuando escribo sus relatos, so pena de convertirme en truche, si no consiento a sus estrambóticos caprichos.

»De todas formas, si son obstinados y desean arrastrarse por el piso del manicomio portando la mancha de la yuca cruda en la frente, relinchando como una yegua —igual que mi gran amigo, "Güeso", cuando se tomó un pote lleno de té de la traicionera flor de Campana y sus juicios se les descontrolaron—, entonces sigan leyendo para que se enteren de lo que está fabulosa y verdadera profesora concibió en su mente, porque ciertamente, ella llevará sin marcha atrás, a sus pupilos y a ustedes, al maravilloso y verdadero mundo de los Comeyuca.

Sepan pues, que los viajantes aparecieron en un lugar

86

extraño. Doña Yegua, sentada en el suelo, con rostro sereno y, los alumnos frente a ella, a manera de un semicírculo, con rostros parecidos a políticos corruptos cuando los sorprenden.

—¿Qué rayos pasó? ¿Dónde estamos Princesa? ¡Santa Puya, este lugar está lleno de espinas! —lanzó Miguel disgustado, pues se había percatado del sitio de aterrizaje—. ¿Fue usted? ¿O fueron los guías celestiales los que nos metieron en estos diabólicos espinos?

—Fue... Déjame pensar... ¡Ajá! Fue el bólido "trabuleco", que le encanta trabucar a los viajantes siderales. Ese *contraya'o* —que le fascina contender— nos empuñó por el cogote, nos trasladó a su capricho en el tiempo, y nos tiró contra el suelo sin misericordia alguna. Al minuto, Miguelito, y después de reírse como gusto y gana le dio, nos arrastró y nos metió dentro de esta arboleda espinosa, para que los mosquitos no nos piquen.

—¡Ay mi madre, qué incomodidad! —soltó Pedro, airado—. Cuando agarre al bólido chiflado, lo voy a freír en aceite hirviente de tártago para que no sea desconsiderado. ¿Y qué año es este, doña Yegua?

—Estábamos en el año 1501 Pedrito, pero el Coso Loco nos metió en el 1511.

—Yo no veo mosquitos —soltó José, desmintiendo a doña Yegua, mirando de lado a lado.

—¡Claro que no, comilón de yuca! *Los Zancudos* se encuentran regados por la playa de La Hueca. Están picando, martirizando y masacrando, a los pobladores aborígenes del yucayeke de los caciques biekenses Cacimar y Yaureibo, en el año 1514.

—¡Concho, doña Yegua!, usted dijo que estamos en el año 1511, no en el año 1514 —lanzó Simón, consternado—. ¿No se acuerda? Para mí, usted tiene más de un millón de musarañas en el cerebro.

—¡No te "esmandes" chiquitín! Lo que sucede es que, por algún motivo oculto que no puedo precisar, reconozco que tengo amnesia, ya que mi memoria se encuentra estacionada en el año 1514. Veo en mi *espejito perspicuo* a los Zancudos españoles, masacrando a los habitantes del yucayeke de mis valientes caciques Comeyuca de La Hueca.

—¡Cielos, qué líos los suyos! —chilló Miguel, contrariado—. Parece mentira. Y que... amnesia con memoria estancada. En este momento pienso que usted necesita un psiquiatra con mucha urgencia. ¡Oigan compañeros!, mejor nos callamos la boca y no hagamos preguntas, pues doña Yegua, o nos enreda con sutilezas, o simplemente esquiva nuestras consultas... Creo que debemos merendar y olvidar sus enredos.

Los muchachos no esperaron ni el ave María, sacaron de sus mochilas platos hondos de cartón y José, sin prisa, compartió con sus amigos el aceite de oliva extra virgen y el bacalao guisado. Sin demora, los chicos apadrinaron el bacalaíto guisado con pedazos de yuca hervida. Luego de formar una mescolanza con lo acompañado, le metieron el diente sin recelos, y el "mastiqueo" incesante se escuchaba por doquier... doña Yegua se quedó velando.

No obstante, Simón hizo caso omiso al planteamiento anterior de Miguel y, entre bocado y bocado, dirigió la vista a su maestra y bombardeó a La Princesa un tanto preocupado:

—Si los Zancudos están por allá, ¿qué demonios hacemos acá? ¡Metidos hasta el cuello en este abrojal!

—No recuerdo Simoncillo, ¡se me cayó el asunto de la memoria!

—¡Te lo advertí Simón! ¡Te lo mereces por ser un pipiolo de testa dura! —soltó Miguel, sin cortesías—. Les advertí que doña Yegua no contestaría nuestras preguntas.

—No me tildes de chicuelo obstinado Miguel, lo que

pasa es que busco una aclaración a nuestra situación, ya que no sabemos lo que piensa doña Yegua. Además, estoy harto y cansado de oír su fastidiosa locución: "Se me cayó el asunto de la memoria". Y mirando fijo a La Princesa, arremetió con fuerza: —¡Espero que no la vuelva a mencionar! Limítese a contestar nuestras preguntas y no las eche hacia un lado, dejándonos como pazguatos a la espera de que nos tire un pedazo de pan para calmar el hambre que sentimos por los asuntos históricos de nuestro pueblo. ¿Entiende?

—¿Acaso eres un filósofo disfrazado de chamaquito? ¿O el "filo fofo" de una flecha española incapaz de penetrar mi pensamiento? —resopló La Indómita—. ¡Caracoles y todas las coles, qué inspiración la tuya! ¿No piensas que todo lo que digo tiene un propósito y que a veces yace oculto? ¿Hasta cuándo tendré que repetirlo? ¿Hasta que los expansionistas metan sus gusarapos lava-cerebros en la cabeza de la juventud viequense, y se entretengan programando sus encéfalos por medio del *jueguito del coquito*?

—¡Deme más Princesa, deme más, por favor! ¿Cómo lo hacen? ¿De qué manera estos lava-cocos le programan el coquito a la juventud viequense, por medio del "jueguito del coquito"? —soltó Miguel, pasmando a su maestra.

—¡Este chiquitín me vuelve loca! —vociferó La Indómita—. ¡Eres un ser insaciable y, bien "averigua'o"! Pero, bueno, ya que tu cabecita lo pide con ansias locas, te lo explicaré tal y como me lo contó *Yegüita*, quien es la "Cheche"; la profesional en estos asuntos complejos. Sin embargo, no utilizaré el jueguito del coquito, ya que toma tiempo explicarlo. Por lo tanto, abreviaré el asunto valiéndome del método directo.

»Los caudillos perversos y expansionistas del Reino del Norte, Miguelito, se encierran en los baños de su capitolio. Allí, sin prisa alguna, se acomodan sonrientes en los inodoros blanquecinos y embarrados y, mientras hacen sus necesidades, buscan al azar el perfil de algunos jóvenes en sus tabletas o celulares "Wireless", que aparecen en sus listas demográficas, para averiguar lo que les gusta y lo que hacen durante el día y la noche. Después que salen de los baños —sin lavarse las manos, por supuesto— hacen citas con ellos, los halagan y les van inculcando sus costumbres y tradiciones, poquito a poco. También les *comen el cerebro* a los líderes escolares de Puerto Rico, para que cambien el currículo escolar y lo reemplacen por el de ellos, pues se caen de fundillo diciendo que es el mejor.

»Sus ayudantes, los representantes corruptos de las administraciones locales —los palomos y las palomas de Puerto Rico—, imitan a los cabecillas malévolos del Norte. Entran en los baños manchados de sus oficinas... pero no se sientan; se paran en las tapas de los inodoros y pasan todo el santo día —pues no les importa si trabajan o no trabajan, porque siempre reciben un sueldo— manipulando con ojos de águila un telescopio de largo alcance. Así, pueden observar a su antojo cada movimiento, cada paso que dan los muchachos y las muchachas del pueblo.

»No los pierden de vista, y escudriñan con detenimiento los sitios que frecuentan y en qué gastan su dinero. Si alguien compra productos locales, como eso no les agrada —ya que no reciben un buen fajo de billetes de los negocios extranjeros—, hacen un gesto de disgusto con sus bocas apestosas a nicotina y alcohol. En seguida, ensombrecen el cuadrito al lado de la frase: "¡Needs brainwahing!", en un librito arrugado por el constante uso que llaman "Black Book", pues son fanáticos del anglicismo. Sin demora, le quitan 1843 puntos, de un máximo de 1898.

»Por el contrario, si compra productos extranjeros carcajean aliviados, ya que reciben dinero promocionando el mercado extranjero. Al instante, ensombrecen el cuadrito adyacente a la palabra, "Excellent", en su librito prieto y magullado. Al minuto, le otorgan 1800 puntos, y 98 puntos extra si compra un libro de la historia expansionista del reino usurpador que los aflige. Después, chicos...

—Fíjese, doñita, yo conozco un líder Comeyuca que lo hacía a escondidas y puede ayudarnos —suelta Simón de improviso—. Aparezcamos en su época y consultemos con él. Su nombre es Muñoz M...

—¡Callad rapaz!, ese nombre es anatema en la Isla de Vieques. Ese protagonista nunca ha sido registrado en la Hermandad Comeyuca Borikense ni en la gloriosa Hermandad Comeyuca Universal. ¡Ningún Comeyuca biekense debe exaltarlo! El tal, no es Comeyuca, y pertenece al grupo de los palomos. ¿Acaso desconoces los archivos de Puerto Rico? En uno de ellos Simoncillo, supuestas y alegadas pruebas, dan fe de su traición a la causa viequense durante la ocupación *Yankee Doodle* en la Isla de Vieques, en la década de los años cuarenta. Su principio terco, que le metía en el cerebro a sus seguidores de: "no mezclarse en forma o manera alguna en asuntos relacionados con la Seguridad Nacional de *La Nación Norteamericana*, a menos que no sea para ofrecerle su más decidido respaldo", lo delata.

»En palabras claras: este personaje no alzaba la voz de protesta en defensa de los viequenses, cuando la maquinaria bélica y político-militar del Águila —La conocida Navy— echaba a mi gente fuera de sus tierras y se apoderaba de ellas. Pero..., no lo pudo esconder Simoncillo, ya que existe una foto donde aparece agarrado al mapa de la isla de Vieques, observando los nuevos límites de las expropiaciones abusivas del Reino del Norte, en la región oeste de nuestra islita; como si nuestro terruño fuera un pastel de chocola...

—Pues yo creo doña Yegua, que lo de Muñocito... es

91

cierto —interrumpió José, tirándole puya a La Indómita—, porque hay pruebas de que guardaba un archivo de *carpetas* de sus enemigos. Pero tengo mis dudas sobre el primer asuntito; eso de que a la juventud la rastrean con telescopios desde los baños del gobierno. Para mí es, ¡un sonado embuste suyo!, pues yo nunca he visto la punta de un telescopio saliendo por la ventana de un baño de la alcaldía municipal.

—¡Tremendo Fito Da! —chilló La Princesa—. Mira, Joseito, lo que pasa es que, le metí al asunto, un matiz figurativo para que lo entendieran, ya que esto será posible cuando entre la fatídica era del *Internet*. La red cibernética que enviciará a la humanidad, y se convertirá en un medio efectivo para que los gobiernos espíen a las personas que, incautas, viajan por la red como si fuera algo normal. Yo la considero la época funesta, porque todos los chicos y las chicas, o cualquier persona cándida que se meta de cabeza a bucear por Internet, desde el año dos mil, presentará a los gobiernos en bandeja de plata, su perfil personal.

—Pues yo diría, ¡Colosal Cotiro el Músico! Y me "encrispo" al pensar que todo esto sucederá. ¿Será cierto?

—Tenlo por un hecho Joseito, pero da gracias, porque te he prevenido, así que mantente cauteloso.

Alguien no resistió la cantaleta, y chilló desesperado entrando en el diálogo:

—¡Ya, doña Yegua, cállese por favor! No me gusta escuchar esos temas despreciables de traiciones cometidas por los líderes locales de mi terruño. Una cosa es que me traicione un gobierno imperialista extranjero, y otra cosa es que me traicione mi propio gobierno. ¡Eso, eso es abominable!

»Yo espero que su otra personalidad, la tal *Yegüita*, sea más comprensiva y se compadezca de nosotros. ¡Acaso no entiende que las tramas verdaderas me laceran el cogote!

Mire, doña Yegua, cada vez que usted abre la boca, mi cerebro se descontrola, porque aprendo cosas nuevas. Aparte de la vil traición de mi gobierno, me he dado cuenta de que mi pueblo está sometido a los caprichos de sus opresores, por ser conformista. Y todo eso Princesita, me altera el coco verde y mi débil espíritu en gran manera. Dejemos pues, que los títeres expansionistas extranjeros y los palomos y palomas corruptos de nuestras administraciones locales se diviertan; ¡algún día pagarán bien caro su osadía!

Todos se pasmaron con las últimas expresiones del chico. Los ojos de La Indómita centellearon. Abrió la boca para decir algo, pero el resentido pipiolo se adelantó:

—En este instante Princesa, lo que queremos es que nos explique el motivo de estar metidos en este boscaje tan punzante.

—¡Concho Simón, la verdad es que eres un hueso duro de roer! Eres un testarudo natural; eres un parvulito fogoso y te mantienes firme cueste lo que cueste. Auguro que cambiarás de manera de pensar, cuando termines este curso y te conviertas en acérrimo *Comeyuca*. Estoy bien segura de que llevarás el mensaje de la *Yegua Indómita* a todos los confines del universo; descorcharás con denuedo todos los chanchullos perpetrados por el gobierno del Águila y de Borikén contra el *país* de Bieke; le gritarás al mundo que nuestra amada islita está abandonada a su suerte. Le explicarás al mundo que la golpean sin cuartel como si fuera la pera loca de un miserable gimnasio. Le aclararás al mundo que nuestro Vieques es una *doble colonia*: colonia Yanqui y colonia Borincana.

»Pero también le darás un ultimátum a estos *dueños falsos*: "Ustedes nos tienen ¡¡JARTOS!! Y sepan, *dueñitos de poca monta*, que ahora somos un país autónomo, y que nuestra libertad es incondicional. ¡Viva Vieques Libre"!

La Indómita pausó un segundo, y tras una mirada hermética, le guiñó un ojo a su pupilo y prosiguió su exaltación:

—Te felicito Simoncillo, tienes madera de caudillo. Te voy a dar 1898 puntos en esta clase; deseo que te gradúes con altos honores y te conviertas, cuando seas mayorcito, en el jefe supremo del indomable grupo Los Comandos; el grupo que saca la cara por el país de Bieke. El temible conjunto combatiente que todos los biekenses emularán en los tiempos venideros, y que los llevará sin duda alguna, a reconquistar la autonomía de su país.

—¿Yo? ¿De líder? ¿Y qué pasará con mis fieles compañeros Princesa?

—¡Ellos te seguirán y te apoyarán Simoncillo!, pues, aunque te considero pepita acelerada, ellos son semillas tardías que germinan temprano. En cuanto a nuestra estancia en este espinoso lugar, deseaba saber si son *claustrofóbicos*, pues cada miembro genuino del grupo Los Comandos está en peligro de que lo capturen los enemigos del pueblo y lo sometan a un sanguinario interrogatorio para quebrantarlo.

—¡San Tamangani, eso me huele a muerte! —chilló Pedro.

—¡No jeringues chiquitín! —cortó doña Yegua, *parándole el caballito*—. Guarda tus arrebatos para otra ocasión. Pero, no abundemos en cosas tristes, porque en este momento me siento súper y mi corazón se encuentra trabado en las nubes, ya que aprobaron el examen claustrofóbico con buenas notas. Si bien refunfuñaron, no salieron corriendo como conquistadores de tierras ajenas escapando de las flechas envenenadas de los aborígenes guerreros de Guaybaná, *El Bravo*, en una de las muchas refriegas ocurridas en el año 1511 en la Isla de Boríken.

—¡Otro más, otro incidente catastrófico! —soltó Pedro,

sin cortesías—. Mire Princesa, me parece que las personas que leen sus relatos se confunden. Ahora mismo doña Yegua, ese futuro Comeyuca viequense que nos mira asombrado, y que está acostado en su cama comiendo pizza y leyendo sus relatos, escuchando lo que hablamos, está más perdido que un juey bizco… Aunque también veo una futura Comeyuca leyendo sus relatos, tomando aspirinas debajo de un arbolito de yuca.

—¡Eres más chistoso que un politiquero haciéndole chistes al pueblo para engatusarlo chiquitín! ¡Jeje! Pero déjame decirte que mis futuros Comeyuca no se enredan. Ellos entienden mi lenguaje porque son acérrimos seguidores de mis relatos y de la historia pasada de las Antillas. Los demás, *los comilones de otras cosas*, se turban, ya que son tenaces fanáticos de las tradiciones de los reinos expansionistas. Estos son los sometidos, los que perdieron su identidad, los que desecharon sus raíces aborígenes, los que marcan el cuadrito, *caucásico*, en cualquier formulario de solicitud de empleo.

—¡Tremendo argumento doña Yegua! Jamás lo había pensado de ese modo —concedió Pedro—. Lo guardaré en mi cabecita. Quiero exhortar a la juventud viequense a buscar y a preservar sus raíces aborígenes; para que no se tilden de "blanquitos". No obstante, me preocupa lo que dijo anteriormente: la cuestión de capturar y transgredir a los miembros del grupo, Los Comandos. Quiero que sepa, y jamás lo olvide doñita, ¡que esa partecita no me gustó ni un chispito!

La Indómita sintió complacencia por la exhortación de su pupilo, pero ignoró el insólito berrinche al final del comentario. Y deprisa, continuó el relato de sus vivencias.

16

Los Huecoides

—Era mediodía, chicos, cuando terminé de completar la jornada desde Puerto Mosquito hasta el territorio de La Hueca. Me senté distraída y con la vista nublada en una peña áspera en el crestón de un risco en el borde rocoso de la costa, y por poquito me voy de cabeza por el acantilado por alargar mi pescuezo en un descuido, mientras buscaba con la vista a mis Arcaicos en la ancha playa. Olvidé el susto y la temblequera; me puse a deliberar sobre lo acontecido a mis fieles Comeyuca, ya que no estaba segura si era un sueño o una realidad. ¿Se habría equivocado Albi al sugerir que mis dudas se aclararían una vez llegara a esta parte de la islita? ¿Debería cerciorarme con Lepsis, la salamanquita inmortal del monte, y así quitarme el estrés del cuerpo? ¿O me pellizcaba el ombligo para ver si despertaba? Buscaba una solución sin tomarlo a pecho, y decidí pensarlo dos veces. Casi siempre es bueno pensar las cosas antes de ejecutarlas porque… ¿quién conoce la mente humana o los ocultos sentimientos de las yeguas indómitas?

»Entonces fue que miré a mis espaldas a lo largo del valle y noté algo increíble; pequeñas fajas de terrenos bien cuidados y siete edificaciones rústicas en forma de semicírculo, con acceso al mar en su parte abierta. Caminé por un sendero angosto y pedregoso, y sorprendí a dos personas desnudas que compartían sus golosinas con modestia, sentados en una roca chata al final del camino.

96

»Me acerqué a ellos confiada y noté con rapidez que no eran mis Arcaicos, porque apenas tenían vello en el cuerpo. En seguida les pregunté por mis fieles. Me miraron de arriba a abajo, inocentes y sonrientes, y tranquilamente me dijeron, que los Arcaicos, según las leyendas de su pueblo, habían sido reemplazados por otra cultura de agricultores, cazadores y pescadores Al minuto enfatizaron en tono jocoso que ellos eran parte de ese conjunto, y que los llamaban *Huecoides*. También revelaron que entraron en la isla por el sur de Valle Diablo, en canoas de troncos de árboles ahuecados. Concluimos la charla una vez que dijeron que se establecieron en la región costera de La Hueca, porque la tierra daba buenas cosechas.

—¡Deme más, doña Yegua! ¡Quiero más! Deme detalles de la cultura de los Arcaicos —rogó Miguel, que escuchaba fascinado—. Lléneme el bultito con sus libros; regáleme sus libritos fabulosos e históricos; cómpreme libritos en el museo de la loma del Fortín... ¿Yes?

—¡Santo Mojotro!, si ya te hablé de los Arcaicos Miguelito. Creo que tengo entre mis alumnos ¡un ratón de biblioteca! Me sacas del nuevo tema, pues estoy narrando nuevas vivencias con otros grupos que conocí en mis andanzas pasadas. De todas maneras, hare un alto. ¿Qué más deseas saber de los Arcaicos?

—Quiero saber en qué periodo del tiempo ambulaban por mi Vieques, puesto que usted no lo mencionó.

—¡Qué chico más goloso por la literatura histórica de su pueblo! —exclamó La Indómita mirándolo con ojos desorbitados—. Si bien me has ofuscado, también te felicito. Todos mis Comeyuca deben modelar esa fabulosa cualidad que tú conservas con mucho celo: la actitud "Devora libros". Con esa condición maravillosa, me has convencido chiquitín.

»Escucha, los llamados Arcaicos del país de Bieke eran

personas muy simples. Los estudiosos los ubican en la Cultura Ortoiroide alrededor del año 4000 antes de Cristo. Mi fiel amigo Ferro formaba parte de esa enigmática civilización. Misteriosa, porque su procedencia y su arribo a la región caribeña amigo mío, todavía está en disputa.

—Gracias, Gran Princesa, ahora mi noble cholita se encuentra más tranquila —agradeció Miguel—. ¡Oiga! —añadió de carambola—. Recuerde enviarme con mucho amor y cariño los libritos suyos por correo. ¿"Okey"?

—¡Ay, mi madre! ¡Qué muchachito! ¡Y qué muchos anglicismos entrelaza cuando habla! Necesitas una limpieza en seco, en el "cocoteque"; un vigoroso fregado con jabón *Azul y Blanco* del que usaban las mujeres de antaño cuando lavaban la ropa en las márgenes de las quebradas. También, a manera de "a grandes males grandes remedios", un purgante concentrado y espumoso de pasote, lombrifugo y anamú, para completar tu purificación.

—Así, semejante a Miguelito, se expresa la juventud de mi terruño doña Yegua... —aclaró Simón, con un dejo en la voz—. Tenemos el cerebro saturado de anglicismos. Creo que se debe a la mala influencia de "Yankee Doodle" y, al manejo insensato del sistema de educación de Puerto Rico. Pero olvide a mi loco amiguito doña Yegua, y regresemos al asunto de los *Huecoides*. Creo que era una civilización del Periodo Saladoide, y de ñapa deduzco que los primeros aparecieron en el año 200 antes de Cristo.

—Me alegra que sigas interesado en la gloriosa historia de la Isla de Vieques Simón, y me sorprende en gran manera que hayas perpetuado en tu memoria algunos hechos trascendentales de tu gente, ya que los asuntos históricos de tu pueblo los archivan en los baúles empolvados del sistema educativo de Puerto Rico, para que los estudiantes viequenses abracen la historia Estadounidense y Borikense. Ya que, así, los alejan de sus raíces aborígenes; así les borran sus costumbres y tradiciones; así los... los controlan y los esclavizan. Me asombro y me babeo de gusto, porque tú, mi querido pupilo, los has rescatado, los has desempolvado y los tienes incrustados en tu mente inquisitiva.

»Sin embargo, Simoncillo, los Huecoides eran diferentes a los demás grupos del Periodo Saladoide, pues según dicen las buenas lenguas arqueológicas del mundo, era una cultura establecida en los Andes, no en Venezuela, como lo estaban los demás grupos. Y, por si fuera poco, un grupo pequeño se estableció en la Isla de Vieques dándole honor al terruño, ya que ciertos artefactos fueron descubiertos en la región de la Hueca, al suroeste de la Isla de Vieques.

—Y, ¿cómo sabemos que esas sinhuesos —esas lenguas virtuosas y escudriñadoras de todo lo antiguo—, están seguras de que lo que riegan por ahí es cierto, ah? ¡Quiero hechos! ¡Demando pruebas! —exigió Simón, con ojos parecidos a los del cóndor andino.

—Confirmar lo que he mencionado es un "guiso" Simoncillo, cosa fácil. Se debe a que todo es posible cuando sacamos tiempo para buscar huesos y cosas bajo tierra. Varios simpatizantes de la paleontología o buscadores de tesoros y esqueletos humanos, tales como los abnegados viequenses Comeyuca: Solís, Delerme y Morales, lo confirman, puesto que han encontrado tallados del *Cóndor de los Andes* en los llanos y quebradas de mi terruño. ¿Qué te parece chamaquito? Tallados en forma de un cóndor andino con una cabeza humana en sus garras. ¿Te gustó el chubasquito de agua fría, ah? ¡Chúpate esa en lo que te mondo la otra!

—¿De veras Princesa? ¿No está mintiendo?

—Es cierto Simón, lo puedes comprobar cuando visites el museo de tu pueblo en la loma del Fortín —reafirmó La

Princesa con cara de satisfacción y sonrisa de caramelo derretido—. Aunque...

—Aunque, ¿qué?

—A lo mejor ya no se encuentran Simoncillo, puesto que al igual que la osamenta de mi amigo ferro, los arqueólogos *Comeplátanos* de Puerto Rico, se llevan todo lo que escarban y sacan de nuestros suelos —para exhibirlos en sus museos y darse gloria—, sin el consentimiento del pueblo biekense. Los tales nos han dejado sin patrimonio.

—¡Oiga doña Yegua! —chilló José—. Así por encimita y escuchando de sus bembos el mote *Comeplatanos*, creo que he descubierto la causa del desmedido gusto de los arqueólogos de Puerto Rico por nuestro patrimonio cultural.

—¡Carambola y todas las bolas José! ¡Anda, suelta tu lengüita! —alentó doña Yegua.

—Es que los tales se jactan de llevar en sus cuerpos *la mancha del plátano*, el cual es un manjar extranjero. Por lo tanto, al no tener en sus frentes la prestigiosa *mancha de la yuca cruda* de los verdaderos *Comeyuca*, pues les importa un pepino la cultura de Vieques. Y, como en Vieques la mayoría de la gente es *Comearepa*, y tampoco pelean por su patrimonio, pue he ahí el resultado.

—¡Muy bien analizado Joseito! —declaró La Indómita con gozo—. Pero no se apuren mis valientes, porque muy pronto todo cambiará. Cuando se levante *La Nueva Raza Comeyuca* en Bieke, los viequenses tomarán las riendas de su patrimonio cultural y, no habrá, ¡diablo alguno que se lo quite!

—¡Bien dicho doña Yegua! —soltó Pedro, entrando en la conversación—. Pero cambiemos el tema porque soy un goloso de la historia viequense y deseo saber más, para instruir a los niños y a los jóvenes de Vieques. Ahora díganos algo sobre su estadía con los Huecoides. ¿La pasó de maravilla? ¿La trataron como la princesa indiscutible del país de Bieke?

—Vas por buen camino Pedrito —animó doña Yegua—. Pues mira chiquitín, la pasé requetebién. Igual que en los tiempos de mi inolvidable amigo Ferro; libre como el viento, sin preocupaciones, ya que los potenciales reinos expansionistas estaban en pañales. Sin embargo, no ensancharé mis hermosas experiencias con este extraordinario grupo, porque nos queda mucho que recorrer, y el bólido chispeante y medio loco nos observa. Lo escucho que murmura, que les queda poco tiempo en este siglo.

Y, agarrando una de sus orejas con su mano derecha, voceó de improviso:

—¿Eh?... Un momento… ¡Epria! Escucho a lo lejos una melodía.

—¡¿Qué demonios oye doña Yegua?! —gritó José, nervioso.

—Mi teléfono inalámbrico timbra. Pero... ¡No! ¡No contestaré la llamada! Lo haré más tarde.

—En verdad usted me confunde —expresó José, que no perdía la oportunidad para perturbar a su tutora—. Yo no oigo sinfonía de lambada, ni de pachanga, ni de malanga, ni de... ¡*Lambistocking*! En fin, ninguna musiquita socarrona. Tampoco veo su "celularcito" por ningún lado doña Yegua. De seguro otro de sus enredos, pues sabemos que en esta época esos artefactos no existen. Además, me consume la duda; ¿Quién la llama?

—Pues yo oigo la armonía bien clarito —se defendió La Indómita—. A más de esto, chamaquito, para que te enteres, yo no uso ese "celularcito" que mencionas, porque los gobiernos corruptos se valen de ellos para saber tu paradero; para enterase de tu vida privada, para ficharte; tal como lo hacía Muñoz, durante la *infame Ley Mordaza* de los años cincuenta. El mío es diferente, pues su capacidad de almacenamiento es de 900TB, y bloquea automáticamente al espía, al soplón, al entrometido sistema de posicionamiento global.

»Me lo regaló mi reportero estrella Chupaflor, en mi tresmillonésimo cumpleaños, para asegurarse de que los políticos corruptos de Borikén y del Reino del Águila Calva no sepan mi paradero, ya que me buscan como aguja en un pajar para lincharme y, de paso, estrellarme el *espejito perspicuo* —mi espejito claro, transparente y terso— en la cabeza, pues detestan que yo los observe mientras hacen sus chanchullos.

»También me alegó —sin inmutarse—, que lo compró cuando visitó la ciudad de La Hueca en el año 2050 de nuestro tiempo.

»Tocante a tu pregunta de *gente averiguá* José, el que llama es Albi, el sapito de labio blanco, y lo sé porque mi celular está provisto de un explorador de voces, y timbra de acuerdo con la voz del que llama. En el caso de Albi, escuché la melodía cokisonga de la libertad, que es la canción de los cokíes, y déjame decirte bribonzuelo, ¡que no aprecié sonidos musicales de lambada de Rosselló, ni de pachanga, ni de malanga! Tampoco percibí las notas armoniosas del *Lambistocking,* de la garganta de mi gran amigo Cheo, cantando a su manera el "Dove and Pigeon": *cucucu cucucu, everyday the woman say. Pan…* —¡UY!, mejor me callo—, el cual mencionaste adrede y con gran énfasis para que los viequenses adultos se mueran de risa al recordarlo, arrastrándose por las cunetas de sus barrios. Tal como yo lo hago, cuando escucho los despampanantes chistes de mi amigo Chupaflor, ¡jejé!

»Tal parece Joseito, que el sapito tiene un mensaje urgente para mí. Sin embargo, este batracio testarudo, mensajero de los seres celestiales, tiene que esperar, pues no deseo interrupciones por el momento.

»Además, por algún misterio extraño, percibo que debo contestar la llamada en presencia de ustedes, mientras sostengo el celular en mis manos. Ayer, muchachones, por un impulso fugaz y desconocido, se me quedó enganchado en la rama gordinflona de un árbol de uva playera cuando estuve de jira, de fiesta campestre, con algunas de mis amistades de Valle Diablo, en la hermosa playa de La Hueca. Ahora, calladitos, antes de que los arrope con una frisa natural de la mata de pringamoza, la simpática ortiga de pelitos urticantes, la que cultiva mi eterno amigo Chupaflor para casos de emergencia en la hoya de los Cayules.

—¿La hierba de los ciegos? Pues mire que no, ¡eso pica más que el ají mantequilla! —objetó Simón, alborotado.

—¡Me alegro! —exclamó La Indómita, con ojos risueños—. Y, mientras disfrutan de la picazón psicosomática, continuaré con la narración…, ¡jejé!

La Educadora del país de Bieke dice:
«Todos mis Comeyuca deben modelar la actitud "devora libros" de Miguelito, puesto que los libros están repletos de tesoros ocultos. Empapa tu cholita con mis fabulosos y verdaderos relatos, para que descubras el gran tesoro escondido entre sus páginas».

17

Arepa, el taíno Comeyuca

—Cierta vez — reanudó doña Yegua—, después de compartir el día pescando buruquenas albinas con las jóvenes Huecoides, me entró un sueño bestial y, sin despedirme de mis compañeras, me fui a dormir. Me acosté a pata suelta en mi butaca especial decorada con pepitas de palma real, en la terraza de mi casita en Joyo 'e Bin. Desperté tempranito en la mañana y noté que mis costillas semejaban las puyas del tronco del árbol de Ceiba.

»Mi hermoso espinazo chicos, parecía un tablón de tabonuco sin acepillar. Pero fue cuando advertí que mi hermoso rabo estaba encrespado y sin brillo que salté como una grilla de mi butaquita, y deduje que no había tenido un sueño normal. Creo que las pepitas de palma real también brincaron, pues me pareció que algunas bolitas extrañas volaban sobre mi cabeza.

»Sin embargo, no me detuve para averiguarlo porque, a toda velocidad, bajé las escaleras de la entrada principal de mi casita, busqué en la caponera —mi pequeño e improvisado almacén de provisiones para sustento, que siempre guardo en la maleza para casos de emergencia—, y me zumbé por la garganta: cien guayabas peruleras, cincuenta jobos carnosos y veintitrés frutas de Maya sin sus cáscaras corrosivas.

»Después del desayuno imprevisto, me fui a caminar, saboreando manojitos de hierbas jugosas, nutritivas y sabrosas que encontraba a cada paso. Al rato, sin darme cuenta, arribé a la hoya de la Mina y, sin aviso, sentí que mis rodillas flaqueaban: los manjares que me atraganté chicos, no surtieron el efecto deseado. De casualidad, alcancé a ver a mi eterno amigo Chupaflor encaramado en la rama de un árbol de Maga, bebiéndole con saña el néctar a una de las abundantes flores rojas del elegante arbolito.

»Lo llamé para que me auxiliara, pero no me hacía caso. Entonces lo observé con más detenimiento y noté que el glotón tenía el hocico bien metido en la corola de la flor, y los tupidos sépalos le bloqueaban las orejas. Grité hasta desgalillarme, vociferando su nombre 1514 veces, para ser precisa, hasta que me oyó y apareció junto a mí con su picudo hocico chorreando néctar. Sin yo decir nada, preparó un emoliente con semillas machacadas de palma real y me sobó las rodillas con mucho amor y cariño del bueno.

»Al rato, salió volando cual cartucho de pólvora encendido, hacia ¡qué sé yo dónde! —creí que había desaparecido del mapa—, y trajo un brebaje calentito hecho de las hojas de yuca dulce que me dio a tomar sin yo tener elección alguna. En seguida, se marchó sin despedirse... Más tarde avisté al Chupe troglodita, zambullido nuevamente en las rechonchas y coloridas flores del árbol nacional borincano de Maga.

»Luego, más aliviada —gracias a la yuca—, avancé a paso lento un tanto aturdida, a darme una rica y refrescante zambullida en las aguas vivificantes de mi pocita secreta en la quebrada de la Mina. Sentí una sensación extraña en el cuerpo al concluir el chapuzón, y recuperé el buen ánimo rápidamente.

»Saltando y riendo, y llena de energía, troté a tranco largo por la calzada antigua de Valle Real. Me deleitaba en grande al saludar y piropear a los bienteveos que desayunaban en las ramas de los árboles de Almácigo. Al llegar a la entrada del barrio Sorcé, después de franquear el risco llano de Quebrada La Perla, me adentré en las breñas acortando por Quebrada Urbano hasta los lindes de La Hueca, y eché un vistazo para ver si encontraba algunos bejucos de batatilla oriunda que me fascinaban y de paso visitar a Los Huecoides.

»Mientras escudriñaba la zona, escuché un ruido y me alarmé. Bajé la grupa y presté mucha atención, pero no podía descifrarlo. Era un sonido raro; un machaqueo incesante. Me arrastré discretamente hasta las palmas reales que poblaban la maleza y miré: eran mujeres que golpeaban algo sobre unas piedras que no podía distinguir en el momento, cerca de un sembradío. Un poco más allá, había hombres casi desnudos de torsos lampiños moviéndose apresurados alrededor de unas viviendas. ¿Lampiños? ¿Sin vello en el cuerpo? En definitiva, ¡no eran mis Huecoides!

»Entonces entendí el motivo de mi inesperada debilidad, y el porqué, de mi maciliento cuerpo al levantarme de mi butaca especial. ¿Cuánto dormí?; ¿un siglo?, ¿un milenio, tal vez? No encontré respuesta alguna. Ignoré el asunto y volví a la realidad. Al minuto, perdí el miedo y me acerqué a las mujeres, y confirmé que, en efecto, trituraban algo sobre utensilios hechos de piedra. Se quedaron serias al verme, mas no huyeron. Les di una ojeada pasajera, y sentí la conocida carraspera de sapo concho verrugoso en la garganta. Al instante, sin aviso alguno, comenzaron a reírse.

»Me pareció que esperaban por mí; igual que si me conocieran; como si supieran que yo soy de aquí. Entonces, me enderecé con elegancia. Al instante, interrogué; y sin titubeo alguno contestaron en lengua extraña: "Yukiyú jan, juracán uá, ja catú". Entendí lo que dijeron —ya que poseo el don de lenguas—, y supe de inmediato que eran palabras del lenguaje taíno, que en palabras contemporáneas significa, *Espíritu bueno sí, espíritu malo no, así sea*. A mí, chicos, y con mucho orgullo lo divulgo, me aceptaron como espíritu bueno.

»Al rato de charlar un poco y compartir la risa contagiosa de las guapas mujeres, hociqué confiada lo que había en los utensilios de piedra. Era algo blanco: una masa mojada. Escuché a una de ellas decir: "yuca, casabe, burén". Mas yo no le di importancia porque al levantar el cuello noté que algunos hombres cargaban bejucos, palos y paja. Otros tomaban los palos y los enterraban en la tierra. Me figuré que construían alguna cosa. Me arrimé con prudencia a un joven que tenía la frente aplastada. Dijo ser de la casta de los trabajadores, y que le apodaron Arepa, porque cuando era un bebé su madre lo cargaba en su espalda en una tabla acolchonada y le amarraba la frente a la tabla. Con el tiempo se le deformó la chola.

»Así que conocí a muchos Arepas. ¡Perdón!, a muchos taínos con la frente algo aplastada, lo que algunos de ellos encontraban atractivo. Hice una gran amistad con el primer Arepa, quien me comentó que ensanchaban el yucayeke o villa, edificando sus casitas con hojas de hinea que crecían en las lagunas y quebradas y, con maderas de los árboles de tabonuco. Me dijo —mientras se hurgaba la oreja derecha con una ramita de hinea—, que el huerto que vi cerca de algunas viviendas, llamadas *bojíos*, era un *conuco:* un sembradío de yuca, maíz y otras hortalizas que no mencionó por estar escarbando la dichosa oreja sin cortesías.

»Del mismo modo, explicó que las viviendas de mayor tamaño, los *caneyes*, eran para el cacique con su familia, y en ocasiones para el curandero, llamado *bojike*. Me dejó un tanto enredada cuando mencionó que tenían familiares en una isla de mayor tamaño llamada *Borikén*.

—Perdón, Princesa. Pero creo que el joven Arepa era un personaje carismático —opinó Miguel.

—¡Más que carismático Miguelito! Y, aunque ustedes se

burlen de mí, este gracioso muchachón, el tal Arepa, al ver mi cara de turbación, me contó sin yo interrogarle que los *Huecoides* que yo buscaba habían sido desplazados por otro grupo de agricultores y cazadores conocidos como los *Ostionoides*, y que él era uno de los descendientes.

»A más de esto, añadió, sin disimulo, que como yo era una dormilona empedernida no me había dado cuenta de lo ocurrido, ya que era el año 1200 después de Cristo. En seguida, sin disculparse y con mucho orgullo, dijo ser de *Raza Taína*. Le pregunté interesada por el nombre de esta islita y mirándome esquivo y sin respeto, comenzó a hurgarse el oído izquierdo con el palito de hinea seca, negándose a contestar a mi pregunta. ¡¿Qué les parece?!

»Además, aunque ustedes se mueran de risa, o tiemblen de miedo, su espíritu se pasea por aquí mirándome y riéndose. Menea unos aretes de coral negro con una mano y una espina de *pescao* bien *puyúa* con la otra, haciéndome señas con la cabeza para que me acerque...

»A mí, ni me agarra, ni me convence. Como tengo el don de la profecía, sospecho sus pícaras intenciones. Lo que desea es taladrar sin compasión, los pabellones de mis oídos con la macabra puya de pescado y ponerme aretes de oro, porque dice que soy su elegante princesa...

—¡Corran, huyan chicos!, ¡Arepa quiere perforar sus orejas también! —tronó La Indómita de súbito, bamboleando el iris de sus ojos.

Los muchachos no se inmutaron.

Sin quitar el ojo a los ojos, doña Yegua se levantó del suelo, dio un brinco y añadió desgañitada:

—¡Santa Tilita, ahí viene! ¡Me voy de aquí! ¡No quiero que me sorprenda y me *jinque* con la puya!

Tampoco hubo movimiento alguno en los jóvenes. Entonces Simón, mirando a su maestra dijo:

—Esta vez no pudo engañarnos Princesa, sabemos que

es una de sus comedias; uno de sus incontables embelecos rompe cholas, para que nos alteremos y salgamos corriendo como palomos desplumados.

—¡Caray, qué mala suerte, yo que ansiaba divertirme a costilla de ustedes! Sin duda son unos aguafiestas. A pesar de ello, me han llenado el corazón de regocijo; percibo que van asimilando mis enseñanzas a tranco largo. Por lo tanto, los compensaré con una de mis frases favoritas, para que la guarden en sus corazones y la recuerden en los días tormentosos: "¡El mundo es del valiente!"

—Así es, Princesa, creo que aprendimos a guardar el miedo en el bolsillo —opinó Miguel, orgulloso—. Y, mirando a todos de frente, vociferó con voz de trueno:

—¡Uno Valiente!

—¡Todos Valientes! —chillaron los viajantes a todo pulmón... Incluyendo a La Indómita, por supuesto.

latinoamericanstudies

La Indómita suelta el Ultimátum:

«...Y los valientes taínos se sublevaron, ahogando a un conquistador... porque no aguantaron "las pocas vergüenzas" de los Zancudos españoles. Así mismo, actuará el pueblo viequense, porque ya están ¡¡¡jartos!! de las afrentas de Puerto Rico y Estados Unidos de América».

18

El bautismo fabuloso y verdadero de La Yegua Indómita

Luego de canturrear la melodía de los Comeyuca que, por cierto, no sé cómo estos pipiolitos se la memorizaron en tan poco tiempo, José, sin aviso alguno, confesó que adoptaba al taíno Arepa como su héroe favorito y, rogó a La Indómita que empapara su cholita con las vivencias de su nuevo héroe y las costumbres de su pueblo.

De alguna manera —creo que puesto de rodillas— la convenció, porque La Indómita tomó impulso y, sin pensarlo dos veces, dijo:

—Cuando conocí a estos Comeyuca, el pueblo de mi amigo Arepa, en el año 1200 después de Cristo, me sentí gozosa, distraída y un poco turulata. Mi cerebro, magullado de tanto pensar, trataba de interpretar las características seductoras de esta raza. Percibí que era un pueblo humilde y respetuoso, a pesar de tener un sistema de gobierno escalonado en castas. Igual, me percaté de que los hombres eran agricultores, cazadores y guerreros bravos. Lucían fuertes, esbeltos, atractivos y lozanos. Su color era oscuro y tenían el pelo lacio. Eran lampiños y sin vello en el cuerpo. Yo, chicos, me sentía confiada y contenta cuando conversábamos, porque hablaban sin prisa, y se reían cuando los miraba.

»Su vestimenta era bien simple: los hombres y los niños por lo general no usaban nada; sin embargo, algunos hombres se cubrían sus partes íntimas con un *guayuco* o delantal corto. Las mujeres andaban desnudas de la cintura hacia

110

arriba. Abajo traían una especie de delantal de paja, algodón u hojas llamado *naguas* hasta la mitad de las espinillas, y las cacicas, o mujeres de alcurnia, hasta los tobillos. También vi algunas muchachas desnudas que se notaban radiantes, libres como la brisa y vírgenes como yo.

»De igual forma, todos decoraban sus cuerpos con tatuajes religiosos para protegerse de los malos espíritus. Entre los útiles, confeccionaban canastas, cacharros de cerámica, piedra, hueso y concha. Hilaban mallas para pescar y tallaban la madera. Obtenían, según me contó mi nuevo colega aborigen, oro de los ríos para manufacturar pendientes que ostentaban en las orejas y labios, pese a que algunos preferían confeccionarlos en plata. Todos aplicaban pintura negra, blanca, roja y amarilla en sus cuerpos para crear sus propios diseños.

»Este pueblo tan amable y tan risueño, esta deliciosa generación de taínos autóctonos, quería ser mi dueño. Todos deseaban bautizarme para legalizar el asunto. A pesar de que yo soy prudente y un poco arisca, no puse peros cuando una noche placentera y fresca acepté a los que considero mis legítimos dueños Comeyuca.

—¡Santa Cucharitas! ¿Los admitió a todos como sus dueños señora Yegua? —cortó Simón, sorprendido.

—Oíste bien Simón, a todos…, ya que cada uno de ellos portaba *la mancha de la yuca cruda en sus frentes*.

—Deduzco que usted no necesita más dueños. ¿Estoy en lo correcto? —consultó Miguel, intempestivo.

—No seas *cabecicoco*, Miguelito —amonestó La Indómita, a baja voz—, ellos son mis legítimos dueños porque me bautizaron. No obstante, todos los que me siguen de corazón y se convierten en *Comeyuca*, son dignos de ser mis dueños, porque al sellar sus frentes *con la mancha de yuca cruda*, sus mentes entienden el mensaje patriótico: protegen mi patrimonio y me defienden de los caprichos de los

111

gobiernos abusivos; el gobierno borikense y el gobierno americano.

—Creo que *el gorrito tontorrón y puntiagudo* en mi cabeza me queda de maravilla Princesa —se disculpó Miguel.

La Indómita hizo una breve pausa, miró a los jóvenes de hito en hito y sonrió con gran deleite. Al minuto dijo:

—Y fui bautizada chicos, igual que una princesa de alcurnia, al son de un areyto sacrosanto. Me bautizaron con aceite de palmas reales, agua de mar cristalina y jugo de yuca cruda. Me dijeron: "Tú eres nuestra *tierra chiquita*, y desde hoy, tu nombre es *Bieke*".

»Aunque mis oídos no estaban afinados al máximo y mis orejas no se hallaban firmes y erguidas, me pareció que Dalis, la reinita mora, mencionó el nombre de *La Gran Princesa del Caribe*. También escuché al sapito Albi susurrar: "Tú eres nuestra Yegua Escarlata". Otro, creo que el juí come moscas, residente vitalicio del lugar conocido como Pozo De Las Mujeres, vociferó a mis espaldas: "Tú eres La Esmeralda del Este". Sin embargo, no escuché que alguien dijera: "Tú eres la increíble Yegua Indómita". A lo mejor lo mencionaron, pero no me acuerdo muy bien, pues ese bello día me di una *jartera* de lonchas de yuca, secadas al sol, que me marearon y me pusieron a canturrear como la famosa roca sonora de la costa noreste de la isla que, socavada por las olas del mar, produce eco. Me encanta escuchar el retumbo cuando los marullos la golpean mientras peleo con las buruquenas albinas en la playa de Campaña. También…

—¿Qué sucede doña Yegua? ¿Por qué nos mira de ese modo? —preguntó Pedro, al notar que su tutora pausaba y los miraba boquiabierta.

—Es que vi a Simón secarse una lágrima y me quedé en suspenso —contestó La Indómita, que de seguido pregunto—: ¿Qué sucede Simoncillo?

—¿Yo? ..., bueno..., quizá..., me conmovió su bautismo —masculló Simón, cubriéndose los ojos con sus manos.

Hubo pausa, melancolía y alegría por unos instantes.

Luego, Miguel interrogó:

—¿Y por qué le pusieron *Bieke*? Eso suena a *Vieques*, el nombre contemporáneo de nuestra islita... ¡Un momento! Por casualidad, ¿es usted nuestro terruño?

La Indómita ignoró la consulta de su pupilo, y retomó la narración.

¡No desmayen mis valientes! ¡Aquí llegó su Yegüita, la única y verdadera educadora del país de Bieke!

Los exhorto a formar hermandades Comeyuca y a celebrar El Gran Festival de la Yuca, <u>el primer fin de semana del mes de mayo,</u> para conmemorar tres eventos importantes: *La masacre de los habitantes del yucayeke de Cacimar y Yaureibo, el natalicio de José Emeterio Betances, y el natalicio de don Teodoro Leguillou.*

19

Los Bautizados y los Manchados

—Pues sí, mis queridos estudiantes, fue una ceremonia fuera de liga. Y al ratito, luego de la "gozadera", Arepa, que ya se había encariñado conmigo, me comentó que me habían construido un palacio de color rojo escarlata en la corona de un monte exclusivo, y que él se encargaría de mostrarme la ruta. Salimos del yucayeke deprisa y, mientras caminábamos, el joven lampiño sonreía. De vez en cuando se tapaba la boca con las manos para controlar una risa leve que, si le hubiera dado rienda suelta, se hubiese convertido en una estruendosa carcajada. Luego de caminar un largo rato sin dirigirnos la palabra, intrigada, le pregunté sobre el motivo de su risa, pero no quiso contestarme.

»Cuando le dio la real gana, sacó el palito de hinea de su oído izquierdo, y, hurgándose el oído derecho, dijo: "Me río, porque ahora soy un biekense, con la mancha de la yuca cruda". Lo miré de soslayo y le puse de frente la sonrisa *Yegua Lisa*, que es la que más utilizo en casos extremos, ya que motiva, por alguna razón que no concibo, a que las criaturas desembuchen sus sentimientos.

»Mi plan resultó de maravilla; en seguida se animó y gritó a todo pulmón: ¡"Tú eres Isla y Tierra!; ¡tú eres La Increíble Yegua Indómita"! Me sentí colosal, y, para reciprocar el halago, pensé decirle que, aunque él era de *Raza Taína*, también pertenecía a la *Raza Biekense*. No obstante, conociendo que era un bufoncito, tal como mi pupilo José, preferí callar. Por lo tanto, sólo sonreí para mis adentros, y continué la marcha con el corazón lleno de profundos sentimientos.

»Cuando el sol estaba en su cúspide, hicimos un alto y merendamos; compartimos dos pasteles de yuca y un flan delicioso que el cariñoso y divertido barbilampiño había confeccionado antes de salir, mientras lo escuchaba repetir insistente que era un *Comeyuca Biekense.*

»Más tarde, nos metimos sin prisa en continuo carcajeo, masticando migajas de los pastelitos que sobraron, por un atajo contorsionado oculto en la maleza y caminamos a lo largo de una quebrada arqueada en dirección a cierto lugar —desconocido por la juventud viequense, ya que no les enseñan en las escuelas la magnífica geografía de su pueblo— llamado *Quince Cuerdas*, ubicado un poco más allá de la loma de Mambiche.

»Al final del trayecto apareció frente a nosotros algo parecido a un buraco enorme arrojando destellos de luz de intensidad y color variables. Lo cruzamos y aparecimos en la falda de un monte. Miré hacia arriba, y sentí que los poros de mi cuerpo se hinchaban: divisé un castillo de leyenda, un palacio escarlata asentado en la cima de un monte conocido. Mientras lo contemplaba, recordé que había visitado el altozano varias veces. Es el monte donde se ven y pasan cosas; el monte que me catapultó desde el seno de la isla.

»Entonces, cuestioné a mi amigo. Le comenté que yo frecuentaba el cerro, que nunca vi palacio alguno en la cumbre. Arepa me descifró el misterio mostrando su famosa *Sonrisa de Arepa,* la cual yo he bautizado como la sonrisa de caramelo derretido, diciendo:

—El palacio es invisible Princesa. Sólo puede verse cuando entras por un hueco cilíndrico y apareces en la quinta dimensión. Si no entras por el roto cilíndrico, no lo ves. Tan solo veras maleza y rocas en la cima del monte.

»Tal parece que vio un signo de interrogación posado sobre mi cabeza, porque en seguida explicó que hay muchos atajos para llegar al monte, pero sólo el que transita por el atajo oculto, contorsionado y antiguo puede ver el palacio, pues se abre un espacio en el tiempo. ¡Un buraco redondo! —enfatizó—, ya que también pensó que yo no entendía la palabra *cilíndrico*.

»Esperó diez segundos para ver si yo había digerido el asunto, y dijo que sólo encuentran la fabulosa vereda *los bautizados con jugo de yuca cruda* y los que llevan el sello de *la mancha de la yuca cruda estampada en su frente*, o sea los *Manchados*. Aclaró, sin darme tiempo a preguntar, que el atajo es vedado a los que se jactan de ser *Comearepa*, o *Comilones de otras cosas*; aquellos o aquellas que desechan la rica y deliciosa yuca taína y no buscan el bienestar de su gente. También dijo, arqueando el entrecejo, y hurgándose el dichoso oído, que el nombre del cerro es Monte Indio, que es un lugar sagrado, y que yo soy la dueña del palacio escarlata.

»Asimismo, añadió que *los bautizados* con aceite de palma real y jugo de yuca cruda —como yo, por supuesto— tienen el poder de transitar por el atajo antiguo y atravesar el espacio tiempo cilíndrico, a su antojo.

»Recalcó que todos los convertidos —*los manchados*—, como no son bautizados, encuentran la senda antigua si caminan por la quebrada que se arquea en dirección a Quince Cuerdas, comiendo cualquier manjar de yuca, y que el roto del tiempo se abre cuando huele la yuca. Eso dijo y no lo cuestioné, puesto que me lo dijo con su amigable sonrisa de caramelo derretido sobre su rostro.

—¿Eh? Espere un minuto, que esto parece *una olla de grillos*. Eso quiere decir que, si yo me convierto hoy mismo en Comeyuca, estoy obligado a devorar pedacitos de yuca para poderla visitar en su palacio —indagó Pedro, buscando aclarar el punto—. ¿Y qué de *la mancha de yuca cruda en mi frente?*

—Diste en el clavo amiguito, porque eso dijo Arepa. Sin embargo, en aquel momento me cogió de tonta, puesto que le creí todo lo que dijo. Yo estaba convencida de que el dichoso roto espacial se abría cuando huele la yuca. Luego averigüé que los guías celestiales controlan la entrada. Ellos son los que abren el buraco dimensional cuando detectan la mancha de la yuca cruda en la frente de los Comeyuca manchados y, para estar seguros de que el que transita es un verdadero Comeyuca, debe demostrarlo comiendo la rica mandioca. Así que, si no llevas la señal en tu frente, ni demuestras que eres un comilón de yuca Pedrito, no entras por el boquete, porque la contraseña es: *Tengo la mancha, y enseño la yuca.*

»Fue planificado de ese modo porque de lo contrario, yo viviría una vida miserable, ya que cualquier tragaldabas sin escrúpulos encontraría el misterioso atajo contorsionado y antiguo, y tendría acceso a mi palacio con sólo viajar por la quebrada que se arquea en dirección a Quince Cuerdas.

—Ya veo —dijo Pedro, entrando en la olla de grillos—. Ahora entiendo con más claridad que debo enseñar la yuca para entrar por el rotito prieto. Digo rotito prieto doña Yegua, ya que según he leído, ese buraco dimensional es un *agujero negro*: una región finita del espacio-tiempo donde todo es arrastrado, incluyendo la luz. El tiempo se paraliza y cuando salgo del buraquito prieto, estoy en otra dimensión.

—¡Qué cabecita la tuya muchachito! Piensa. Tu rotito prieto no es igual ni parecido al de los guías siderales. En tu *buraquito oscuro*, todo lo arrastrado es aplastado y fusionado hasta la saciedad, ya que es el resultado final de la acción de la gravedad extrema llevada hasta el límite posible. Quedarías chiquitín, peor que los niños y los ancianos de los años cuarenta cuando eran despachurrados por los camiones militares del Reino del Águila Calva que corrían a toda velocidad por las carreteras de la Isla de Vieques.

—¡Qué horror Princesa! Cerremos el asunto del rotito prieto, no me gusta oír cosas reales y abusivas —concluyó Pedro, impresionado, pues les daba vueltas a las pupilas de sus ojos cual sapo concho de letrina vieja y oscura.

Por otro lado, Miguel no había olvidado la bromita del carismático barbilampiño.

—No sabía que el señorito Arepita fuera tan descortés. No concibo cómo pudo engañarla con eso de que el roto se abre cuando huele la yuca. ¿Acaso hay rotos oledores de yuca? ¡Qué bárbaro! Estoy seguro —continuó sin tomar aliento— de que usted le dio su merecido una vez se enteró de su chistecito de mal gusto.

—Fíjate, Miguel, no lo hice —aclaró La Indómita—, pues Arepa es así. Es parecido a José. Ambos son bufoncitos incontrolables. Creo que se llevarían de maravilla.

José respingó molesto, pero no hizo comentario alguno, ya que mientras todos hablaban él se entretenía engullendo un delicioso flan de yuca. Sin embargo, de algún modo se animó y, mientras masticaba, vociferó a todo pulmón:

—¡Dejen las ñoñerías amiguitos! Y usted, doña Yegua, prosiga con su relato. Hábleme de las experiencias del joven Arepa, porque como antes dije, Arepa es mi héroe favorito, y me tiene hechizado. También expanda el término *Comeyuca*, ya que todavía estoy un poco confundido.

Todas las miradas de asombro cayeron sobre su rostro. La Princesa Escarlata le hizo una mueca de chica malacostumbrada, y lo complació de inmediato.

20

Los verdaderos dueños

—Cuando terminó el emburujo del rotito prieto y la cháchara sobre la senda antigua, Joseito, Arepa, hurgándose el dichoso oído derecho, me miró con su famosa sonrisita acaramelada, y me aguijonó con su grandilocuencia. Me aclaró que existen dos grandes grupos Comeyuca: mencionó a *Los Bautizados* y a *Los Manchados*

»Primero habló de los bautizados y dijo que, dentro de los bautizados, existen dos comunidades: *los seres legendarios*, y *las almas de las naciones*. Me contó con denuedo, que los seres legendarios son los consagrados de origen mítico que se identifican con su patria, y que jamás se someten al extraño; que dos seres de leyenda serían bautizados en el siglo veinte: el *Rucio* —el caballo mutilado por unos perros malditos— y el *Josco* —el buey que no nació pa' yugo.

»En seguida indicó que las almas de los terruños —seres fabulosos y verdaderos que tienen el don de lenguas, conocidas como yeguas indómitas— son las que observan, estudian y conocen las costumbres de sus pueblos, de esa manera se convierten en guías espirituales y pueden dar soluciones y consejos a los habitantes de sus respectivos pueblos. Yo, chicos, soy un ejemplo viviente y real, no imaginario, de esa casta, puesto que tengo el honor de ser el alma y la única y verdadera educadora del país de Bieke.

»Al segundo me soltó sin yo esperarlo una lista parcial de las naciones cuyas almas fueron bautizadas: *Bi*, La Indómita de Culebra; *Colba* La Indómita de Cuba; *Quizqueia*,

119

La Indómita de República Dominicana; *Aytí*, La Indómita de Haití; *Xaymaca*, La Indómita de Jamaica; *Ay Ay*, La Indómita de Santa Cruz. Y, claro, yo: *Bieke*, La Increíble Yegua Indómita, La Princesa del Caribe, La Esmeralda del Este.

»Sin aviso, el barbilampiño me observó sin soltar su sonrisita de Arepa, y exclamó:

—Ahora, mi grupito, los convertidos; ¡*Los Manchados*!

Y, sin esperar mi aprobación, empezó el discurso diciendo con orgullo que él era miembro de ese conjunto: *los que llevan la marca de la yuca cruda estampada en sus frentes*.

»Y al decir esto adelantó con un misterioso brillo en sus ojos, que los manchados con yuca cruda en sus frentes, son aquellos o aquellas que dejan las filas *Comilones de otras cosas*, y se convierten en *Comeyuca*; el movimiento genuino de los pueblos subyugados por naciones déspotas que se preocupan por el bienestar de su pueblo; tienen identidad propia, y jamás se someten a los caprichos ni a la programación sistemática de sus cerebros por los líderes corruptos de los países dictatoriales.

»Los Manchados con yuca cruda, continuó con nuevos bríos, forman hermandades Comeyuca y adoptan la yuca como símbolo de su lucha. Algunos miembros de este grupo se consagran, y entran automáticamente en las filas del prestigioso grupo: La Real Orden de los Acérrimos Abayardes Comeyuca. Y de pronto chicos, mi gran amigo Arepa hizo un embudo con sus manos puestas en la boca y, alzando su voz, exclamó a rajatabla, "¡¡Los Manchados con yuca cruda, son los verdaderos dueños de las naciones"!!

»Sin importarle mi reacción —que por cierto me hizo vibrar como las ondas sonoras de cierta campana antigua de la Escuela Víctor Duteil, que tocaba la incomparable doña Porfa— tomó aliento, suspiró hondo y mencionó a los siguientes abnegados a modo de acertijo, porque según me conto más tarde, no quería que los líderes de Puerto Rico —los sometidos al país del Norte—, los quebrantará metiéndoles sustancias nocivas en sus cuerpos, como le hicieron, al Comeyuca Mayor, don Pedro Albizu Campos, en los tiempos Muñonistas: *Judal, Masan, Elros y Oslo*.

»En seguida pausó. Sacó el palito de hinea de su oreja derecha, lo limpió con gran esmero con un pañito de algodón que llevaba amarrado en su cintura, comenzó a hurgarse el oído izquierdo y, cogiendo un nuevo impulso, señaló a cuatro aborígenes Manchados: Yahatuey, Guaybaná *El Bravo*, Cacimar y Yaureibo.

»Al minuto respingué, pero esta vez contenta y asombrada, porque vociferó de golpe: "Muchos, Princesa, ¡¡muchos con la mancha de la yuca cruda estampada en sus frentes"!!

—Y, ¿qué de los bautizados, doña Yegua? ¡Qué hermandades forman! —preguntó Simón.

—Los bautizados, amigo mío, según Arepa, son clase aparte y, por *honoris causa*, pertenecen a todas las hermandades Comeyuca. Ellos peregrinan en el plano espiritual del espacio-tiempo, pues son seres eternos.

La Princesa Escarlata detuvo el relato bruscamente, y mirando fijo a los chicos con sonrisa Yegua Lisa, preguntó: —Si yo soy la Isla de Vieques, ¿quiénes son mis verdaderos dueños?

—La Nación de los Gringos primero y después la Nación de los Boricuas por carambola —soltó José sin pensarlo.

—¡San Cordero el de Mambiche! José, ¿en qué centellas estás pensando? —amonestó Simón con cara de asombro—. Arepa, según doña Yegua, dijo que los manchados con yuca cruda son los verdaderos dueños de las naciones. Por tanto, chico loco, todos los viequenses Comearepa

121

convertidos en Comeyuca, son los verdaderos dueños de la Isla de Vieques. ¡Ahora entiendes cabeza de Ajidulce!

—¡Ay perdón! Creo que metí las cuatro patas con uñas y todo —se disculpó José—. Ahora entiendo con claridad, que *Puerto Rico y Los Estados Unidos de América son dueños postizos.*

—Me llena de orgullo que hayas recapacitado varón impúber—agradeció La Princesa—, porque toda persona en Vieques que se considera Comearepa, lleva el abrojo estrellado de la complacencia y la sumisión y cree que Puerto Rico y Los Estados Unidos de América son los verdaderos dueños de Vieques.

—¡Dueños del Demonio! ¡No lo puedo creer! —clamó Miguel, con rostro pálido y consternado—. Ahora comprendo el porqué del abandono de Vieques. Ahora comprendo las causas de las humillaciones a los habitantes de Vieques. Ahora comprendo que, si no tomamos las riendas de nuestro destino, seguiremos siendo un "Municipio Ratón y Comearepa". Y todo, porque siendo Puerto Rico y Los Estados Unidos de América *dueños a la fuerza*, les importa un bledo nuestro bienestar... Auguro doña Yegua, que cuando el pueblo Comeyuca se levante, ¡muy caro pagarán su osadía!

—¡Así se habla varón impúber! —chilló La Indómita con deleite—. Con tesón, valor y sabiduría. Porque estos *dueños postizos*, endemoniados como tu bien dices, de Vieques y Culebra, pagarán caro su desvergüenza cuando los comilones de otras cosas de las dos islitas se conviertan en Comeyuca, y clamen a viva voz que el abuso de poder y las viles humillaciones se acabaron. Pagarán caro su desvergüenza, cuando los ciudadanos de las dos "colonias" se declaren países autónomos y tomen las riendas del poder. Ahora olvidemos las penas y gocémonos pitando el Son de los Comeyuca —concluyó.

Y todos se pusieron de pie, y entonaron la pegajosa canción, con buen ánimo y algarabía:

Ni soy un búho, ni soy fanduca,
Soy abayarde, ¡soy Comeyuca!
¡Gritad mis fieles!
¡Chillad a coro!
¡Tengo la mancha de yuca cruda!
Uno valiente, ¡todos valientes!
Al mal le damos, ¡clavos calientes!

Después de un rato de camaradería, pausaron. Doña Yegua aprovechó el descanso y prosiguió su charla, orgullosa de la sabiduría de sus pupilos.

Dice La Princesa Escarlata:

«Cuando dejen de ser Comearepa y se conviertan en Comeyuca, podrán meterse por el rotito prieto de la quinta dimensión y conocer mi hermoso castillito —parecido al de la foto— asentado en Monte Indio, transitando por el atajo contorsionado y antiguo que se arquea en dirección a Quince Cuerdas. Si lo logran, podrán usar uno de mis bidecitos rosaditos. ¿Qué les parece? ¡Ah!».

21

El verdadero y fabuloso
mundo de La Yegua Indómita

—Como les iba diciendo hace un ratito mis queridos estudiantes, Arepa... ¡Ay, no me acuerdo en dónde rayos estaba!

—¿Cómo que no se acuerda? —respingó Simón, mirándola con ojos de palomo corrupto o paloma corrupta, cuando le cuestionan su historial político.

—Lo que pasa es que, cuando les expliqué el asunto del fabuloso y verdadero mundo de los Comeyuca y el emburujo del buraquito misterioso de los seres celestiales, me envolví tanto en el enredo, que se me olvidó hasta el lugar en donde Arepa y yo estábamos.

—¡No desmaye doña Yegua! —dijo Miguel, masticando un pedacito de yuca hervida—. Yo poseo memoria fotográfica. Arepita y usted cruzaron el rotito prieto y estaban cerca de Monte Indio. Usted contemplaba un hermoso palacio sobre la cima del monte, pero el joven taíno no la dejaba disfrutarlo porque le cañoneaba los tímpanos de sus orejas, con su grandilocuencia comeyuca.

—Gracias Miguelito, ¡ahora me acuerdo!

La Indómita carraspeó chasqueó su lengua y retomó la charla nuevamente:

—Pues sí, Arepa y yo estábamos hablando y admirando el palacio asentado en la punta del cerro. Sin embargo, como Arepita me mantuvo entretenida con su cháchara comeyuca, no había notado el esplendor de mi terruño en esta nueva dimensión. Grande fue mi sorpresa, ya que el panorama cambió radicalmente. El astro sol brillaba diferente; algo fuera de lo común, puesto que su brillo era centelleante, pero no achicharraba la piel. El suelo cerca de donde estábamos, era blando y acolchado; estaba cubierto de una yerba verdecita y corta y, sobre ellas, una combinación de flores de colores sutiles y transparentes nunca antes vistos. ¡Flores tan hermosas y extrañas que no tengo palabras para describirlas!

»Al ratito, mi amigo señaló con un dedo la cima de Monte Indio y mi vista persiguió la trayectoria de su dedo hasta la cima del cerro. Chicos, me "eslembé" nuevamente. Porque pude contemplar el palacio con más detenimiento: ¡es el palacio más hermoso que jamás he visto! Sin quitar la vista del palacio y alzando sus brazos, Arepa dijo: —Ya te había dicho que ese es tu castillo Princesa. Ahora, ¡disfrútalo!

»Yo me emocioné en gran manera y comencé a relinchar; zanganeé por todos lados con elegancia como solo saben hacerlo las yeguas indómitas y las princesas de cuentos reales y fabulosos y, después de un ratito de gran regocijo, Arepa me hizo señas y *me paró el caballito*. Deprisa, subimos la pendiente del cerro, y nos acercamos a la puerta principal. Era enorme chicos, y se abrió solita cuando llegamos al último escalón de la escalera de mármol rosado y plantamos nuestros pies en el pasillo bruñido que le servía de base al monumental balcón del edificio. Sin pensarlo dos veces, cruzamos el umbral de la enorme puerta y lo que vi fue...

—¡Qué vio Princesa qué vio! —interrumpió José, excitado.

—No puedo decirlo chiquitín.

—¡Por qué Princesa, por qué!

—Porque me interrumpiste. Ahora ustedes, y todos los Comeyuca del mundo tienen que averiguarlo por cuenta propia cuando me visiten, transitando por el atajo contorsionado y antiguo en dirección a Quince Cuerdas, comiendo cachitos de yuca hervida, y se zampen de cabeza por el buraco luminoso de la quinta dimensión.

—¡Que fastidio doña Yegua!, me dejó con las ganas de conocer a fondo su palacio —protestó Pedro—. Usted sabe que nosotros no conocemos la geografía de nuestra isla por culpa de los dirigentes del sistema de educación de Puerto Rico. ¿Dónde está ubicado Quince Cuerdas?

—Averígualo tú mismo. Pregúntales a tus abuelos, o a los envejecidos de tu barrio. Estoy segura de que muchos de ellos iban a buscar guayabas en ese lugar, puesto que el guayabal más extenso de Vieques, que ya no existe porque los insensatos Comearepa lo desarraigaron, se encontraba ahí. Lo único que les puedo adelantar es que mi castillo tiene cien baños, todos con un hermoso bidet rosado. ¿Te gustaría leer mis fabulosos y verdaderos libros sentadito en uno de ellos? Yo puedo hablar con el Coso Loco para que te empuñe por el cogote sin miramientos, y te transporte a mi palacio sin pasar por el rotito prieto, y...

—¡Ay cállese! Mejor prosiga con la narración.

—Así lo haré Pedrito..., ¡jejé! Me encanta tu fabuloso sentido de humor.

La Educadora Biekense alerta:
«Amados: ¡Los exhorto a enlazar el Movimiento Comeyuca con premura! Pues sospecho que, si se tardan, El Coso Loco —al igual que a los políticos que hieren a mi pueblo— vendrá a buscarlos; los empuñará sin miramientos por el coco rancio, y se los llevará sin regreso al mundo de las iguanas Boca-Chula».

22

Monte Indio

Hubo un ratito de euforia a costilla de Pedrito, ya que la cara del chico, después de escuchar la broma de doña Yegua, tenía el color de una langosta puesta sobre un asador a fuego lento. La Indómita tomó impulso y dijo:

—Después de inspeccionar el palacio y ver que todo estaba en orden muchachones, mi versado amigo Arepa se sacó el palito de hinea del oído izquierdo, comenzó a hurgarse la oreja derecha y chilló de repente:

—Aunque tú no lo creas Princesa, ¡en Monte Indio se ven y pasan cosas!

»Yo no lo contradije, porque ya lo sabía. Puesto que —yo se lo había narrado a ustedes chicos—, en mi primera visita al cerro durante mis andanzas, alguien musitó en mi oreja izquierda: "¡Cuidado!, estás mirando el enigmático Valle Diablo; lugar donde se reúnen los seres del disco o plano galáctico".

»Hablamos campechanamente sobre el asunto, y a la hora, regresamos al mundo normal, brincando por el cilindro dimensional. Arepa se fue a cazar palomas turcas al Cerro de las Palomas, y yo me fui a celebrar con mis amistades, el gran acontecimiento de mi bautismo, en la playa de la Hueca.

—Hay algo que no entiendo doña Yegua —preguntó José—. ¿Por qué mi héroe Arepa se hurgaba tanto sus oídos?

—Bueno. Según su versión fabulosa y verdadera, que

como es un acérrimo abayarde Comeyuca biekense y defiende su terruño con ahínco, le gusta tener las orejas bien limpias, porque les sirven de antenas cuando está trepado en la cima de Monte Indio. Sin recato alguno arguye, que las utiliza de esa manera para escuchar las rancias conversaciones de los políticos corruptos de Puerto Rico y de Estados Unidos, cuando a ocultas, planifican sus maquinaciones para humillar, destruir la economía y apoderarse de las tierras de los residentes del país de Bieke.

»Tan pronto las escucha Joseito, me envía un texto al celular, para que yo les fustigue las calabazas que llevan encima del cuello, a estos politiqueros de poca monta. ¿Entendéis?

José se turbó, su rostro esbozaba la sonrisa, *con las muelas de atrás...* Me parece que pensaba en la frase: "fustigue las calabazas que llevan encima del cuello".

Pedro aprovechó la confusión de su compañero:

—Arepa no mentía Princesa, cuando hablaba sobre los misterios de la zona este de Vieques. Tío Chepito me contó que, en el año 1951, en los tiempos de otra hambruna en la Isla de Vieques, salió con sus amigos para el vertedero de desperdicios de la base militar de los *Crunchies* americanos, llamado por los viequenses El Hoyo, a buscar latitas de *White Bread*, de *Caraway Cheese*, de *Chopped Ham and Eggs*, de *Beef Stew and Potato with Gravy* y otros potecitos de comida que arrojaban en el vertedero. Cuando pasaban cerca de Monte Indio, oyeron unos retumbos sobre el cerro. No hay que decir que salieron más rápido que ligero de los matorrales, y tomaron una senda distanciada del monte. «¡Cielos, qué susto nos dimos! Yo me espanté más que mis compañeros, porque miré hacia atrás, y me pareció ver un demonio escarlata en la cima del cerro, botando humo por la nariz y las orejas», profirió tío Chepito, concluyendo su relato.

Miguel carcajeó de golpe, y mirando a todos comentó:

—Me muero de risa, porque Chepito tuvo un encuentro con doña Yegua. Pero, ¿qué significa "Crunchies" Pedro? —preguntó de seguido—. Pues buscaba una explicación, ya que escuchaba el motecito frecuentemente en su barrio, pero nadie sabía su origen.

—Según tío Chepito, viene de crunch (crujido); *Crunchy* es el apodo clásico de un soldado de la armada bélica de Estados Unidos. Cree que se debe a que, cuando se mueven por el terreno con todo su equipo bélico sobre sus lomos, sus pies producen un ruido parecido al que se origina cuando se muele algo. También me aclaró que otras personas los llaman *Grunt*, el sonido preferido de los puercos.

—Y usted doña Yegua —soltó José con cara de chivo viejo—, ¿cómo tilda a estos pillastres que vinieron a nuestra isla a contaminar y a bombardear sus costas con sus cañones de largo alcance desde sus barcos estacionados en la costa sur de nuestro terruño?

—¡¡¡Pillos!!! ¡¿Cómo te atreves a injuriar a los "Grunt" de esa manera chiquitín?! Yo que me he pasado todo el santo día enseñándote modales. ¡Ay bendito, Joseito, eres un malpensado! Es importante que sepas que a estos marranos no les gusta robar, ya que tan solo le quitaron más de la mitad de las tierras a mis preciados viequenses, después de robarles sus conciencias.

José se estremeció con el arrebato de La Indómita. Esbozó una sonrisa tímida y pensó: "La Navy, la mamá puerca, y sus marinos, los puerquitos" … pero no lo dijo.

Miguel, escuchando la cháchara de su maestra y sus amigos, sintió la espantosa temblequera en sus rodillas y, sin aviso, descorchó su pecho:

—Miren, volviendo al dichoso monte, ¡yo no paso cerca de ese mogote por nada del mundo!

—¡Raja Tabla el de la Curva! ¡De qué hablas pipiolito! Eres cabecicoco o tienes amnesia, porque me estás viendo —amonestó doña Yegua—. Y cuando seas miembro del grupo Los Comandos y visites mi palacio de rojo escarlata te encantará el cerrito. ¡Ya lo verás! Te sentirás súper y gozoso, cuando te sientes a leer mis fabulosos y verdaderos libritos, sentadito cómodamente en uno de mis bidets rositos. ¿Qué te parece? ..., ¡ah!

Los amigos del chico carcajearon a su antojo, ya que Miguel permaneció mudo después de la bromita sandunguera de La Indómita, la cual empleó la pausa para abundar en el relato del Tío Chepito.

—¡Ya, dejen la risita y escuchen!: —Monte Indio, mi cerrito misterioso, es un mártir; sufrió los terribles cañonazos de la Flota Naval Norteamericana en los tiempos de la invasión Yankee en el país de Bieke. Además, fue testigo de las largas caminatas que algunos viequenses ejecutaban desde la zona residencial hasta el vertedero militar en busca de alimentos enlatados; para saciar el hambre que sentían, puesto que la economía del país estaba deteriorada y el trabajo escaseaba, debido al abandono humillante del gobierno de Estados Unidos de América y su flamante corteja —lambe ojo y bocabajo—, la Isla de Puerto Rico.

—Sí, doña Yegua…—murmuró Pedro con un dejo de voz—, Estados Unidos y Puerto Rico son *el hombre rico* sentado en su mesa comiendo manjares exquisitos. Y nosotros…, *el Lázaro* empobrecido que come de las migajas que caen de la mesa, junto con los perros sarnosos y olvidados, pues como usted dice, nos tienen en *bancarrota forzada*. Pero no se apure doñita, porque según el relato verdadero, cuando *el riquito* murió, se fue, ¡a las pailas del infierno!, y el humillado y abandonado *Lázaro*, ¡a la gloria celestial!

—¡¡San Dulce 'e Coco!! —soltó Simón, a boca 'e fuego—.

¡Qué bien lo pinta Pedrito! Sentí una gran tristeza en mi corazón, mientras hablaba. Y pensar que nuestro propio gobierno se presta para estas viles cosas. Pedrito es un genio por lo visto, pero usted es... ¿De casualidad es usted nuestra isla personificada?

—¡De repente, se me cayó el asunto de la memoria Simoncillo! ¿Por qué no tratas de averiguarlo?

—Eso haré... —murmuró Simón, mirándola con ojos deslucidos, pues le molestaba sobremanera, que su tutora utilizara la dichosa frase del *olvido de la memoria*, cuando quería esquivar sus preguntas.

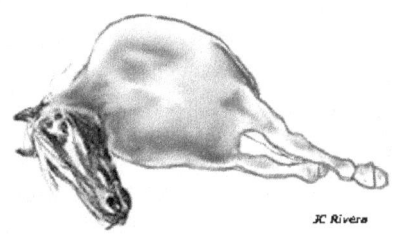

JC Rivera

Advertencia de la Educadora del país de Bieke:
«¡Sí, me zumbé al suelo desecha y frustrada! Estoy cansada de esperar a que dejen las ñoñerías y las tardanzas. ¡Concho, acaben de leer mi fabuloso y verdadero relato de una vez! Atesoren el Movimiento Comeyuca para que sean libres. Así escaparán de las garras de estos falsos dueños que no saben gobernar a su gente, ¡Tomen el control de su país, para que progresen!

Ustedes saben que Puerto Rico cayó en bancarrota. Pero Vieques lleva más de un siglo en *bancarrota forzada*.

¡Así es que miren bien lo que van hacer!, porque de lo contrario, los convertiré en iguanas Boca-Chula».

23

Arepa, el eterno Comeyuca

—¡Pues yo soy un curioso despiadado! Pido, exijo que me explique lo siguiente doña Yegua: ¿de dónde proviene la sabiduría de Arepa? ¡Cómo es que este travieso barbilampiño conoce, sin errar el tiro, los asuntos confidenciales de los Comeyuca! —soltó José intempestivo, alterando de nuevo el curso de la conversación, ya que estaba como enchufado al carismático y perseverante joven taíno.

—¡Pide... que hay! —incitó La Indómita siguiendo la corriente—. Escucha, mandamás, todos los manchados con yuca cruda, o bautizados con su jugo, tienen el don del discernimiento; aunque debo aclarar que los manchados lo dominan en menor grado Joseito.

»Arepa es un taíno muy especial. Lo que ustedes llaman en su época una *potencia,* un genio de intelecto acelerado. Es un mimado de los entes siderales, quienes saturan su cerebro a cada rato con mensajes predestinados, ocultos a los comilones de otras cosas. Además, es el miembro estrella de La Real Orden de los Acérrimos Abayardes Comeyuca Biekense.

»Por desgracia, falleció joven. Pienso que el motivo de su acelerada muerte se debió a su excéntrico empeño en ser miembro de la casta artesana, noble y guerrera del yucayeke; la prestigiosa casta de los *Nitaínos.*

»Al final, después de pasar ciertas pruebas agotadoras, lo aceptaron, pero esta subida de rango, aquilatado como guerrero, lo condujo a realizar un acto valeroso contra una raza de aborígenes expansionistas, conocidos como los Caribes, quienes abandonaron la cuenca del río Orinoco en Venezuela con el único propósito de exterminar la raza taína.

»No obstante, chicos, Arepa está vivo, y su espíritu, por buena fortuna, está unido a los fraternos de La Real Orden de los Acérrimos Abayardes Comeyuca Biekense.

—Lo que usted dice suena a disparate —soltó Miguel a toca ropa—. ¡O está vivo, o está muerto! ¡O *es*, o *era*! Para mí, el señorito Arepa está más muerto que un bloque de hielo, porque usted misma dijo que falleció joven... ¡Qué lío! No la entiendo. Mejor me callo y...

—Mira, Miguelito, según tengo entendido, Arepa «era», antes de morir, y «es», después de morir, y se hace eterno en el futuro, pero no pienso explicártelo.

—¡Tonterías y ñoñerías para tus tías! ¡Bah! ¡Suelte el enredo! Yo...

—¡No discutas más chiquitín! Guarda tus descontrolados griteríos, todos tus berrinches y todos tus píos para tus tíos —atajó La Indómita—, porque el asunto está sellado por el momento. Te aseguro que lo intuirás más adelante.

Miguel se atontó, y José comentó, soltando la lengua como una bala de cañón disparada por la flota americana, en los fecundos montes y valles, y en las centelleantes y hermosas aguas costaneras, de la despampanante Isla de Vieques:

—Pues, yo estoy de acuerdo con doña Yegua. Pienso que mi héroe Arepita, es invencible. Es mas, creo que es más fuerte que el gringo *Superman*. Además...

—¡*Denle pichón al asunto*! —demandó la tutora con firmeza pasmando a José, dándole fin a la controversia.

24

El dilema de los cognomentos y el símbolo «Comeyuca»

Simón aprovechó el chance para darle un nuevo giro al fogoso parloteo.

—Encuentro interesantes y refrescantes sus charlas del joven Arepa, Princesa. A pesar de ello, necesito que me aclare algo.

—Ahora no puedo Simón, a lo mejor más tarde.

—Tiene que hacerlo ahora, porque tengo una duda corrosiva en mi cholita —insistió Simón—. Y sin esperar otra negativa, soltó su preocupación:

—A los habitantes de la Isla de Vieques les dicen los *Comearepa*, a los del pueblo de Luquillo los *Comecocos*; a los residentes de Humacao los *Roehuesos*... y así por el estilo. ¿Acaso un Comeyuca no se enreda con tantos apodos?

—Esos renombres Simón, son secundarios y no se relacionan con los Comeyuca. El cognomento «Comeyuca» es un término simbólico, nuevo y original, que yo La Increíble Yegua Indómita *he puesto sobre la mesa*, para identificar a las personas que luchan y son fieles a su patria. Para ser un Comeyuca, no tienes necesariamente que ingerir la yuca.

»Por ejemplo: yo sé que tú eres un comilón de yuca empedernido; sin embargo, también eres un tragantón de las arepas fritas de Vieques. También te enloquecen las que asan en un caldero tiznado, cubierto con tapa de cinc, puesto sobre un anafre o sobre tres piedras, a fuego lento. Te relames de gusto si las rellenan con coco o con tocino,

134

o con mermelada de guayaba, igual que las hacía la inolvidable doña Mabel, la ponderable dama Comeyuca del barrio Buena Vista de la Isla de Vieques.

»Sin embargo, Simoncillo, a la hora de identificarte, debes decir: "Soy un Comeyuca Biekense, manchado con yuca cruda". Asimismo, los Comeyuca de Puerto Rico, aunque atiborren sus barrigas con carne frita o asada, con alcapurrias y bacalaítos en las lechoneras de Guavate, y en los friquitines de Luquillo y de Loíza, y el colesterol se les suba hasta las nubes, se identifican respondiendo: "Somos Comeyuca Borikenses, manchados con yuca cruda".

»Los Comeyuca de la Isla de Culebra, la cual he denominado Isla Bi, ya que "Bi" en el glorioso lenguaje taíno significa *chiquita,* quienes arrasan con el queso blanco de don Cosme y las empanadillas de langosta del barrio El Sopapo, por voto unánime deben identificarse gritando a todo pulmón: "Somos Comeyuca Bienses, manchados con yuca cruda".

»También, los Comeyuca que no son oriundos de la Antillas, por ejemplo, de la nación española, una comilona de yuca debe identificarse diciendo a rajatabla: "Soy una Comeyuca Española, manchada con yuca cruda", aunque devore el bacalao al *pil-pil,* el pulpo a la gallega y el roscón de Reyes, con loco frenesí.

—¿Y qué, con lo de la "mancha del plátano" Princesa? —interrumpió Pedro, que escuchaba pensativo.

—Eso es terciario Pedrito, terciario... Cada cual escoge su "manchita" de acuerdo a sus ideales. Por consiguiente, puedo asegurarte que los viequenses, o cualquier persona que se identifica como "glotones de otras cosas" que no sea la rica yuca taína, *no son mis verdaderos dueños.* Los que así se expresan son los engatusados por reinos explayados, y se comportan igual que las hormigas locas. Las hormigas prietas que caminan rápido y a lo loco sin rumbo fijo.

»En fin, como el cognomento *Comeyuca* es un "término universal", que identifica a las personas que luchan por su patria y no se someten a las naciones expansionistas y dictatoriales, pues, simplemente cuando abracen el nuevo pensamiento, adopten *la yuca* como símbolo exclusivo, y echen los demás cognomentos en el zafacón de la basura. Así evitarán las confusiones... ¿Entendéis?

—¡Así lo haremos doña Yegua! —los chicos acordaron al unísono.

—Hay otro enredo que me tiene intrigado —consultó Miguel en busca de una explicación—. ¿Por qué las yeguas cerreras representan a las naciones?

—¡Sí! ¿Por qué una Yegua Indómita, ah? —secundó Simón con voz de trueno.

Miguel exhorta:
«Chicos, chicas y adultos, dejen de ser Comearepa y conviértanse en Comeyuca, para que ayuden a su gente. Además, de ñapa cito: ¡"El Mundo es del Valiente"!».

25

¡Sí! ¿Por qué una yegua indómita, ah?

—Antes de comenzar la explicación es preciso que comprendan lo siguiente —comenzó La Indómita—: Las yeguas indomables jamás se rinden. Son madres celosas; patean y muerden cuando protegen a sus crías, pero son gráciles, hermosas y de caché. Son sin duda alguna, princesas legendarias.

»¡Sí! ¿Por qué una Yegua Indómita, ah? —especulan ustedes—. Pues escuchen con atención chicos suspicaces para que aprendan de una vez, el porqué de mi existencia fabulosa y verdadera, y echen la incredulidad en una de las lagunas contaminadas por La Marina de Guerra de los Estados Unidos de América, en los años de las expropiaciones devastadoras en la Isla de Vieques.

»Cuando un gobierno local olvida sus obligaciones y atribula los habitantes de su país con sus maquinaciones abusivas, o cuando un reino expansionista invade un pueblo indefenso, robándole sus bienes materiales, imponiéndole a la fuerza sus costumbres y tradiciones, humillándolos, esclavizándolos…

»Entonces, de la nada, se escuchan voces, gritos, lamentos; hay un corre y corre en cierto lugar prohibido. Con prontitud, del tuétano de la tierra de la nación afectada, surge un ser con instrucciones explicitas de los seres celestiales que busca justicia; un ente infinito, un paladín de leyenda que se convierte sin demora en un ser encarnado, en el alma, en la identidad de la nación; en una princesa

137

virgen, valiente y extrovertida; en la consejera por excelencia de los habitantes de los pueblos mancillados…, ¡en una fabulosa y verdadera Yegua Indómita!

»Nos rompemos la cabeza al pensar: ¿por qué la atribulada patria se convierte en una yegua cerrera? O quizá teorizamos: ¿por qué una princesa virgen?, ¿por qué un cuadrúpedo de leyenda?, ¿por qué una yegua guerrera?

»¡¿Qué nos importa, chicos si es caballo o yegua?! Si al final reconocemos, sin ponerlo en tela de juicio, un ¡ser fabuloso y verdadero! Un ente que trastoca los corazones de los habitantes de un pueblo deshonrado, para que despierte, y salga a toda prisa de las garras de las administraciones inicuas que están basadas en filosofías mete miedo y en su dicho preferido: "Los sumerjo en la pobreza, los humillo, y estos ignorantes doblan la rodilla sin chistar".

»De mi parte infiero, y estoy de acuerdo, que como la gente utiliza las frases, *la madre tierra*, o, *la madre naturaleza*, y siendo las yeguas indómitas madres celosas, gráciles y principescas, pues es lógico que las naciones en desgracia, deseen ser yeguas. Además, yo… digo las yeguas cerreras, tienen el don de platicar con sabiduría… ¡jejé! Ellas, utilizan el lenguaje propio de la conversación oral y cotidiana; así, acomodan a los que destroncan su preciosa lengua; a los que desplazan su vocabulario exquisito, con descabellados préstamos lingüísticos.

»A más de esto, queridos estudiantes, este ser de ultratumba instruye a su gente en geografía e historia, y le brinda la gran oportunidad de descubrir y atesorar la gloriosa simiente antigua de su nación, a través de sus refrescantes, verdaderas y fabulosas narraciones; para que la gente salga de las garras de los dueños *postizos* que la martirizan.

Luego de la sentimental grandilocuencia, La Indómita hizo una pausa, miró a Simón, y le preguntó:

—Simoncillo, ¿por qué tienes las manos metidas en los bolsillos del pantalón?

—Doña Yegua —aclaró Pedro, con los ojos aguados—, yo creo que Simón gemía cuando usted hablaba y, guardó…, las lágrimas en sus bolsillos para que nadie las viera. Pienso que luego, cuando regresemos a nuestra época, las sacará de ahí con presteza para depositarlas en el cofrecito que esconde en la alacena de su casa; el lugar donde siempre guarda sus tesoros más preciados.

La Indómita alzó la vista al cielo y una lágrima sombría brotó lentamente de sus grandes ojos.

**Simón, el chico predestinado a ser el capitán de Los Comandos, exclama:
¡"Quiero ser Comeyuca Biekense para luchar por el bienestar de mi gente"!**

26

La identidad de la tutora

Por otro lado, José, el inquieto payasito, aunque estaba conmovido, desconfió de las alegaciones de su flamante tutora, y olvidándose del lagrimeo de sus amigos, soltó su bufonada:

—Mire, Princesa, nos dejó emocionados con su impresionable oratoria; sin embargo, creo que usted no es real, y tengo la leve sospecha de que es "una cosa parlante" escapada del mundo de los espíritus, un ser ficticio que enchufa el término «Comeyuca» en nuestras tiernas cabecitas mientras soñamos, alegando ser nuestra isla personificada. ¿Estamos en lo cierto? Ande, si es valiente, díganos en una sola frase lo que en realidad es. Sería menos complicado.

—¡Cómo! ¿Todavía incrédulos? ¿Acaso no lo han comprendido? —lanzó La Indómita de golpe—. Bueno, trataré de complacerlos nuevamente, pero esta vez, expondré el asuntito de mi identidad, ¡bien clarito!, ya que presiento que ustedes todavía cargan sobre sus hombros, una pizca de la famosa cabeza de chorlito de los Comearepa, y aún no han desenmascarado el misterio.

»Por lo tanto, les confieso que soy una yegua. Mejor dicho, ¡una isla!... ¿Soy Bieke? ¡Qué lío es este! ¿Soy una yegua, o soy una isla? ¿Seré una isla que sueña con ser yegua? Quizá sea una yegua de alcurnia, o tal vez una isla maravillosa. Igualmente, ¿quién sabe si en verdad soy una yegüita mimosa, graciosa, juguetona y de buen gusto?

»Así que, para liquidar el misterio, también puedo ser

una princesa valiente y guerrera en potencia. O quizá, una ¡Yegua Indómita! Seré la Isla de Vieques personificada, o ¿una isla encarnada? Qué bueno está esto. ¿Verdad que sí, Joseito? ¡Jejé!... ¡Ni yo misma lo entiendo!

Tras hacer una pausa, miró el rostro sombrío y pasmado de José. Al segundo cambió el enfoque y, mirando a Simón a quema ropa, añadió: —Se me cayó el asunto de la memoria Simoncillo.

Simón abrió la boca para decir algo, mas no tuvo tiempo, ya que La Indómita le tomó la delantera y le dio el toque final a su maraña, diciendo regocijada:

—Pero, bueno, no se aflijan, ríanse con ganas y repitan lo que dijo el Gran Sabio: «Me gozo y me río en mis padecimientos».

—¿Acabó? —refunfuñó Simón, mirándola a cierra ojos—. ¿O seguirá la cantaleta? ¿Por qué se burla y trata de confundirnos? ¡¿Por qué se le cae la cuestión de la memoria, ah?!

—No es broma amiguitos —aclaró La Indómita—, sólo quiero que analicen los hechos presentados, y descubran la identidad de esta elegante educadora del pueblo biekense... He presentado mi tesis de esa forma para darle un matiz emocional a la trama. La despliego de esa forma para que ustedes se entretengan dándole vueltas y vueltas y más vueltas en sus tiernas cabecitas, hasta que descubran el fabuloso y verdadero enigma.

Los muchachos estaban molestos, listos a refutar con más vigor, pero en esta oportunidad pensaron que les convenía callar. Por lo tanto, suspendieron la protesta.

27

La "Chispa" Comeyuca y la mente asesina de los países expansionistas y abusadores

—Con su permiso Princesa —dijo Miguel—, quiero saber si para finales del año 1991 habrá hermandades o grupos Comeyuca en Vieques, portando en la frente la dichosa mancha que usted se ha inventado.

—¿Y por qué ese año en específico, comilón de yuca?

—No se haga. Usted lo sabe. Esa es nuestra época. De ahí nos sacó el bólido loco y nos trajo hasta aquí.

—Noto que eres un chico curioso, pero también percibo que al igual que José, llevas la espinita de la duda Comearepa en tu cholita, puesto que has dicho que la mancha de la yuca cruda son inventos míos. No obstante, puedes estar seguro de que *la manchita de la yuca* es una realidad fabulosa y verdadera. Los verdaderos Comeyuca reconocen que la mancha es simbólica; tener la mancha de la yuca estampada en tu frente significa que tu cerebro está marcado con el pensamiento del patriota verdadero, ya que muchos y muchas se jactan de ser patriotas, pero cuando la cosa se pone fea, corren como las hormigas locas. O simplemente traicionan sus ideales cambiándose de bando, buscando aceptación o lucro personal, o prestigio... para desprestigiarse.

»Los manchados con la yuca cruda, jamás entregan sus ideales patrióticos, y llevan su manchita con orgullo por doquier. Si no, pregúntale a mi amigo Chupaflor, que la tiene estampada a lo largo del pico en forma de espiral, porque su frente es muy pequeña; la enarbola con orgullo por montes y llanos porque siente ser: ¡Acérrimo Abayarde Comeyuca Biekense, de pura raza!

»En cuanto a si habrá hermandades Comeyuca en Vieques en ese año, debo aclararte que siempre han existido, lo que pasa es que tu pueblo ha estado utilizando nombres raros y formando grupitos personales, ya que, aunque hay muchos buenos defensores, nunca han tenido un verdadero líder patriota que los dirija y unifique. A más de esto, la literatura de tu tiempo, aunque es realista y tiene su mérito, no los anima ni les enseña, paso por paso, el camino verdadero hacia la libertad incondicional; los viequenses no saben cómo quitarse de su cerebro el maldito *abrojo estrellado* que le implantó —en confabulación con los palomos y las palomas Puerto Rico— el gobierno de USA, después de las viles expropiaciones de sus tierras en la década de los cuarenta, el cual es el causante de que tu gente se comporte como las hormigas locas, impidiéndole escapar de la mortal complacencia. Por lo tanto, Pedrito, tu gente está pasmada y a la deriva.

»Sin embargo, las verás después del año 2018. Eso te lo aseguro. Brincarás de alegría todo el santo día, igual que un comisionado corrupto cuando brinda con el mejor champán francés después de recibir un portentoso fajo de dinero de las empresas privadas que respaldan sus podridas campañas políticas. Las verás, porque llegó la verdadera educadora del pueblo viequense; llegó el alma de este pueblo que adolece de apatía. Este pueblo que, sin remedios, tendrá una muerte súbita si no escapa de las garras de los dos falsos dueños —PR y USA— que le oprimen el gaznate y lo sofocan sin miramientos, evitando que progrese; pues estos dos compinches, estos dos amantes, consideran el país de Bieke, el basurero del Caribe... "la Isla de Vieques es un Municipio Ratón", vociferan por el mundo. Así nos tratan y, así, nos seguirán tratando, a menos que atrapemos la conciencia Comeyuca de la libertad absoluta.

»En conclusión, para evitar caer en el círculo vicioso de la mortal complacencia, yo, la maestra biekense, insto a los ciudadanos a utilizar el concepto "Comeyuca". Así, se identifican con propiedad y se unifican en un solo sentir.

»Por tanto, anímate y canta el *Son de los Comeyuca*. Pues llegó La Yegua Indómita; vino a sacar a la luz pública los trapos sucios de los gobiernos corruptos, engreídos y expansionistas; vino para educar a tu gente; vino para enseñarle, paso a paso, el verdadero sentimiento patriótico, que le fue despojado, por medio de las maquinaciones lavacerebros de los que se creen ser sus eternos dueños. Pero no desmayen, porque un día de estos…

—¡Basta doña Yegua! —gritó Miguel, entrando en la plática—. Usted lastima mi tierna calabacita con demasiadas cosas incomprensibles. Espere que sea más grandecito para poder asimilar esos asuntos fabulosos y verdaderos que a usted se le escapan de empellón, a cada momento.

—Lo siento Miguelito, pero es necesario. Aunque ustedes no lo comprenden por tener todavía la cholita verdecita, en este momento hay una gran cantidad de potenciales Comeyuca —jóvenes y adultos— leyendo mis fabulosos y verdaderos relatos, porque desean encontrar dentro de sus páginas, su verdadera identidad de pueblo; apetecen con todo fervor clamar a viva voz, "¡Soy Acérrimo Abayarde Comeyuca Biekense de pura raza!"; anhelan chillar a todo pulmón: "¡¡Vieques es un país Libre!!"

—¡Caramba, Princesa! —soltó Simón—. Aparte de todo este sabio, interesante y nutritivo enredo suyo, le confieso que me siento abochornado. Nosotros, que conocemos el asunto, no hemos formado una hermandad Comeyuca en nuestra isla.

—¡Ay, Simoncillo!, ¡si ahora es que ustedes se están puliendo! ¿Acaso sabías de mí? ¡Claro que no, muchachito sonso! La revolución Comeyuca comienza con ustedes, ya que muy pronto se consagrarán. Así que olvídalo y no te acongojes, puesto que la formación de hermandades Comeyuca, no está en sus manos, eso está a la discreción de los habitantes de tu terruño. No obstante, una vez se formen, ustedes serán parte integral de ellas.

—Pero cuándo será eso doña Yegua. ¿Cómo sabremos que el movimiento Comeyuca está en proceso?

—Comenzará Simoncillo, cuando los viequenses, cansados de tantos abusos, raspen el fósforo, y centellee *la Chispa Comeyuca*.

—Usted me confunde doña Yegua. ¡Ande, termine el asunto! Diga de una vez, ¡cuál es la centella Comeyuca!

—La chispa es, ¡*El Gran Festival de la Yuca*!, Simoncillo. Cuando la gente se reúna, organice y celebre este festival en Vieques, se convertirán en Comeyuca y abrazarán el nuevo movimiento, que los llevará a la emancipación de su nación. ¿Entendéis?

—Entiendo, gracias por aclarar el asunto, porque ahora los futuros Comeyuca —*jartos de tanta poca verguenza*— que están leyendo este relato, conocen el primer paso para lograr la libertad absoluta.

—Me alegro que lo entiendas Simoncillo, porque yo soy la verdadera educadora del país de Bieke, y como antes dije, yo no hablo por hablar, yo educo y le doy soluciones a mi gente, para que escapen de la esclavitud y de los más de setenta años de *bancarrota forzada* que comenzó en el 1941 y todavía no ha parado, porque mi gente se acuesta de noche en un catre viejo, sin ropa, trabajo y comida…Y amanece en un catre viejo, sin ropa, trabajo y comida.

La Indómita pausó en seco. Hubo tristeza y dolor en los chicos, cuando vieron los ojos aguados de su tutora. No obstante, doña Yegua no se angustió por mucho tiempo, pues tomando nuevos bríos, prolongó la charla educativa, mientras los chicos cavilaban sobre el triste y desconcertante asunto, puesto sobre la mesa.

—Además de lo que les he despepitado, aunque ya se los había dicho, ustedes están predestinados a formar el prestigioso grupo Los Comandos, los cuales son los acérrimos guerreros de mi otra personalidad, *Yegüita*, la carismática potranquita de mis próximos relatos. Pero ella se lo explicará con lujos de detalles a partir de su primera reunión en el año 1898. Les adelanto, que su grupo es el que se enfrenta cara a cara, cuchillo contra cuchillo, metralla contra metralla, a las huestes del Águila Calva, el último troglodita invasor de las tierras de su terruño. Fabuloso, ¿verdad?

—¡Rayos, cuchillos y metrallas! ¡Eso suena a sangre, a balazos y a tajos esculpiendo todo mi enclenque cuerpito doña Yegua! —increpó Miguel, que, preso de pánico, dejó caer un pequeño recipiente con bacalao y yuca, encima de su ropa.

—No es para tanto Miguelito, cuando pertenezcas al grupo ya serás mayorcito y, si te matan, no hay problemas, te pondremos hermosas flores de yuca dulce sobre tu sepulcro de piedra ígnea y prieta en el desamparado cementerio del barrio Martínez, ubicado en la costa septentrional del pueblo de Punta Arenas. ¡Regocíjate muchachón!, compartirás las leyendas de mis más preciados compatriotas Comeyuca; estimados, porque fueron injustamente estigmatizados por el vulgo: la leyenda de Gran Diablo, de Taná y Maquiquí, de Ajidulce, Santo Larán y de Pepito..., ¡la excitante y jocosa leyenda de Güevo 'e Perro!, y otros.

—¡Santo Camilo, doña Yegua! Yo aprecio las leyendas de mi gente... pero... ¡coja sus florecitas y zúmbelas en lo más profundo de la fosa de Puerto Rico! Odio que me hablen de tumbas y enterramientos. ¿Acaso es usted un cuadrúpedo escarlata de inclinaciones sádicas, ah? Mire doña Yegua, ¡mis enclencas y tiernas piernitas están temblando!

—Yo diría, ¡San Cordero de Mambiche!, porque eres un "cabecicoco" Miguel! Recoge el rico manjar de yuca que te manchó la indumentaria, y come tranquilo. No trates de averiguar la naturaleza de las cosas predestinadas: te puede dar un patatús. No apremies el encadenamiento de los sucesos futuros donde tú serás militante.

Los chicos silenciaron sus gargantas; pensaron y analizaron lo dicho por su maestra, que los miraba con el rabillo del ojo. Al ratito, y de sorpresa, añadió:

—Ahora les ruego, que hagan mutis, no critiquen, no hagan más preguntas, y me esperan sentaditos. Les prometo continuar con la interesante charla cuando regrese, porque pienso escaparme en el tiempo al año 1843, a divertirme en el "bembé" que se formó en la casita de zinc y de tablas de mi amigo Sansón Soto, el tiranizado esclavo africano hijo de Adeline, esclava de Leguillou, a celebrar su libertad: el Comeyuca biekense, morador en la calle Salsipuedes, el angostillo arrinconado en la cuesta de Pulí, bien cerquita del vetusto puente del barrio Pueblo Nuevo.

—¡Escaparse! ¡Por favor, deje los apólogos! Eso es otro de sus jueguitos caprichosos. ¿No ve que estamos hipnotizados con sus relatos? ¡Estoy tentado a encadenarla si es preciso! —sentenció Pedro, impaciente.

—¡Así me gusta! ¡Ansiosos y atentos en todo momento! Además, con este cuentecito fabuloso y verdadero de mi amigo Sansón, reforcé parte de mi chocante y sugestivo plan de estudio. Comprobé de nuevo que son jóvenes tenaces, inmutables; primates apasionados por mis relatos. ¡Excelente! ¡Los felicito! Por lo tanto, ya que me encuentro super bien, aplazaré el viajecito a Salsipuedes para otra ocasión, y les contaré otro de mis fascinantes y verdaderos acontecimientos para que lo guarden en sus corazones para siempre. Y cogiendo un nuevo impulso, enderezo su cuerpo y soltó:

—De madrugada, cuando el sol despertó y reclamó los verdes montes de mi terruño para calentarlos, me senté a reflexionar debajo de un árbol de yagrumo que ostentaba un ramaje fabuloso y cobijaba helechos brillantes y espléndidos. Estos, a su vez, estaban rodeados de bulbos de jengibre rojo anaranjado. A mi derecha, un indiscreto lagartijo expandía su coloreada y carnosa membrana —la que tiene debajo de la garganta— en defensa, y me trastornó el intelecto.

—Estoy de acuerdo con usted doña Yegua, esos animalillos me sulfuran también. Esos "condena'o" le sacan el *mostro* a cualquiera —comentó José, buscando agradar a su maestra.

—No entiendo José, da detalles —alentó La Princesa.

—Bueno... según dicen los habitantes más viejos de mi barrio, cuando un lagartijo estira el buche, lo colorea y te mira sin pestañar quiere decir que... ¡te está *Mentando la Madre*!

»Cuando yo lo veo, boto fuego por las narices y las orejas. En seguida, doña Yegua, le lanzo cuatro "peñonasos" en la chola para que respete a mi mamá. Ahora dígame qué hizo usted después que el indiscreto lagartijo le interrumpió el intelecto. ¿Le zumbó un peñón de 1514 libras de peso sobre el ombligo y le trituró los intestinos?

—¡Ay mi madre! ¡Miguelito, eso es horrendo! —amonestó La Indómita—. ¡Piensas como los asesinos expansionistas del Norte! ¡Piensas como los abusadores de Puerto Rico! Lo que hice fue mirarlo con mucho amor y cariño, pero del bueno. En seguida, sin contar dos veces, lo acaricié con suavidad y me eché a dormir acurrucada en los helechos junto a él. Allí, acostadita junto a él, cavilé, y llegué a la conclusión de que me sentía orgullosa de este animalillo. Pues al ser frágil e indefenso, hace alardes de fortaleza para espantar intrusos y proteger su territorio.

»Pensé en mis preciados dueños aborígenes, cuando los asesinos expansionistas de allende los mares, los viles Caribes y el injusto *come oro y come tierra* Reino de los Zancudos, por no entender sus costumbres y tradiciones, los martirizaban y los esclavizaban. Pensé en los abusos perpetrados por nuestro gobierno local…También pensé en la mente asesina del actual reino expansionista del Norte; el que bombardeó, mutiló y contaminó mis tierras; el que todavía se cree mi dueño, y le sigue metiendo a mi gente en sus cholitas, sus costumbres y tradiciones, desde su llegada a nuestras costas en el año1898.

—¡San El Búho! —chilló José, azorado—. Yo no sabía que los lagartijos ponen el buche "colorao", para proteger su territorio de personas asesinas. Yo espero que el Dios del universo me perdone. ¿Cree que lo hará?

—¡Seguro, muchachito! Nuestro Padre Celestial es magnánimo y perdonador. Así que no os preocupéis, tu alma está sellada. Te aconsejo, sin embargo, que renuncies a las prácticas inhumanas de los países asesinos y, cuando veas a estas indefensas criaturas actuando de esa forma, recuerda a nuestros valientes aborígenes, los que cayeron, pero que jamás se acobardaron ante el enemigo. Los valientes que ante reinos poderosos defendieron su terruño, con uñas y dientes.

»Del mismo modo te sugiero que, abraces el Movimiento Comeyuca, para que evites los "peñonasos" que te zumban los actuales *falsos dueños de Vieques*: Puerto Rico y USA. Los cuales, con sus mentes asesinas, planificaron y todavía planifican apoderarse de tus tierras, por medio de la humillación y la destrucción de la economía. Y, para *darle pichón* al asunto por el momento, memoriza estas palabras que escuché en mi espejito perspicuo una tarde fabulosa,

149

mientras degustaba cachitos de yuca cruda en Ocala con mi gran amigo Comeyuca Daniel el Santo, quien, sin duda alguna, portaba verdaderos ideales patrióticos en su alma "anacobera": «Ningún gobierno es dueño de los ciudadanos de un pueblo».

Doña Yegua suspiró hondo y observó a José con sonrisa de caramelo derretido. José reciprocó *sonriendo con las muelas de atrás*. Y tomando un nuevo impulso continuó el bombardeo explicativo:

—Ahora, Joseito, ponte el cincho de la fe y la esperanza y organiza junto a tus compañeros, *El Gran Festival de la Yuca*, que es el primer paso a dar en la búsqueda de la libertad absoluta, ya que el tiempo apremia y tu pueblo sufre.

—Gracias, doña Yegua, por esas palabras de aliento. Sacaré de mi memoria la semilla malsana, la mente asesina de los países expansionistas. Iré resuelto, con la frente en alto, y esparciré el movimiento Comeyuca por todos los recovecos de mi terruño.

—Me conmueves chamaquito —comentó La Princesa Escarlata—, has exteriorizado el sano juicio; el verdadero sentir del fiel Comeyuca. Ahora veo con más claridad, una rica «*manchota*» *de yuca cruda* estampada en tu frente.

José, exhorta: "Si eres Comeyuca, puedes ayudar a tu gente"

28

Arepa y Vieques: Los muertos vivos

Dos guaraguaos —halcones de ala ancha— volaban deprisa huyéndole a dos pitirres que los perseguían, y los picoteaban en el lomo y en la cabeza. La Indómita observó la escena, pero no alertó a los chicos para no traumatizarlos, porque los grandes pajarracos habían invadido los nidos de los pitirres, y llevaban en sus garras las criaturas recién nacidas de los fogosos pajaritos. Por lo tanto, acaparó la atención de sus pupilos retomando el relato.

—Cierto día, mis queridos estudiantes, cuando el cielo desplegaba nubes tenues y de varios matices al sur de Monte Indio, me senté en la terraza de mi palacio plácidamente para relajar mi hermoso espinazo y aminorar las preocupaciones acumuladas en mi cerebro. Si bien la tibia luz del sol me invitaba a reflexionar sin prisa, no pude hacerlo, pues en esta rara ocasión, el horizonte lucía despejado y logré ver la silueta de la pequeña Isla de Ay Ay en la distancia. Así la apodaba mi pueblo taíno, pero ustedes la llaman Santa Cruz. Esta islita chicos, era el bastión del Reino de los Caribes, antes de la llegada de los Zancudos conquistadores. Aquí fue donde Arepa...

—¿Lo ve, otra de sus famosas complicaciones rompe cholas? —interrumpió Pedro, molesto.

—¿Eh? ¿Qué pasó? ¿Qué hice ahora Pedrito? —soltó La Princesa, con cara de asombro.

—Nos quiere hablar de Los Caribes para ocasionarnos otra jaqueca cerebral—. Sepa que, ¡yo no traje aspirinas!

—¡Carambola y todas las bolas! Tienes razón muchachito. Perdóname, lo lamento. Sin embargo, debo continuar con el relato. Así es que, aguántate la cholita hasta que termine, porque son asuntos históricos que todo Comeyuca biekense debe conocer.

—¡Qué remedios! Bien, aguantaré la cantaleta doña Yegua. Prosiga usted.

—¡Así me gusta chiquitín! Ahora escucha con atención. Los Caribes fueron los primeros expansionistas en conquistar a la fuerza la mayor parte de las islas caribeñas. No obstante, cuando invadieron el país de Bieke, no pudieron conquistarlo. Del mismo modo, y lo digo con gran tristeza, en la sangrienta escaramuza Arepa perdió su vida. Sin embargo, aunque mi fiel barbilampiño murió en esa batalla chicos, también la sobrevivió.

—¿En esa contienda Arepa perdió la vida y salió ileso doña Yegua? —interrogó Miguel.

—Por desgracia y gloria, así es, Miguelito.

—¡San Maquiquí! La verdad es que no entiendo eso de "por desgracia y gloria", "murió y sobrevivió". Todo eso me suena a disparate Princesa.

—Yo diría, ¡Chulería en Pote!, porque lo dicho es un tesoro que tú cholita no ha descubierto, ya que anteriormente te había señalado, que Arepa "era" y "es". Pero a ti, ¡todo te suena a disparate Miguelito! Yo creo que tu *mai* te parió antes de tiempo. Para mí eres un niño sietemesino nacido en zurrón. Así que deja las interrogantes para luego, y escucha lo que tengo que decirte. De esa manera, te entra el asunto en tu verde calabacita, lo analizas, y resuelves el berenjenal, ya que todo es comprensible en esta vida cuando le damos tiempo al tiempo.

»Fue una desgracia, porque perdí a uno de mis grandes amigos Comeyuca. Por otro lado, fue glorioso para él, y está vivo, pues su espíritu fue acogido con mucho amor y cariño en la prestigiosa hermandad de La Real Orden de los Acérrimos Abayardes Comeyuca Biekense.

La Yegua Escarlata pausó y suspiró quedamente. José permanecía ceñudo. El asunto de la muerte de Arepa lo había perturbado. Quiso hablar, pero La Indómita, conociéndolo, no le dio cabida al chance y continuó la charla con nuevos bríos.

—Los Caribes, chicos, eran guerreros belicosos y expansionistas que salieron de las cercanías del río Orinoco —lugar en América del Sur— en busca de nuevos territorios para conquistar. Llegaron a las Antillas muchos años después que los Arahuacos, los cuales ya habían evolucionado en la raza taína. Estos aborígenes eran dominantes, dictatoriales y racistas, pues querían sacar a la raza taína del mapa. Su estrategia mortífera era simple: eliminaban a los hombres taínos, programaban las mentes de sus hijos con sus costumbres y tradiciones, como lo hace Puerto Rico y USA con los niños viequenses, y engendraban hijos en las mujeres taínas para multiplicar la especie caribeña. Pero, aunque trataron, no pudieron eliminar la cepa taína de Vieques.

—¿Por qué los golosos y belicosos Caribes no pudieron borrar la raza taína de nuestra isla doña Yegua? —preguntó Pedro, interesado en el asunto.

—Porque Arepa y toda su gente, *les pararon el caballito*. Ellos eran verdaderos patriotas; fieles Comeyuca que me resguardaban... Mejor dicho, protegían el país de Bieke y a su gente costará lo que costará.

—¡Ajá!... ¡Con que la resguardaban, ah! —chilló Simón—. Entonces, ¿es usted es nuestra isla personificada?

La Indómita ignoró el arrebato de Simón. Sonrió pícaramente mirando a su pupilo de soslayo y, reanudó el relato sin inmutarse, utilizando el estilo clásico de la narración de cuentos infantiles.

153

—Érase una vez, si no era pan era café, que los impetuosos Caribes salieron de su bastión y llegaron a mi tierra en canoas cuando la luna estaba en creciente. Traían, como de costumbre, sus molleros fuertemente amarrados con bandas de algodón, el pelo encrespado y los ojos coloreados de apariencia espantosa, para meternos miedo y debilitar nuestras defensas. No obstante, nosotros los esperábamos, puesto que Arepa, encaramado en Monte Indio, mientras limpiaba sus oídos, escuchó el murmullo de la inesperada invasión y, veloz, nos dio la voz de alerta.

»Según cuentan las buenas lenguas, los expansionistas belicosos se colaron por la región de Salinas; lugar donde las aguas del mar se cristalizan en la arena. Pensaban sorprender a mi pueblo, subyugarlo y acabar con él, pero... la baba se le vino al suelo a los transgresores, ya que los entrampamos en Playa Blanca —que es la desembocadura de Quebrada Cerro Indio— y se dieron cuenta de que los sorprendidos eran ellos.

»A toda velocidad, junté mis nobles manos en el aire, chasqueé mis brillantes cascos y entré en batalla de frente. Iba resuelta; más rápida que el chispazo de un rayo celestial, repartiendo grandes dosis de patadas, sin miramientos. Algunos guerreros Caribes iban tan locos que se metieron en las *zarzas de mato*, una planta espinosa que tortura a los que sienten pánico. ¡Y ya pueden ustedes imaginarse lo que sucedió! Se quedaron sin sus *guayucos*.

»En seguida huyeron como guaraguaos perseguidos por pitirres para llegar a sus canoas y, cuando sintieron el agua salada en las heridas causadas por las espinas de las zarzas, se retorcieron igual que peces fuera del agua, y con ojos desorbitados comenzaron a nadar sin rumbo fijo. ¡Todavía los buscan! ¡Nadie sabe a dónde fueron a parar! Parecían guaraguaos perseguidos por pitirres.

»Mi gente, escondida en los uvales, acorraló al resto de

154

los petrificados invasores. Allí, sin pena alguna, les propinaron una buena andanada de macanazos duros y continuos, igual que martillazos de herreros forjando los hierros candentes para marcar a los esclavos en los tiempos de los españoles, diseñando una gran variedad de chichones en el cuero tostado de sus cabezas. El enemigo quedó tan aterrorizado que se rindió sin condiciones: se cortaron las bandas de algodón de los molleros y se las ofrecieron a mi pueblo, como símbolo de sumisión.

»No obstante, chicos, aunque mi gente aceptó la rendición, no les dio el trato cruel de esclavos, ya que los cacikes taínos no eran dictadores abusivos, ni tenían la mente asesina de los países expansionistas, como otros tienen por costumbre. Les permitieron quedarse con ellos formar familias y mantener sus tradiciones.

»Luego de la refriega, me senté a cavilar en la cima de Cerro Malojilla, cerca del barrio de Campo Asilo, y determiné que los Caribes que lograron escapar de nuestras garras se fueron sumisos a sus porquerizas, ya que, para mí, la paliza que recibieron abrió sus inteligencias, y dio cabida a la sublime lección de moralidad pura y maciza, la cual permanecía fofa y desajustada en sus conciencias por falta de entendimiento.

»Ahora pienso que, al igual que ellos, por ahí pululan muchas naciones que buscan saciar su sed de avaricia. Advenedizos crueles que, a pesar de tener su propio huerto, se gozan en apoderarse del ajeno. Se convierten en dueños a la fuerza, mas son amos postizos, falsos... Sólo les interesa robar los frutos del solar invadido para aplacar su insaciable apetito por los bienes materiales...; son reinos *Come oro y Come tierra*, que finalizan su obra destructora sometiendo a los legítimos dueños del vergel; les borran la identidad de pueblo, y les meten sin recelos sus costumbres y tradiciones....

La Indómita detuvo la plática, y observó las caras de los chicos, buscando una reacción.

José fue el primero *en meter la cuchara*:

—Lo narró muy, pero que muy bonito. Usted dando patadas y bofetadas, se tiró el "Show". Sin embargo, no mencionó al carismático; a mi héroe aborigen.

—No lo mencioné porque son recuerdos tristes José. De todos modos, si te sirve de consuelo, Arepa fue el más distinguido en la escaramuza; fue quien más chichones diseñó en las calabazas de los intrusos. Además, antes de caer por una flecha envenenada, disparó siete saetas mortales en los lomos de los que iban en huida en sus canoas. Después de esto, cayó al suelo y expiró, pero lo más interesante de su muerte fue que cayó «bocarriba», que es la manera honrosa de morir de los verdaderos Comeyuca.

José sonrió enigmático y enmudeció. Los demás chicos también callaron, como guardando un minuto de silencio por el héroe caído. Por el *viequense Comearepa* que se transformó por cuenta propia en *biekense Comeyuca*.

Luego de la recuperación sentimental de los estudiantes, uno de ellos no se pudo contener:

—¡Qué batalla doña Yegua, qué combate! Si fue así, como usted lo cuenta, entonces, pienso como usted, que los taínos biekenses eran unos genuinos Comeyuca.

—¡Ajá! Así es, Pedrito, los taínos biekenses jamás cedieron su identidad de pueblo. En las batallas, no daban tregua. Eran iguales a pitirres del monte; aves pequeñas que atacan a los enormes guaraguos y a los despiadados truches, cundo estos intentan asaltar sus nidos para comerles los huevitos y las crías.

Pedro suspiró. Parecía reflexionar en el asunto. Miguel opinó:

—Creo y afirmo, que hay mucha verdad en lo que dice doña Yegua Por desgracia, en la época contemporánea, muchos desechan sus raíces aborígenes. Creo que mis viequenses tienen el coco sarazo y están muertos; prefieren las costumbres y tradiciones americanas.

—Pues yo pienso diferente —intercedió Simón el visionario—. Algo entró en mi intelecto doña Yegua. Creo que mi gente murió cuando Puerto Rico y Estados Unidos de América, le metieron la demagogia y la humillación malsana en el cerebro. Sin embargo, mi pueblo está vivo, porque los viequenses jamás se rinden. Ahora mismo, con su ayuda, se preparan para salir de la telaraña dictatorial de las dos naciones que lo oprimen, pues veo con claridad que las frentes de los viequenses Comearepa, se están marcando con la mancha de la yuca cruda.

—Sin dar tregua al comentario de Simón, José añadió con orgullo, "Creo camaradas, que Arepa, mi héroe favorito, representa el fallecimiento y la resurrección de la Isla de Vieques., porque como bien dice doña Yegua, Arepa *era un muerto* Comearepa, pero ahora *es un vivo* Comeyuca".

La Indómita respingó llena de gozo. En seguida, sin comentar el asunto, chilló:

—¡Epria! Me parece que hablaremos más tarde, ya que mi teléfono inalámbrico está sonando. Pero no contestaré. Lo voy a poner en espera. Sin embargo, tengo que salir deprisa. ¡Hasta luego, pipiolitos!

Pedro dice:
«Jóvenes, ya es hora de luchar por Vieques.
¡Únete al movimiento Comeyuca!».

29

El espíritu escondido de un pueblo Comearepa

—¡Espere! —demandó Miguel—. ¿Adónde va con tanta prisa Princesa?

—Voy a ajotarle un perro bravo a un indefenso muchachito taíno para que lo mutile.

—¡Eso es un crimen doña Yegua! —soltó Simón, alarmado.

—Pueden acompañarme si lo desean, sólo le sacará las tripas y le desmenuzará el pescuezo.

—¡Rayos, truenos y centellas! —voceó Simón, aturdido—. No quiero tomar parte en ese acto tan horrendo. ¡En esa monstruosidad!

Los demás chicos secundaron a Simón, y amonestaron a su tutora para que desistiera de sus malsanas intenciones. La Indómita los miró de arriba a abajo, echó un vistazo hacia el sur y, sin hacer comentarios, bajó al trote la cuesta de una hoya adyacente a la arboleda espinosa. Después de un rato, regresó y se acomodó a poca distancia de los muchachos, debajo de un árbol de tachuelo espinoso. Los jóvenes permanecían mudos y alejados de su maestra. La observaban atónitos, a cierra ojos. No obstante, como se ha dicho en varias ocasiones, su curiosidad innata los obligó a acercarse a su tutora para aclarar las dudas.

—¡Usted tiene sangre aborigen en su conciencia Princesa! —reprendió José, el primero en bombardearla con sus impresiones.

De inmediato, Miguel machacó a punta de lanza:

—¿Con qué se limpió las manos doña Yegua, con el pelambre del perrito?

—No hice lo que piensan muchachones —aclaró La Indómita—. Tan sólo fue otra de mis extravagantes marañas. Cayeron en ella, igual que moscas caseras, las cuales se van de cabeza dentro de un vaso con agua dulcificada porque creen que saben nadar. La fragüé con maestría, para conocerlos un poco más. Usé parte de la estampa de hechos reales que ocurrieron en las Antillas, perpetrados por los mercenarios y los conquistadores españoles del Reino de los Zancudos, quienes ajotaban perros bravos —incluyendo el famoso perro Becerrillo— a mis fieles aborígenes.

—¡Ea, rayo! ¡Qué burros!, ¡qué asnos somos! Nos dejamos engañar de nuevo —exclamó Simón—. Que, de seguido, preguntó: —¿Y qué averiguó con la cogida de bobo que nos dio?

—¡Sí, doña Yegua, enderece la cuestión por favor, no me deje en las tinieblas! —añadió Miguel, tocándose la sien con el dedeo índice de su mano derecha.

—Está bien, se lo despepitaré, mas antes de hacerlo, debo aclarar algo: si bien cayeron en mi embrollo, eso no los hace a ustedes familia de los estigmatizados burros. Lo que pasa es que, después de haber interpretado con éxito la trampa que les puse con anterioridad, la trampa de mi amigo Arepa y sus aretes, ustedes se sintieron seguros y bajaron la guardia.

»Desde este momento, los insto a mantener los pies firmes sobre la tierra, pues, aunque sean acérrimos Comeyuca, eso no los hace vulnerables a los engaños de los políticos faranduleros, de poca monta. Y cuando sientan que están vencidos, no suelten la batuta; sigan luchando, batallando, pataleando, porque el espíritu Comeyuca que palpita en sus cholitas, los llevará directamente a la victoria. ¿Entendéis?

159

La Indómita pausó brevemente, y observó a sus pupilos con la sonrisa de caramelo derretido. Al segundo, comentó:

—Estoy rebosante de felicidad, ya que me di cuenta pipiolitos, que son compasivos y pacientes. Cuando anuncié a lo que iba, todos se escamaron. Fue un milagro que no me abatieran a palos. También demostraron que tienen la capacidad de bregar con los asuntos de su gente; exteriorizaron autocontrol y afrontaron el problema. A más de esto, deseaba con fervor que experimentaran en sus corazones lo mismo que sintieron los aborígenes, cuando les ajotaban los malditos perros que los mutilaban.

»Por consiguiente, los exhorto a que, cuando regresen a su época, confraternicen con su gente; oigan sus quejas y lamentos. Luego, les meten mano a los líderes de las masas. Descífrenlos, analicen sus dichos, pues la mayoría de ellos son artistas de tarima. Dicen y no hacen... Son, chicos, "demagogos de cinco estrellas". Son perros mutiladores de cerebros humanos.

»Lo digo porque existe una dejadez que bulle en la mente de los habitantes de Bieke, y son propensos a estos engaños malsanos. Ellos piensan que llevan una vida normal, pero manifiestan la perniciosa apatía sin darse cuenta: creen que avanzan erectos, sin embargo, cuando yo los observo trepada en el techo de la "Casita Blanca" del Reino del Águila Calva, los veo arrastrándose "bocabajo" por los caminos vecinales.

—¿Y a qué se debe la desgana doña Yegua? Le ruego que explique bien el asunto, porque tampoco entiendo el "bocabajo" —medió Pedro con presteza, buscando entrelazar el asunto.

—La dejadez se debe al maltrato del pueblo por los gobiernos expansionistas que a través de los siglos han invadido sus tierras —aclaró La Indómita—. También se debe al trato cruel del gobierno local, y a la ineficacia de los representantes del pueblo, pues estos líderes, como ya tienen los bolsillos rebosantes de dinero, se comportan como el dicho: "Cuando el burro tiene mucha carga, no camina". Mi gente Pedrito, no sabe ni la hora que es. Perdió su identidad de patria cuando le lavaron el cerebro y le extirparon sus raíces aborígenes. Aún, amigo mío, hay valientes Comeyuca en el país de Bieke cuyas mentes se encuentran tambaleantes, enclaustradas o en el limbo.

»Por ende, la gran mayoría de los habitantes del pueblo viequense, en vez de estar bocarriba, que es la postura del luchador que está pendiente a todo para salir airoso de las trampas del enemigo, prefieren estar bocabajo, que es la postura del vencido, ya que por error cree que si no confrontan a los traidores del pueblo la carga se le hace más liviana.

—Si estamos apáticos y bocabajo, entonces, ¿qué clase de pueblo quiere que seamos doña Yegua? —soltó Pedro, alterado.

—Un pueblo super valiente; lúcido, amante de su historia prestigiosa; un pueblo que explore y atesore sus raíces, para que los gobiernos expansionistas no puedan subyugarlos; un pueblo sagaz, dinámico, luchador; un pueblo que no se deje amilanar por los cabecillas corruptos de las administraciones locales... Un pueblo que reclame sus derechos, y el realizable presente verdadero... ¡Un pueblo que descubra su espíritu escondido; *el espíritu Comeyuca*!

—Tremenda utopía Princesa —opinó Miguel—. ¿Cree que eso es posible?

—Nada es imposible en esta vida chamaquito. Ya les dije que el mundo es del valiente. Sólo tengo que empuñar a mi gente por el cogote y zarandearla con fuerza para que despierte del letargo interminable.

—¡No y no, doña Yegua, eso es un abuso! —soltó Pedro,

161

alarmado—. Si nos agarra por el cogote, nos parte el cuello. ¿O es que no tiene un plan mejor? Yo, en particular, prefiero un método atiborrado de mucho amor y cariño... prefiero que me pase la pezuñita por la cholita.

—Escucha el "sentido figurado" amiguito, olvida el sentido literal. Pero, bueno. Está bien. Te lo pondré suavecito para que te sientas de maravilla. Te lo presentaré con mucho amor y cariño, para que te goces un montón.

—Mira, Pedrito, agarro a los arrastrados de mi terruño por el pescuezo con mis peludas manos y les doy sin miramientos cuatro nalgadas bien dadas, para que chillen igual que los bebitos cuando salen de la matriz.

»De esa manera despierto *el espíritu escondido del pueblo Comearepa*; el aliento glorioso de sus ancestros; la memorable rebeldía de los aborígenes antillanos cuando sufrieron la invasión de los primeros conquistadores, para que la *semilla antigua* crezca y se expanda en sus coquitos. Y, para reforzar este ánimo oculto en sus calabazas, los rocío con la intrepidez legendaria de Cacimar y Yaureibo, los indomables caciques biekenses; los *guaribos-guamajeyes* del yucayeke de La Hueca.

—Mire, doña Yegua, yo dije que utilizara una alternativa amorosa. Eso de cantazos en las posaderas de los bebés suena bárbaro y traumático. Usted no entiende que... ¡los bebes gritan porque les duele! —se lamentó el chico Pedrito, mirándola a cierra ojos.

—Y que esperabas Pedrito, ¿sobitos en la cholita con agua de rosas? Para mí, esa es la mejor manera de despertar a *un pueblo que se encuentra en la barriga de un invasor*. Así como a los bebitos, que los sacan dormidos de las matrices y les dan unas palmaditas para que se aviven y comiencen una nueva vida, así también yo, el alma de esta islita, corrijo la apatía de mis preciados biekenses.

—Esta bien. No discutiré con usted, pues tal parece que

162

cuando diseñaron su cerebro, los guías celestiales se olvidaron de apretar algunas tuercas y tonillos —lanzó Pedro sin cortesías, mirando a su tutora con risa de conejo—. Olvide el asunto de las nalgaditas y explíqueme el término «semilla antigua». ¿Con qué se come eso, con queso?

—¡No seas sarcástico Pedrito! Sé que estás perturbado. No obstante, aunque no entiendas mis fabulosas y verdaderas retóricas, deseo que te calmes, ya que todos los conceptos extraños que aparezcan de repente en mis charlas los discutirán con precisión en sus próximos encuentros, con la carismática *Yegüita*. Lo que debes entender por el momento es que la mente del pueblo se encuentra enterrada en el cementerio del olvido. Sin embargo, aunque se encuentra sepultada, permanece viva, porque hay una simiente indestructible que duerme en sus adentros.

»También te exhorto a pensar positivo chiquitín, a sostener la fe y la esperanza, pues estas chicas hermosas siempre andan juntas. Son inseparables por voluntad propia, porque así, Pedrito, nos suministran con presteza dos porciones diarias de confianza cuando nuestros ánimos languidecen.

»Por otro lado, aunque esta charla les fascina —incluyendo a todos los potenciales Comeyuca que ahora mismo están leyendo mis relatos—, no podemos discutirla con esmero en esta narración. Por el momento, cerraré el asunto de la apatía y la espantosa mogolla que tiene el pueblo en su cabeza, pues el tiempo vuela y debo retornar a la narración principal: mis fabulosas y verdaderas experiencias y, los eventos más importantes de la historia, que afectaron de forma negativa a su terruño, pues cavaron brechas catastróficas, que actualmente, tiene a los viequenses desorientados, en el limbo, sin fuerzas y apáticos. Los viequenses, queridos estudiantes, sin *el espíritu Comeyuca*, están al borde de perder su patria.

«¡Y van a seguir mirándome! ¿Acaso les gusto, ah? ¿Ya dejaron el mundo de los *Comearepa* y arroparon el universo de los verdaderos *Comeyuca*? ¿Sí? Pues me alegro. Ahora pueden mirarme todas las veces que les dé la real gana. Pero, si no se han convertido en Acérrimos Comeyuca, *¡miren a su abuela!*, pues todavía son esclavos de Puerto Rico y Estados Unidos de América».

30

Curioso dato histórico y el remanente Comeyuca

—Usted sabe mucho Princesa, vuelvo y pregunto, ¿es usted nuestra isla personificada? —soltó Simón, que no cedía en confirmar la identidad de La Yegua Escarlata.

—No me acuerdo Simón, ¡se me cayó el asunto de la memoria! —expresó La Indómita, mirándolo esquiva. Creo, que debes preguntarle a mi gran amigo Taco, el guerrero "ruco" del barrio *Man of the bridge*, el cual colinda con la hoya de los Cayules.

—Bueno. ¡Basta de adivinanzas doña Yegua! —tiró José, interrumpiendo el rompecabezas de La Indómita—, que me tiene la cholita a chorros, igual que las cascadas de los ríos. Déjeselas a su fanaticada. Que se rompan el coco analizándolas, porque yo soy un chico virgen, ¡y no deseo terminar en un sanatorio para pacientes mentales! No obstante, me interesa el nombre del villorrio donde reside el guerrero *Tacorruco*. ¿Qué lugar es ese? No conozco ningún barrio en Vieques, llamado Man of the bridge.

—¡Seguro que lo conoces, muchachito! Es el barrio Leguillou.

—Pero la gente dice ¡*Barrio Mambiche!* doña Yegua. ¿A qué se debe? —interrumpió Miguel, en busca de una explicación.

—Así es Miguelito, pocos viequenses dicen Barrio Leguillou. La mayoría prefiere decir Mambiche. Y, se debe, a una anécdota curiosa que ocurrió hace ya un tiempito. Eso me lo contó don Víctor Rivera, el barbero "beautician" y podiatra de Vieques, mientras discutíamos los impuestos abusivos del gobierno de Puerto Rico en la loma del Tamarindo en el año 2019 y, observábamos, el destartalado Ferry que transporta a los viequenses a Puerto Rico.

»El beautician me alegó que, el ciudadano de raíces anglosajonas, Charles Gittings, el padre de Apolonia, la temible educadora de Vieques, vivía en lo que todavía se conoce como el barrio Leguillou. Moraba en una casita cerca del puente de salida que cruza la Hoya de Los Cayules. Uno de sus amigos, también de raíces inglesas y residente del barrio Buena Vista, frecuentemente lo visitaba. Cuando le preguntaban para donde iba, decía: "Me going to see the *man of the bridge*". Los moradores del barrio, al no entender con claridad las palabritas extranjeras "man" y "bridge", formaron el vocablo *Mambiche*. Se encariñaron con el nuevo vocablo, porque sonaba melódico y gracioso y, comenzaron a llamar al barrio, *Mambiche*, desplazando poco a poco el nombre original.

»Algunos dicen que el nombre del barrio viene de la expresión "Main Bridge", que usaban los militares de La Marina de Guerra Norteamericana para referirse al puente principal de la islita, pero no es cierto porque don Víctor fue testigo del asunto.

»¡Ah!, por poquito se me olvida Joseito. No te rompas el coquito con mis acertijos. Deja que los palomos y las palomas —los representantes podridos y las representantes corruptas del gobierno local— los descifren; deja que enloquezcan con mis rompecabezas; deja que suelten mi librito, y salgan corriendo cuando les achicharre el cerebro. En fin, deja que se rompan las regordetas cabezas golpeándolas contra las tapas de los inodoros embarrados de las oficinas gubernamentales.

—¡Gracias, Princesa!, gracias por el fenomenal consejito —expresó José, sonriente—. El estrés abandonó mi cuerpo. Me siento "más mejor" que un alcalde Chupacabra, y un gobernador Quésello, subiéndose ellos mismos sus pensiones a costillas del dinero del pueblo. ¡Jamás lo hubiera pensado! Fíjese. Ahora mismo doña Yegua, estoy oyendo los horrendos ecos altisonantes que producen los chillidos endiablados de las bocazas de los representantes corruptos y, de paso Doñita, los bestiales retumbos que originan sus cabezas cuando golpean las duras tapas de los inodoros... Me siento feliz...

»Cada día aprendo un poquito más de usted. Creo que me estoy convirtiendo, tal como mi héroe Arepa, en un ¡Acérrimo Abayarde Comeyuca Biekense de pura raza!

—Así es, y así será, Joseito ¡Yo soy la defensora, la fabulosa y verdadera instructora del pueblo biekense! ¡Yo atormento a los que hieren a mi pueblo para que enloquezcan! También traumatizo a mis potenciales Comeyuca para que despierten; y tú, varón impúber, estás despertando.

—Oiga, Princesa, hablando de otra cosa, cuando nos enmarañó con el cuentecito de los perros, usted bajó la jalda de la quebrada, ¿a dónde fue en realidad? —preguntó Simón, pues no había olvidado la escapada de La Indómita.

—Te lo explicaré en nuestra próxima salida Simoncillo, ya que el tiempo apremia, y el bólido brillante y medio loco puede aparecer en cualquier momento. Al maniático le gusta sorprender a los viajantes siderales. Se goza cuando los empuña por el cogote y los traslada sin sutilezas a Peña Hueca, la cueva arcana donde las barreras del espacio-tiempo se fusionan.

—A mí no me importa el bólido chiflado Princesa, despepítelo de una vez. Usted sabe que soy un chico impaciente.

—Por el bien de Pedrito, no quisiera desembucharlo Simoncillo, pero... ya que insistes, lo despepitaré con mucho amor y cariño: fui a buscar un taíno encadenado, rabioso y enfermizo, cerca de un cementerio de huesos aborígenes. Subyugado porque le quitaron su libertad y su terruño; colérico porque le ajotaron un perro bravo cuando quiso escapar del yugo; delicado porque le pegaron las viruelas europeas y su raza fue debilitada. Sentí unos deseos inmensos de traérselo a Pedrito, para que lo ampare... Pero ya que este chiquitín tiene más suerte que una funcionaria de gobierno que traquetea los fondos públicos a su capricho y todavía no la han encarcelado, no encontré ninguno. Me dijeron que los zancudos españoles los exterminaron.

»No obstante, averigüé por cuenta propia que un remanente prevaleció; propagó la semilla antigua, la cual germinó y convirtió a sus descendientes en *mis verdaderos dueños* y, que estos verdaderos patriotas, se están preparando para propagar el concepto Comeyuca en cada rinconcito de la Isla de Vieques. Mis descendientes clamarán a viva voz, "¡Soy Acérrimo Abayarde Comeyuca Biekense de pura raza!"

La Indómita pausó, y en menos de un segundo, analizó el rostro de Pedro con sonrisa de Arepa —la sonrisa de caramelo derretido— y, sugirió:

—Si quieres Pedrito, ya que no pude conseguir un taíno enfermo o mutilado por los perros del demonio, y como tú eres parte del remanente Comeyuca que se está moldeando, puedo regalarte un perrito rabioso, para que te persiga y te mutile los muslos y los tobillos.

—Si será... —murmuró Pedro, pensativo—. Que, a renglón seguido, vociferó:

—¡Cielos, usted es la reina del matiz emocional y la forjadora indiscutible de la trama fabulosa y verdadera!

Los demás chicos, asintieron y carcajearon.

31

Ciegos Videntes

La Yegua Indómita, quien dice ser la fabulosa y verdadera edu-
cadora de la Isla de Vieques, se buscó un lío con estos chiquillos tan
curiosos y preguntones. ¿Se acuerdan? Yo se los había advertido desde
un principio. Ella creyó que como estaban metidos en la arboleda
espinosa, dejarían de hacer preguntas. Eso es lo que se imaginaba...
Sin embargo —como dicen las Comeyuca del barrio Las Marías y
los Comeyuca del barrio Pueblo Nuevo—, estos chiquitines son más
duros que un "sorullo de guayaba". Otros Comeyuca dicen, que les
gusta hablar con ellos, porque son letrados, y no utilizan el lenguaje
humillante de la novela USMAÍL. Pero, bueno, son cosas predesti-
nadas. Inevitables, por así decirlo, pues estamos expuestos a los aza-
res justos de la Inteligencia Mayor del universo, que nos cuida y nos
protege. Prosigamos entonces, qué remedio nos queda. Escuchemos
las dicciones prolíficas de estos chicos tan...

El día menguaba, y los chicos tomaron un respiro para
atarugarse un ligero aperitivo. Doña Yegua, ahora acostada
sobre la yerba cerca del árbol de tachuelo, observaba la
escena con una curiosa mueca en su rostro; como si tapara
algo.

De pronto, se escuchó un murmullo afligido.

—¡Hay mucha verdad en lo que dice doña Yegua! La
mente del pueblo biekense está enterrada en el camposanto del descuido Desechó su gloriosa descendencia aborigen, y su coquito fue programado para asimilar las nuevas costumbres de los reinos expansionistas. Me gusta el
tema doña Yegua, ¿puede expandirlo?

169

—Ya les dije que anhelo cerrar este caso por el momento, porque les tritura la cholita. Además, el tiempo apremia y deseo continuar con el grandioso relato de mis pasadas experiencias. ¿Qué te impulsa a continuarlo Simoncillo? ¿Acaso no entiendes que mi público se impacienta cuando ustedes interrumpen mi relato?

—Su público doña Yegua, se aburre —intervino Miguel, a quemarropa—. No le interesa lo que sucede en una islita tan pequeña, tan insignificante. Prefieren bailar y saltar, comer y dormir, pues son fanáticos de la nueva vida loca de Martín. Así que nosotros, gústele o no le guste, seguiremos preguntando. Deseamos aprender; queremos evitar la programación mencionada por mi amiguito Simón.

—¿¡Aburrido!? —zumbó La Indómita a boca 'e fuego ¡Qué desconsiderado eres chiquitín! Sepan todos, que mi fanaticada es fiel, y si leen mis relatos es porque están conscientes y deseosos de estampar en sus frentes *la mancha de la yuca cruda*. Yo los defiendo y los quiero; más que si los hubiera *parío*.

—Si usted se lo cree, allá usted —impugnó José de golpe, como una bala saliendo del fusil de un soldado americano apuntalado en las rocas costeras de la Isla de Vieques en los tiempos de las indignas maniobras militares—. ¡Siga pariéndolos! ¡Siga! Siga durmiendo de ese lado hasta que pierda el equilibrio y se caiga de su camita real. ¿Acaso no sabe que la gente perdió el interés por la lectura? Ahora mismo, ya que son seguidores de todo lo que se inventan los gobiernos expansionistas, están metidos hasta el cuello *bochincheando* en "Facebook", en "YouTube" y en todas las *caras* y los *tubos* del mundo. En consecuencia, ya no les interesa el bienestar de su terruño. Es más, ya no saben ni votar —prosiguió José, martillando a su tutora.

—¡Santo Larán! Si te alteras, algo traes. Habla chiquitín. Acaba tu espectacular berrinche tocante a la ignorancia de

170

los ciudadanos cuando van a las urnas a votar por los candidatos del pueblo —alentó La Indómita.

—Mire, doña, mi gente no sabe votar. Ellos votan por todos los candidatos de su partido. Cierto gobernador de Puerto Rico —Muñocito— los condicionó a votar de esa manera. les decía y les repetía: "Una sola cruz debajo de la Pava". Hoy en día es lo mismo. Hay nombres de candidatos honestos y trabajadores en la papeleta electoral de todos los partidos del pueblo, pero la gente los ignora.

»Semejantes a zombis, escogen a todos los candidatos de su partido, aunque esté cuajado de personas corruptas. Vociferan con orgullo: "En mi partido hay algunos "pillitos", pero a mí no me importa". Esta es la peor forma de elegir a los que rigen los destinos de las naciones, ya que convierte a las personas en fanáticos, en individuos sin voluntad propia.

»Los ciudadanos tienen el poder para cambiar el sistema electoral y, por ende, rescatar sus inteligencias. No obstante, prefieren "Politiquear", o sea, defender sus afiliaciones políticas, cueste lo que cueste. Así que, igual que fanáticos del aguerrido deporte del balompié, que se entran a patadas para ver quién marca el gol final, se enfrascan en una lucha sucia; se injurian unos a otros, maldicen, se dan puñetazos... Se les tranca el intelecto doña Yegua, no piensan que deben unirse como un solo pueblo para solucionar los problemas económicos y sociales que aquejan a las comunidades.

»En fin, Princesa... no les interesa salir del *statu quo*, del estado del momento actual, y de ñapa reafirmo que se aburren: no les interesa el bienestar de su terruño; tampoco les gusta leer sus relatos... prefieren «surfear» por Internet.

—¡Qué pipiolito más audaz, Dios del cielo! ¡Así mismito piensa Chupaflor! —chilló La Indómita—. Del mismo modo piensas como tu maestra. ¿Te habré *parió*? Lo que pasa es que mi gente está confundida Joseito. Olvídate del asunto por el momento y deja que el pueblo siga bailando al compás del mambo y de la bachata, porque a partir del año 2019, *Yegüita*, mi otra personalidad, se pondrá de pie en un banco de la plaza pública de Vieques, esgrimiendo en sus manos un marrón, un mazo de hierro de 1514 libras de peso, y a todo el que transite cerca de ella le meterá un marronazo en la chola —igual que el sabroso palo que Luz María le propinó a Rafael en el coco—, cuando perdió todo su dinero jugando al topo.

»¡Sí, un buen macetazo bien "da'o", en la calabaza testaruda de mis atolondrados viequenses; para sacarle todos los jugos exóticos de sus cabezas… Para que se deleiten con mis libros, y los escritos exquisitos de mis compatriotas Comeyuca. Y déjame decirte de antemano pipiolito, que lo que destilará de sus rancios cocos, apestará a las podridas costumbres y tradiciones impuestas por el despiadado gobierno gringo, y a las fermentadas injusticias causadas por el insensato gobierno boricua.

»Puedes estar seguro Joseito que, sin demora y a lo lejos, no se escuchará la famosa risita ¡jejé! de Yegüita, sino el carcajeo "¡askarakatiskis!", de una anciana; la viejita que se mondó de risa porque vio cuando Luz María agarró un palo y le metió un sabroso cantazo en el coco a Rafael, ya que el tipo —al igual que los políticos corruptos— gastaba el dinero destinado a sus hijos, en "bebelatas" y jugadas sucias.

—Oye, José, no martillees el cerebro de Princesa con tus remoquetes; no te pases de la raya, acuérdate de que ella tiene poderes sobrenaturales. ¡Muchacho, te puede convertir en una iguana Boca-Chula! —intercedió Simón, observando al chico con ojos de gorgojo laborioso escapando de la harina de trigo, mientras las sacrificadas madres la amasaban para hacer arepas para su familia, en los años de la hambruna causada por el gobierno de Estados Unidos de Norteamérica y la Isla de Puerto Rico, en la Isla de Vieques; en la injustificable hambruna de la década de los años cuarenta.

—¿De veras Simón? ¡Ay, San Cau Cau! Si eso es cierto, mejor calmo mis ánimos —exclamó José aterrado y nervioso, que luego hizo mutis.

—Yo diría ¡Santo Cano! O, tal vez, ¡San Patricio Ramos!, porque te pasas de la raya Joseíto. —ripostó La Princesa—. Y de seguido agradeció: —Gracias, Simoncillo, este chiquillo me saca el "mostro". Sin embargo, lo admiro. Si bien Joseíto desconoce la palabra "consideración", tiene sustancia, tiene caldo de pollo en las venas, porque busca la verdad con ahínco cueste lo que cueste.

»Lo perdono y no lo amonestaré Simón, ya que me parece que en estos momentos tú también, tienes dudas bullendo en tu visionaria calabaza. ¿Qué es lo que deseas saber?

—Que prosiga el comentario que propuse hace un ratito, maestra. ¿Estoy en lo cierto al decir que nuestro Bieke desechó su gloriosa descendencia aborigen y que su coquito fue programado para asimilar las nuevas costumbres de los gobiernos expansionistas?

—Correcto amiguito, y, como los habitantes de la isla fueron víctimas de dos países esclavizadores, el Reino de los Zancudos Español y el Reino del Águila Calva Americano, tienen una amalgama de pensamientos paradójicos en la sesera, de tal magnitud que sus inteligencias están al garete. No saben de dónde vienen, ni para dónde van, ni lo que son.

—Ahora entiendo con más claridad lo que significa ser un Comeyuca Los comilones de yuca son los que se identifican con su pueblo —soltó Simón de repente—. Nosotros y nuestra gente hemos sido *ciegos videntes*, puesto que, *a sabiendas,* todavía nos consideramos Comearepa: el grupo de viequenses sin identidad propia, que le importa un bledo el bienestar del pueblo, pues nos hacemos de la vista larga frente a los atropellos gubernamentales.

—¡Ay, por favor, no abundemos en cosas punzantes! —desconchó José molesto, pues se había recuperado del regaño de Simón y deseaba borrar el asunto de su mente—. No hurguemos en los asuntos dolorosos que almacenamos en nuestra subconsciencia. Y tú, Simón, te has equivocado porque, en realidad, no somos ciegos videntes. Lo que sucede es que hay cuestiones muy penosas y preferimos bajar la vista para camuflarlas, para no pensar en ellas.

—No puedes disimular los hechos penosos ni los agravios abusivos José —aseveró Simón, con denuedo—. Si los entierras en tu cerebro, ratificas tu membresía en el Club de los «Bocabajo», te consolidas en la Hermandad Comearepa y, serás presa fácil de los palomos y las palomas de las administraciones locales y de los truches extranjeros. Te expones chamaquito, a que te enjuaguen el "cocote" a su capricho.

—¡Qué tema tan excitante Simón! Me dejaste con las ganas. ¡Quiero más! —descargó Miguel inoportuno—. ¡Oiga, doña Yegua!: —agregó sin coger impulso—, abunde más en el asunto! ¡Deme más, cuadrúpedo escarlata! Atiborre a su antojo mi insaciable molleja con sus grandilocuencias.

—¡Venerable Gran Diablo!, ¡qué muchachito más ambicioso por los asuntos de su gente! Mira, Miguelito, hablando con franqueza, no puedo seguir hormigueando la mezcla confusa de ideas que tiene el pueblo en sus encéfalos, ya que el tema es complicado y extenso. Tienes que leer los volúmenes 2 y 3 de los *Relatos de la Yegua Indómita,* que ya están en circulación, para que te enteres. ¡Jejé!

—Pues yo diría, ¡Santo Motete!, o mejor, ¡San Antonio

174

Rivera!, ya que parece mentira Princesa, que se ría como *Yegüita,* y utilice este relato para sus promociones —espetó Simón a rajatabla, tomando nuevamente el control de la conversación.

—¡Quién dice!, ¿Simón el Comearepa "filo fofo" o Simoncillo el Comeyuca filósofo?

Con gran sabiduría, Simón optó por callar... Se vio convertido en una iguana Boca-Chula: transformado en uno de tantos reptiles verdes que se pasean "como Pancho por su casa" en Quebrada Santa María, la hoya que baja de las alturas del famoso guayabal de Quince Cuerdas.

—Lo único que les puedo decir muchachones —añadió La Indómita de repente—, es que ustedes serán los protagonistas de varias misiones muy importantes. Una vez concluidas, y mi gente se entere de sus hazañas leyendo con avidez la nueva serie *Los Comandos,* serán el eslabón que mantendrá unido al pueblo viequense.

»Al mismo tiempo, aprovecho la ocasión para recordarles, que en mi palacio tengo cien bidecitos color de rosa. Son fabulosos y sus chorritos de agua, ni se diga, super calientitos, por si necesitan usar alguno cuando concluyan sus tareas, pues son quehaceres peligrosos que le revuelcan el estómago a cualquiera. En todo caso amiguitos, si les entra la "ensuciadera", les doy permiso sin reservas para que se laven en los chorros refrescantes de mis reales bidecitos rosaditos.

—Mejor eche a un lado sus "bidecitos rosaditos", y centralice sus esfuerzos en las seductoras narraciones doña Yegua, ya que soy un chico muy valiente y afronto los peligros con dignidad, sin tener que vaciar mi estomaguito. No pertenezco al clan de los cobardes, aquellos que arropa el miedo y el pánico les sacude la testa —respondió José, con cara de pocos amigos, pues no le agradaron las últimas expresiones de su maestra.

175

Los otros chicos quedaron boquiabiertos al escuchar las bravuras de su compañero. La Indómita observó a José con su flamante sonrisa «Yegua Lisa», que es la que más utiliza en casos extremos, ya que motiva —según ella— a que las criaturas desembuchen sus sentimientos. Luego... le tiró la carnada.

—Me alegro. Eres un guerrero bravo Joseito... Oye, ¿y qué piensas hacer con ese *truche* de pies arrugados y uñas parecidas a garfios que se acomodó debajo de tu muslo izquierdo?

—¡Huy! ¡¿Dónde?! —gritó el chico, dando un salto.

Hubo risas en abundancia, excepto José, que estuvo a punto de salir veloz y desaparecer del mapa, cual misil de portaviones americano bombardeando a su destartalado y contaminado destructor USS *Killen* (DD-593), que al final fue hundido y abandonado, en las hermosas costas sureñas de la Isla de Vieques en el año1975.

Al ratito, al morir la euforia, Simón, que también sentía «repelillos» cuando hablaban de cosas futuras, opinó:

—Creo, Princesa, que debemos concentrarnos en el estudio del patrimonio histórico de nuestro pueblo. Hablar y especular de lo que ha de acontecer es peligroso. Dialogar sobre las grandes tareas que se avecinan me escandaliza el pensamiento. Así que, guarde los asuntitos ulteriores por un tiempito, y concéntrese en la historia de mi pueblo, ¿sí?

—¡Noto que eres realista, minucioso y concienzudo, Simón! No obstante, los exhorto a todos a guardar sus preocupaciones egoístas en la caja de la inconsciencia, puesto que las tareas de las que hablo las llevarán a cabo con éxito, cuando sus mentes experimenten los agobios; los inéditos desvelos neurálgicos de su gente.

»Una vez sus seseras se empapen de las ansiedades que aquejan a su gente y, se identifiquen con ellas, recibirán el impulso necesario para acometer sin dudar ni un segundo, las empresas asignadas. Por carambola, en ese mismo instante, dejarán de ser ciegos videntes y entenderán a la perfección el porqué de sus gestiones futuras. Enfatizando, para que jamás se olviden, ustedes no volverán a entrar en las filas de los ciegos videntes, que son los ciegos Comearepa, que, a sabiendas, se hacen de la vista larga porque tienen miedo de afrontar los viles chanchullos de los gobiernos esclavizadores. Ustedes y todos los que sigan mis sabios y verdaderos consejos, se convertirán en acérrimos videntes Comeyuca, y los gobiernos abusadores temblarán como tembleque de la imponderable doña Melita, la acérrima Comeyuca, de la loma de Mambiche.

—¡Venturoso Pirincho, doña Yegua! ¿De dónde saca usted estos emburujos, medio locos, pero interesantes? —interrumpió Pedro.

—Yo diría, ¡Glorioso Toronjo!, ya que los saco de la Percha del Olvido. Son asuntos gubernamentales que acongojan al pueblo Comearepa viequense. Pero mi gente, en vez de meterle mano a estas cuestiones disparatadas, prefieren esquivarlas; las enganchan en la Percha del Olvido. Me encanta retirarlas de la "Perchita", para estrujárselas en la cara. Para mí, es como un jueguito; mi gente engancha los asuntitos diabólicos de los gobiernos esclavizadores en el tenderete del olvido, y yo los desengancho y se los aplasto en sus caritas. Así, pipiolito indagador, les curo esta fobia insana de esquivar los asuntos que los atormentan.

—¡San Pepito el Nikita! —soltó Pedro, buscando salir de la confusión—. La verdad es que no entiendo doña Yegua. ¿Cómo sabe que se curan de esa forma? Yo pienso que, si le aplana las caritas, los viequenses Comearepa se acobardan y huyen como alcaldes corruptos cuando los pinchan cometiendo atropellos sexuales, contra sus empleadas.

—Yo diría, ¡San José Leguillou! puesto que es fácil de entender, Pedrito. ¡Acaso no sabes que a las personas que les tienen miedo a las arañas se les expone a ellas para que se calmen, y puedan lidiar con toda clase de arácnidos sin temor alguno! Yo, personalmente, como soy la educadora indiscutible del pueblo viequense, les zumbó las arañas hasta por los ojos y los cachetes ¡a las millas de Chaflán!, para que se apresuren a quitarse el mote, "ciegos videntes".

Aparentemente Pedro, entendió el asunto, porque le zumbó un comentario imprevisto a su tutora:

—Pues yo cambiaria la palabrita *arácnidos*, por truches americanos y palomas y palomos borikenses, pues los tales con sus viles chanchullos a puertas cerradas, atribulan a mi gente.

—¡Dichosa La Jaiba! —chilló La Princesa— ¡Qué muchachito tan sabio! Ya piensas como yo, ¿te habré parío? Sin duda, Pedrito, tienes *un manchón de yuca cruda esbozado en tu frente*

—Pues yo diría, ¡Virtuosa Carmen Dan! —interrumpió Simón desesperado—. Puesto que usted, no me hace caso.

—¡Ay Bendito! ¡Simoncillo, tienes toda la razón! Me dejé llevar por la ceguera Comearepa. Pero nunca es tarde, si la dicha es buena. Te complaceré. Continuaré nuestra interesante charla sobre los acontecimientos históricos de nuestro terruño, aunque tenga que soportar el dolorcito que sacude mi pechito: una preocupación desconcertante que tiene que ver con la Isla de Puerto Rico. Así, que les daré un respiro a mis ciegos videntes. Hasta nuevo aviso, claro está, porque más tarde iré al año 2019 y, sentadita a gusto en uno de los bancos de la plaza pública de Vieques, les propinaré unas nalgaditas, a todos los *cegatos* Comearepa que transiten cerca de mí; ¡para que despierten!

32

Surge un nuevo pueblo Comeyuca

—Gracias, doña Yegua. Pero, ¿por qué le inquieta la Isla de Puerto Rico? —consultó Simón, tocándose la barbilla.

—Es por algo que me contó el sapito mensajero muy temprano en la mañana, antes de que ustedes aparecieran. Este Albi, este sapito testarudo, me dejó estresada, y todavía la ansiedad abruma mi cuerpo, pero no pienso decirles nada. Guardaré el penoso sentimiento en mi pecho.

—Eso no es bueno Princesa —regañó Simón, al tiempo que se tocaba la cabeza con el dedo índice de su mano derecha—. El estrés es perjudicial para la salud mental. Si ocultamos y no divulgamos lo que nos inquieta, la depresión nos seduce y acaba con nosotros. Tiene que desembuchar sus emociones.

—Lo que dices es cierto Simón. A más de esto, con ese planteamiento y esa solidez en tus expresiones me demuestras que tienes madera de teniente, por lo tanto, te daré un punto extra en la lección; has puesto en acción el don de la simpatía y el don de la convicción. Te confieso, pequeñín, que el sapito mensajero de augurios desdichados me dejó atolondrada cuando me llamó al celular, y me dijo a rajatabla que mis aborígenes, Comeyuca borikense están al borde del genocidio.

»En cálculo preciso, dentro de diez años correrá mucha sangre en Borikén: la isla se convertirá de nuevo en *Oubao Moin* o Isla de Sangre, tal como la bautizaron los impetuosos aborígenes Caribes.

—Escucharla decir eso me da grima —soltó José sin permiso que, sin pausa preguntó: —¿Debemos incluir a los Comeyuca biekenses en el infortunio borikense Princesa?

—¡Claro, José! Tenemos que incluir a los Comeyuca biekenses y demás Comeyuca antillanos. En resumen, mi querido amigo, todas las islas caribeñas en este siglo oirán el chasquido del cuerazo mientras reciben el golpetazo del látigo extranjero. Los fieles Comeyuca, José, los verdaderos dueños de estas tierras, experimentarán los ramalazos del exterminio.

—Usted se refiere a la sangrienta conquista española, ¿verdad? —indagó Pedro.

—Sí Pedrito, los tiempos del Reino de los Zancudos y sus golosos mercenarios. El tiempo de uno de muchos reinos *Come Oro y Come Tierra*, que azotaron Las Antillas.

—¿Y usted está de acuerdo con lo que le contó el batracio enano Princesa? —preguntó Simón sin pensarlo, para estimularla a continuar la charla.

—¡Muchacho, no lo digas duro! —lanzó La Indómita, alarmada—. Mira que si Albi te oye te convierte en sapo concho de letrina vieja. Él sapito Albi es mi amigo, pero acá "entre nos" es medio brujo, y no le gusta que le digan enano, ya que se cree grande y se guilla de sapo toro. Así que espabílate y no lo tientes. En cuanto a si estoy de acuerdo con él, pues fíjate, el brujito habló con sentido.

»Mis fieles, acuérdense de que estamos en el año 1501, y mis taínos Comeyuca todavía son inocentes. Por lo tanto, los aborígenes de esta época pasan por la abominable trampa de la pleitesía, porque anda suelto un país implacable y conquistador; un reino *Come oro y Come tierra* que apareció por primera vez en el año 1493. Conquistadores de tierras ajenas, respaldados por crueles y ambiciosos mercenarios.

»Ahora, para no agotar el poco tiempo que les queda,

los exhorto a escuchar con atención y paciencia, así tendrán una idea nítida de lo que en realidad sucedió, pues el infortunio de los aborígenes de Vieques y Puerto Rico comenzó. cuando la golosa nación Zancuda, en su deseo de riquezas y por la existencia de oro en la isla de Puerto Rico, envió a Juan Ponce de León a colonizarla, en el año 1509.

»Aclaro, sin embargo, que nada de esto aconteció en los tiempos maravillosos de mi fiel amigo Arepa, sino en los tiempos del último y valeroso pueblo Comeyuca, el cual conocí de forma extraña y describiré a continuación.

»Fue en la mañana de un martes laborioso en el año 1240 d.C., dos años después de la muerte de mi amigo Arepa que, salí a visitar a su hijo mayor, Arepita, para ayudarle en la recogida de la yuca en su *conuco* o huerto casero, pues era el tiempo de la cosecha en el llano costanero de La Hueca y, por entrometida, brindé mi ayuda voluntaria para escarbar raíces de la rica mandioca sin pensar en las consecuencias, ya que los huertos se confabularon y produjeron viandas a granel en esa temporada. Arepita no se cansaba porque se pasaba todo el tiempo comiendo casabe de yuca, bebiendo jugo de jagua puro, hurgándose los oídos —esto lo heredó de su papá—, recitando poemas de los olvidados poetas y poetizas viequenses, tales como Cruz Cruz Vélez, Guillermina Rivera de González, Eugenio Rojas Cruz y otros consagrados…y claro, durmiendo de vez en cuando en la hamaca imaginaria y verdadera de la loma de Mambiche del poeta viequense, Guillermo Rivera Colón. Luego, sin avisarme, me dejó solita y se fue a pescar jueyes en Laguna Pobre en el pueblo de Punta Arenas. Yo salí desbaratada por no escuchar los consejos de mi amigo que, a cada rato me decía usa la coa princesita, y yo, por estar pensando en las claras aguas de Cascada Real, no le hacía caso y seguía escarbando la tierra con mis pezuñas.

»En fin, creo que rompí el récord mundial, pues, según los que llevaban la cuenta, desenterré 1514 raíces de yuca dulce. Antes de marchar, aunque me había abandonado a mi suerte, pasé por Laguna Pobre y me despedí de Arepita efusivamente, ya que los aborígenes antillanos son sentimentales y se entristecen si uno los desdeña.

»Al segundo de entrar por la puerta ancha y arqueada de mi palacio, marché tan rápido como pude y me tumbé en la cama de mi alcoba real para descansar. De repente, percibí un relampagueo. La flojedad se apoderó de mi hermoso cuerpo, y sentí escalofríos; como un viento helado penetrando en mis venas. Mis quijadas daban diente con diente cuando perdí el conocimiento. Me acuerdo que desperté aturdida. Al ratito me acerqué y me asomé por una de las ventanas de mi habitación buscando aprisionar un sorbo de aire fresco para despejar la mente; entre tanto, las sombras de las nubes caían sobre los árboles de tachuelo que bordeaban las paredes de mi palacio e intentaban resguardar de los tormentos calurosos de los rayos solares, a los polluelos de la parejita de *bijiritas* o reinitas mariposearas que anidaban en las ramas.

»En seguida deduje que era mediodía. "Pero... ¿mediodía de qué día?", pensé. Presentí que algo andaba mal y, sin pensarlo dos veces, me di un rico chapuzón con jabón de tabonuco, y salí corriendo igual que una centella cuando cruza los cielos en noches tormentosas. Penetré el buraco dimensional y noté cambios en el paisaje; la arboleda en la distancia lucía diferente. Y, por no pecar de ignorancia, juzgué que había pasado un tiempo considerable. Acuérdense, chicos, de que ya les había dicho que en Monte Indio suceden cosas indecibles. Así que, borrón y cuenta nueva, porque no hay tiempo para zarandear nuevamente el misterio.

»Tan sólo sepan que cuando en dos trancos regresé al

barrio La Hueca, conocí por primera vez a los cacikes Cacimar y Yaureibo, y a toda la gente hermosa del nuevo yucayeke.... Y, era chicos, el año 1490 de nuestro tiempo. ¡Habían transcurrido 250 años! ¿Qué les parece?

—Que, ¿qué? ¿Qué Vieques tuvo dos cacikes aborígenes a la misma vez? —chillo Simón, emocionado.

—Así mismito es, Simoncillo, y eran hermanos guerreros Comeyuca de pura raza, que no les temían a las huestes zancudas, pues buscaban el bienestar de su pueblo. Pero…

—¡Ay, Santo Bros de Santa María! ¡Qué pena! Entonces, ¿no volvió a ver al señor Arepa doña Yegua? —indago José, con rostro entristecido, cortando la contestación de su tutora—. ¡Yo lo extraño!

—Yo diría, ¡San Alejandro Robles Ortíz! —soltó La Indómita, mirando al chico con picardía —. Pues para mí, es ilógico que lo extrañes. ¡Acaso estás cegato! ¡Si estás sentado sobre su tumba! y, ahora mismo, a tus espaldas, sacó una mano huesuda para empuñarte y llevarte con él. Te adora tanto como a mí, y quiere perforar tus oídos con una espina de pescado bien "puyúa", para engancharte unos lindos aretes de nácar en los pabellones de tus grandes orejas.

—¡Huy, Carijo! —chilló José espantado, dando un tremendo salto y mirando a todos lados.

Los otros se mondaron de risa. Al rato, ya calmado, volvió a preguntar:

—¿En verdad no volvió a ver a su gracioso amigo Princesa? ¿No desea verlo?

—¡Claro, muchachito preguntón! Yo soy dueña y señora del tiempo. ¿Acaso no te has dado cuenta? Pero, bueno, no respondas chiquitín... porque escucho el... *¡Zas!*, el sonido inconfundible que produce el Coso Loco cuando cruza las barreras temporales.

La Yegua Indómita: La Educadora del país de Bieke

Los Falsos Dueños Locales y Extranjeros

jer

Informe de la única y verdadera Educadora del país de Bieke:

«¡Sí, aquí estoy en plena batalla! Pues yo no hablo por hablar; yo ataco sin clemencia a los gobiernos abusivos —los dueños postizos—, que les destrozan la moral, el orgullo y la economía, a los pueblos indefensos.

Les aconsejo a todos los viequenses Comearepa, que salgan inmediatamente del yugo americano y del tentáculo puertorriqueño, puesto que estos falsos dueños, los ha mantenido en banca-rrota forzada por más de setenta años.

33

Las visiones aterradoras

Los viajantes aparecieron en otro sitio. No obstante, antes de divulgar el nombre del lugar, pienso que... Bueno... La pura verdad es que me siento enfadado con esta yegua estrambótica. Metió a estos pipiolitos de cocos verdes en una maraña espinosa, y todo para descubrir si padecían de claustrofobia ¿Se acuerdan? ¡Qué bárbara! Los mantuvo encerrados cinco horas; desde las siete de la mañana hasta el mediodía. Tampoco les dijo en qué lugar de la isla se encontraba la dichosa arboleda. No les reveló que estaban en el antiguo villorrio de Sorcé, a orillas de Quebrada Urbano, cerquita del barrio La Hueca. No les dijo nada para que los chicos no escarbaran la tierra y encontraran artefactos de las culturas Agroalfarero I y II que se establecieron en esos parajes en diferentes épocas de la historia viequense, ya que el tiempo se agotaba, y ansiaba cumplir con los requerimientos de su difícil y extravagante currículo. Pero, bueno, allá ella... ¡Y allá ellos! Porque no pienso meterme en los asuntos de estos pipiolitos, pues desean, cueste lo que cueste, convertirse en acérrimos Comeyuca sin importarles los enredos ni las maquinaciones de la excéntrica princesa. Por lo menos los sacó de la arboleda espinosa. Yo pensé que iba a taladrar sus cholitas con sus fabulosos y verdaderos relatos en ese horrible abrojal todo el santo día... Pero bueno, prosigamos.

La tarde caía cuando La Indómita y sus alumnos aparecieron sentados en una enorme roca en la cima del monte que domina la costa suroeste de la Isla de Vieques. Deduzco que doña Yegua los convenció de que el bólido chiflado fue el culpable de trasladarlos al altozano, porque no refunfuñaron, ni tampoco la bombardearon con preguntas desesperadas. De todas maneras…

Enfocando la vista hacia el este, se distingue con claridad la región de La Hueca. La prestigiosa comarca —según Yegüita— de acérrimos Comeyuca biekense. Ubicada en el majestuoso pueblo de Llave; lugar donde se encuentra la deteriorada y desamparada estructura de la Central Azucarera Playa Grande, el patrimonio cultural que como otros tantos —según Yegüita—, los viequenses por culpa de la dejadez y la mancha Comearepa que portan en sus frentes, no sienten orgullo por restaurarlo.

Así, sentados en la roca, los chicos observaron la plenitud del paisaje abrumador del valle, asombrados, boquiabiertos, porque al extender su vista hasta La Hueca percibieron una villa. Había muchas casitas techadas de lo que parecía ser paja —en realidad estaban forradas de yagua, las vainas foliares de la palma real— emplazadas a manera de círculo, alrededor de una plaza central libre de obstáculos donde los aborígenes más fogosos se reunían por las tardes a jugar *batú,* o juego de pelota, o, dependiendo de las circunstancias, ejecutar el venerable *areyto*: una ceremonia de cantos y bailes de origen religioso.

—¡Dios del divino universo!, ¿dónde estamos doña Yegua? —exclamó Simón, mientras observaba el inmaculado villorrio costanero.

—Estamos en la cima de Cerro Ventana. La villa que los emboba es el lugar donde ocurrió la masacre cometida por los Zancudos en el año 1514. Están viendo, jovencitos, el yucayeke de Cacimar y Yaureibo de la región de La Hueca del pueblo de Llave, antes del genocidio; la vil masacre perpetrada por El Reino de los Zancudos y sus mercenarios.

—¡Caramba de los carambas, esto está bueno! ¡Esto está bestial! —lanzó Miguel de sopetón—. Pienso que fuimos transportados a este montículo con algún propósito. ¿Estoy en lo cierto Princesa?

—Para cada acción hay una reacción Miguelito. Estamos aquí para que sean testigos videntes de la majestuosidad del villorrio antiguo de La Hueca. Para que atesoren en sus cabezas lo que significa ser libres, lo bien que se vive sin que las garras asesinas de los feudos expansionistas sujeten nuestros lomos —explicó La Indómita.

—Es cierto doña Yegua, desde aquí, el yucayeke se nota limpiecito —afirmó Pedro—. ¿Podemos bajar y compartir con los habitantes?

La petición no tuvo tardanza. Los estudiantes no bajaron del monte, sino que Princesa, con un rápido movimiento de sus orejas, los transportó a la villa. Los discípulos caminaron por el centro del poblado detrás de su tutora. Fueron recibidos y agasajados con los mejores manjares de yuca, ya que consideraban a doña Yegua *caribana* y *tureyguá*. O sea, cosa infinita y celestial.

Deambularon como seres libres como el viento, llenos de alegría; participando de todas las actividades de los aborígenes en los predios del villorrio. Aprendieron de parte de Cacimar a pescar *caguamas*, que son tortugas enormes que abundaban por doquier. Cazaron, bajo el ojo de Yaureibo: jueyes, *buruquenas* (Cocolías de agua dulce) y *jaibas* (Cocolías de agua salada). Después, él mismo, les enseñó a preparar los deliciosos crustáceos con adobo criollo y a tostarlos a la parrilla o al *barbikú*; los cuales se atragantaron con gran deleite. Complementaron este último con *arepa*s o tortas de maíz hechas con mucho amor y cariño por las afanosas mujeres taínas, y liquidaron la comilona con un sabroso dulce o postre, confeccionado con el almidón seco de la yuca, llamado *cusubé*.

Luego, descansaron en hamacas, y cerca de las tres de la tarde, los chicos fueron invitados a jugar batú, en la

187

plaza central del yucayeke. Doña Yegua no quiso participar y después de obsérvalos un rato, caminó hasta cierto risco de la costa llamado Farallón, a disfrutar la acogedora brisa del suroeste.

Una hora después, La Indómita regresó a la plaza con cara de preocupación y, sin mediar palabra alguna, meneó las orejas y encaramó nuevamente a los muchachos en la cima de Cerro Ventana.

Al minuto José reaccionó:

—¡Caray, doña Yegua!, ¿por qué nos sacó de ese paraíso virginal sin consultarnos?

—Es que tuve una visión desconcertante cuando contemplaba distraída el vaivén de las olas del mar desde el risco de la costa, mientras ustedes jugaban batú con los barbilampiños de la villa, y sentí la presencia de alguien. Llegó una imagen a mi cerebro José. Una cosa parecida a un demonio bizco de hocico puntiagudo y ensangrentado que sacaba la lengua y hablaba sucio. Brinqué de sopetón, porque sentí escalofríos por toda mi hermosa piel. Luego, oí un ruido a mis espaldas y pude ver la imagen encarnada. Era igual a un...

—¡Huy, doña Yegua! ¡No me espante! —gritó José, tapándose el rostro—. ¡Jesús, Magnífica y José! ¿Qué rayos vio? ¿Un muerto? ¿O un espanto mellado partiéndole los huesos y chupándole la sangre a los habitantes aborígenes de las Antillas?

—No te asustes varón impúber, que yo estoy temblando —respondió Princesa, azorada—. Es bueno que sepas que lo que observé al voltearme no tenía dentadura. Más bien parecía *un mosquito zanquilargo montado sobre un caballo amarillento*. Presiento que es un presagio catastrófico que se aproxima. Quizá uno de los reinos explayados, *Come oro y Come tierra*, que torturó a los habitantes de esta islita, pero no he podido descifrarlo, porque en este siglo tal parece

188

que, por alguna razón oculta, me lo borraron de la memoria. Creo chamaquitos, que me tomará de sorpresa y zarandeará las neuronas de mi hermoso cuerpo.

—Eso es horrible —comentó Simón, medio arisco—. Por otro lado, creo que no debe preocuparse tanto por el augurio, a lo mejor es algo pasajero. Pero, ya que anteriormente mencionó el tema de los expansionistas, me parece que su augurio tiene que ver con la llegada de los conquistadores españoles a nuestras costas. El cual usted cataloga como El Reino de los Zancudos. Un feudo conquistador que por poquito acaba con nuestros ancestros. Pero... eso, usted sí lo sabe doña Yegua, lo que pasa es que está tentando nuestra memoria, ¿verdad?

—Me alegra tu observación Simón. Sin lugar a duda, estás atento a mis narraciones. Me has dejado con la testa consternada. ¿De qué lugares recónditos te llegan a la cabeza esas ocurrencias esporádicas de los gobiernos explayados que han mutilado corporalmente y mentalmente a tu gente? Pensé que eran mocosos de cholitas extras vírgenes, pero su memoria es de gran calibre. Creo que, dentro de sus cholas, corren aspiradoras cibernéticas de un millar de TB que todo lo recogen...

»Sin embargo, simoncillo, no estoy acosando tu memoria. A lo mejor tienes razón, y tiene que ver con la barbárica llegada del Mosquito Zanquilargo, presto a conquistar las Antillas, pero en este momento no lo recuerdo; el misterio de mi visión aterradora es un enigma para mí. Así que olviden el espantoso asunto por ahora, pues el tiempo no espera por nada ni por nadie, y el impetuoso astro de luz intensa quiere ensombrecer los valles y los montes para largarse a toda prisa a calentar, el otro lado del globo terráqueo.

Los chicos resolvieron pasar por alto el asunto, pero siguieron charlando con su tutora de otras cuestiones que martillaban sus cholitas, sentados cómodamente en las rocas de la cima de Cerro Ventana; en *Yaití*, como lo apoda La Indómita en lengua taína. Al ratito, sintieron hambre, se arrellanaron en el suelo, abrieron sus mochilas y sacaron aperitivos de yuca hervida para comer. La Indómita desapareció por unos instantes —sin que los chicos se dieran cuenta— y, regresó de súbito, portando una *tirigüibi* o vagina del racimo de la palma real, repleta de tortas de casabe y una *canari* o vasija de barro, rebosante de mermelada de uva playera.

¿Que cómo lo hizo sin que sus estudiantes se dieran cuenta? ¿No lo saben? ¿Será cierto lo que escuché? ¿Que ustedes no analizan lo que leen? Eso me lo comentó Chupaflor, cierto día que nos encontramos en la pequeña villa conocida como Aguinaldo, cerca de la central azucarera Resolución —lugar ubicado al oeste de la Isla de Vieques, en el año 1941—, mientras los soldados del Reino del Águila Calva les tumbaban las casitas a los moradores con sus máquinas infernales.

Lo dijo de una manera cómica: «Leen como el papagayo, escritor... no analizan». Sin embargo, por aquello de que existe el beneficio de la duda, yo les voy a aclarar el asunto: La Indómita es dueña de la invisibilidad. No como cierto jovencito portero que se esconde detrás de una sabanita, no igual que otro muchachote de bolsa grande que desaparece cuando se pone una sortijita diabólica, no semejante a los físicos modernos que controlan la luz artificial y utilizan materiales especiales. ¡No señor! ¡Nuestra heroína es única! Ella domina con maestría a su capricho el tiempo y, con tan solo mover las orejas, lo paraliza. En un instante, ya que ella tiene el don de moverse en este ambiente estático, se trasladó al yucayeke de La Hueca y, Cacimar, el cacique mayor de la villa, le obsequió los exquisitos manjares.

En seguida en menos de un segundo, regresó al monte, se acomodó en el suelo y se los comió tranquila. Sonrió con picardía y de súbito se paró, y, haciendo gala de sus habilidades deportivas, le dio una

190

tremenda patada a la canari, que voló por los aires hasta el año 1998, y achocó a una ganga de militares del Reino del Águila Calva que se empeñaban en construir un radar gigantesco en las tierras del pueblo de Llave. Unas antenas monstruosas que transmiten ondas radiales. Una forma de radiación electromagnética que, a través de los años, les llenaría los intestinos a los habitantes de la Isla de Vieques de cánceres malignos y pestilentes. Después, como sin con ella no fuera la cosa, se acomodó al lado de los muchachos que, por cierto, ya habían terminado su merienda.

¿Entendieron la explicación? ¿Sí? ¡Perfecto! Entonces, sigan mi consejo: «A La Indómita, La Educadora de la Isla de Vieques, no le gusta que lean sus relatos igual que los papagayos; los puede convertir en iguanas Boca-Chula o en iguanas Ojos de Buey».

Luego de terminar la comilona, La Princesa carraspeó. Observó a sus estudiantes con detenimiento, estiró sus largas piernas y continuó relatando sus pasadas experiencias:

—Una tarde reposada, en el mes de noviembre, del año 1493 mientras disfrutaba una "champolita" de guanábana y unas deliciosas galletitas de harina de yuca tostadas al sol, encaramada en el techo de mi casita vacacional en Cerro El Buey, contemplé la sin igual belleza del contorno de la Isla de Borikén asentada en el horizonte.

»Cuando el cielo se vestía de colores vespertinos, me quedé media boba observando a los pájaros en la distancia. Volaban en bandadas presagiando el milagro de la llegada de la noche. También me entretuve escuchando a los inquietos insectos susurrando melodías instintivas con deleite; Era algo majestuoso. El llamado crepúsculo criollo: la sutil brillantez de la inmensa luminaria reflejada sobre las aguas del mar; los cúmulos de nubes en sombras sobre un fondo brillante de colores delicados; la seductora y tenue luz del sol penetrando el iris de mis ojos que invitaba al sueño, a la fantasía, a la paz.

»De pronto, mis queridos pupilos me pasmé, porque de

la nada vi un cúmulo de espesas nubes formando tres figuras gigantescas parecidas a canoas. Sin aviso, sentí que mi cuerpo se aflojaba y perdía la respiración. Mi precioso rabo semejaba un espolón duro y velludo. A toda velocidad cerré mis ojos asustada y los abrí poquito a poco... las imágenes se habían disuelto.

La Indómita y los Chicos en Cerro Ventana

—Estamos —dijo La Princesa Escarlata—, en la cima de Yaití o Cerro Ventana. El pueblito que los emboba es el lugar donde ocurrió la masacre cometida por los Zancudos españoles en el año 1514. Están viendo, jovencitos, el yucayeke de Cacimar y Yaureibo de la región de La Hueca en el pueblo de Llave, antes del genocidio; la vil masacre perpetrada por El Reino de los Zancudos y sus mercenarios.

192

34

La llegada de la sumisión

—¡Tremendo susto se dio Princesa! Eso le pasa por estar trepada en los techos de casitas vacacionales, construidas sobre el... lomo de un buey —soltó José, cínico, y con mirada burlona.

—Eso es un chistecito de mal gusto, bufoncito. ¡¿Nunca te has trepado en Cerro El Buey?! Es el altozano cubierto de arboleda frondosa en la región occidental de tu querido terruño; el monte donde los Comeyuca del barrio Palma buscaban madera para hacer carbón y construir muebles caseros.

—¡Ajá! Sé dónde queda, pero nunca he visto casitas ni yeguas trepadas en los techos. ¿Cree que soy un ñoño, ah? Eso es otro de sus inventos doña Yegua —acometió José, carcajeando.

—Está bien. Si lo crees, o no lo crees, no me interesa. Además, para tu información, estaba transformada en *Yegüita*, la carismática potranquita que se trepa en sitios impensados, y, si quieres comprobarlo, pregúntale a mi gran amigo Caculo, el maestro artesano del yucayeke de La Hueca que me construyó la casita sin cobrarme ni un centavo.

Rápido, sin decir otra palabra, La Indomable retomó la narración:

—Tres días después de la inquietante visión en Cerro El Buey, el 16 de noviembre del año 1493, para ser precisa, cuando los rayos del sol horadaban las nubes y entibiaban los montes y los llanos de la islita, salí para el pueblo de Punta Arenas. Había hecho un compromiso con los grandes jefes de La Hueca; Cacimar y Yaureibo, y los guerreros más fogosos del yucayeke. Primero íbamos a pescar *cojinúa* y mero *guasa*, luego a discutir los pormenores de mi extraña visión.

»Llegué temprano, y me entretuve recogiendo uvas playeras para comer. Consideraba que eran manjares exquisitos y, por tanto, dignos de una princesa. Masticaba con deleite un ramillete de las frutas, cuando al voltearme hacia el mar aparecieron ante mis ojos tres buques enormes que se deslizaban sin prisa por la costa norte. ¡Yo nunca había contemplado cosa igual chicos! Me recordaban canoas gigantescas con bejucos y naguas o fajillas de algodón amarradas en palos alargados. "¡Serán dioses!", exclamé por instinto. De golpe, me vinieron a la memoria las imágenes nebulosas que vi desde el techo de mi casita vacacional en Cerro El Buey. En seguida, me encabrité y me entraron ganas de huir, pero no pude, ya que escuché un griterío; una conmoción a poca distancia.

»Mi gente, que llegaba en esos momentos, corría dando voces alarmantes. Mi pueblo, al ver las extrañas e imponentes canoas, se esfumó como por arte de magia; con urgencia, se escondió en los manglares y los matorrales que bordeaban la costa. Yo me asombré. Era la primera vez que veía a mis guerreros ocultarse de esa manera. Si bien me tiritaban las piernas, me mantuve quieta, boquiabierta y a la espera, porque no tuve tiempo de esconderme en los uvales. Los intrusos, parados en las cubiertas de sus enormes chalupas, me miraron con avaricia, pues navegaban cerca de la orilla de la playa, y noté que los perversos tenían los ojos desorbitados; semejantes a cucubanos en noche tenebrosa: los roñosos, incluyendo uno que parecía un mercenario Colonizador italiano, me comieron con la vista. En seguida rogué a Dios para que nos cobijara, porque sentí una ola de calor arropando mis orejas, y la fastidiosa temblequera en mis despampanantes rodillas.

»Por cosas del destino que todavía no comprendo, los tripulantes siguieron su marcha. Se alejaron sin desembarcar. Al rato, mi gente salió de los matorrales sin miedo alguno, se apretujaban unos con otros y contemplaban la Isla de Borikén. Ya era costumbre hacerlo cuando querían invocar a *Yukiyú*, su dios principal, invisible e intangible como el fuego, como el viento, el sol o la luna, y que mora en la Montaña Yunque, al este de Borikén. Esto me lo reveló mi fiel cacique Yaureibo en mi casita vacacional de Cerro El Buey, después de terminar nuestra charla acerca de la Confederación Antillana de Betances y su forzado destierro a Puerto Plata —Republica Dominicana— en el año 1861, mientras nos deleitábamos almorzando casabe con mojito verde isleño y nos chupábamos los dedos de gusto. También me confesó que lo invocaban para que los protegiera de todo mal.

»Anteriormente dije, muchachones, que mi gente emergió de la maleza sin temor alguno, porque al rato los vi danzando y emitiendo gritos de victoria.

»De improviso y sin aviso, presentí la llegada de la sumisión. Así que, a toda velocidad, me lancé de pecho al suelo para taparme de las ráfagas de las apariencias y las complacencias que siempre las acompañan. Teoricé entonces que mi pueblo estaba en graves problemas al pensar sin malicia que los extraños eran unos cobardes y que se habían marchado temerosos de ellos; que sus dioses los habían asustado.

»No sé qué pasó por mi mente, pero en un santiamén me olvidé de las uvas, y de la conferencia. Respingué, alcé mis hermosas manos parada en mis potentes piernas, y

195

embalé a correr a cuatro patas, evitando los pinchazos de los arbolitos de tintillo que poblaban la pendiente oeste de Quebrada Las Muchachas, pasando el bario Resolución. Golpeé sin querer a un cangrejo ermitaño que caminaba lentamente buscando esconderse bajo las hojas verdiblancas de las matas de Lengua 'e Vaca, y brinqué sin respiro por encima de una mata de calambreña, luego de disculparme con el desorientado cangrejo. Asimismo, me colé por hileras de arbolitos de cachimbo y llegué al barrio Pozo Prieto, atajando por el llano baldío del pueblo de Puerto Real.

»Sin darme cuenta, chicos, estaba parada en el medio de la talita de Albi. Bajé la testa con presteza, escarbé en la tierra con mis manos, y saboreé la jugosa pulpa de las yucas maduras, olvidándome por un momento de la terrible experiencia. Luego, me fui a dormir, temblando y hablando el complicado y difícil arte de la jerigonza antigua, toda la noche.

—¡Dios Poderoso de los Cielos! Princesa, mi pensamiento se fue al garete mientras usted narraba —lanzó Simón de repente —, pues en la escuela sólo enseñan lo maravilloso que fue el descubrimiento de las Antillas, y hasta lo celebran con regocijo, saboreando licores hasta la saciedad. Ahora entiendo con mayor lucidez que el descubrimiento fue un acto de codicia que nos sumergió en las profundidades de la confusión, extirpó de nuestros cerebros nuestra identidad: un evento que nos trastornó la molleja y nos hurtó la soberanía original de nuestro Vieques. También de carambola, intuí que usted es símbolo de nuestro país.

—¡San Bobby de Pueblo Nuevo! Simón, ¡me has sorprendido de nuevo con tu genial análisis! —soltó La Indómita de sopetón, con rostro de satisfacción—. Por lo tanto, te has ganado cinco puntos en esta lección, y un ascenso bien merecido. Ya no serás teniente del grupo Los Comandos; serás su capitán. Ahora explica: ¿Cómo llegaste a la conclusión de que yo soy el único y verdadero emblema de la Isla de Vieques?

—Cuando usted dijo que los intrusos la miraron con avaricia. Esa fue la clave que activó mi entendimiento y lo llevó sin compasión a la deriva. Al minuto presentí que usted es un símbolo; sospeché que usted representa algo; intuí que usted es algo personificado. Pero confirme: ¿Acaso es usted nuestra islita? Acaso es la Isla de Vieques, ¡hecha carne! La pequeña nación que perdió su identidad.

Cuenta La Indómita:

«...Mi pueblo, al ver las extrañas e imponentes canoas, se esfumó como por arte de magia; con urgencia, se escondió en los manglares y los matorrales que bordeaban la costa. Yo me asombré. Era la primera vez que veía a mis guerreros ocultarse de esa manera...

Los intrusos me miraron con avaricia desde las cubiertas de sus enormes chalupas, pues navegaban cerca de la orilla de la playa, y noté que los perversos tenían los ojos desorbitados; semejantes a cucubanos en noche tenebrosa: los roñosos, incluyendo uno que parecía un mercenario Colonizador italiano, me comieron con la vista».

197

35

La nación que perdió su identidad

La Indómita no pudo contestar las febriles preguntas de su pupilo, porque otro chico exclamó de sopetón:

—¡Cóoomo!¡ ¿Dijiste nación?! ¿Somos una nación? —consultó Pedro, mirando a Simón con sonrisa de Arepa: la sonrisa de caramelo derretido.

—¡Claro, Pedrito! Aunque los malvados palomos y palomas de Puerto Rico y las aves calvas de Norteamérica nos tratan como colonia, todavía somos una nación. ¿Acaso no has oído de los labios de tus descendientes que, en una etapa gloriosa llamada la *Época de Oro*, la Isla de Vieques era independiente y para el intercambio se usaba la moneda de oro californiana, los reales de oro españoles y la moneda de plata española?

»Además, administraban gobernadores tal como en la Isla de Puerto Rico, porque Vieques tuvo más de dieciocho gobernadores, partiendo desde el año de su fundación como país, en el año 1843.

—Bien dicho Simón —intercedió La Indómita—. Te felicito en grande por tu gran sabiduría, y te auguro un futuro brillante en los años venideros. Pues en ese tiempo maravilloso, su capital Isabel II estaba rodeada de siete pueblos. Su terruño pudo haber gozado de una capital prestigiosa administrada por una funcionaria, o un funcionario de alto rango, y siete distritos (municipios), o simplemente pueblos; cada uno manejado por un alcalde, o una alcaldesa. Estos eran y son —aunque estén ocultos en la maleza—: pueblo de Punta Arenas, pueblo de Mosquito, pueblo de Llave, pueblo de Puerto Real, pueblo de Florida, pueblo de Puerto Ferro y pueblo de Puerto Diablo.

»Me acuerdo, como ahora, de que su islita estaba representada por cónsules, pues había cónsul francés, dominicano, inglés y danés.

—¡Una capital y siete municipios! —tronó Pedro, eufórico—. ¿Y qué estamos esperando para retomar nuestros derechos, ah? ¿Acaso el pueblo duerme? Busquemos nuestro futuro, fomentemos un gobierno independiente. Imagino ver a estos pueblitos con sus plazas públicas y sus casas alcaldías... Abrigo la esperanza de andareguear por las calles de mis flamantes municipios, comiendo flan de yuca y deleitando mi garganta con una piragua de sirope de tamarindo... Les juro, compañeros, que jamás me aburriría.

—¡¿Y qué rayos pasó?! —expresó Miguel con un dejo en la voz—. ¿Cómo fue que perdimos nuestra soberanía? ¡Caramba, hubiera sido maravilloso si Vieques se hubiera mantenido independiente!

—Lo que pasó, Miguel, fue que los caudillos de Puerto Rico, durante el reinado de los Zancudos españoles, "nos metieron los mochos" —aclaró La Indómita—. Nos engañaron; nos quitaron la gobernación y nos convirtieron en un municipio administrado por un alcalde. Lo planificaron de ese modo para "sacarnos el jugo", para embutirnos entre ceja y ceja arbitrios injustos, abusivos, con el único propósito de atiborrar las arcas de su gobierno. Mas tarde, con la llegada de los gringos en el año 1998, afincaron su dominio sobre nuestros lomos, uniéndose a ellos. Desde ese momento nos están dando como conga de carnaval de Loíza; nos hundieron en la pobreza; nos atarugaron sin compasión, la *bancarrota forzada*. Nosotros, al ceder a sus caprichos, al no tener incrustada en la frente *la mancha de la yuca cruda*, nos "chavamos bien chavao". Por consiguiente, estos malévolos, estos tenaces embaucadores, nos borraron de la memoria nuestra autoridad. Nos degradaron, nos quitaron del pecho el sello de "nación soberana" y nos imprimieron en la espalda la estampilla de "pueblito ratón". En consecuencia, nos convertimos en pordioseros, porque, a partir del robo de la gobernación, nuestra economía ha ido de mal en peor.

»Además, comenzaron a decir que todos somos puertorriqueños, y que eso de ser *biekense* no existe. Nuestra gente luchó para evitar la catástrofe; sin embargo, el esfuerzo no fue suficiente. La gente no fue capaz de alterar los eventos ocurridos, porque no tenía la entereza ni el valor de sus ancestros, los acérrimos aborígenes Comeyuca, quienes lucharon con ahínco, aunque en desventaja, para evitar la asimilación del reino Zancudo que los humillaba. Si bien sus cuerpos fueron destrozados, sus espíritus no fueron vencidos. Hoy en día amiguito, nuestro terruño, por no recordar su glorioso pasado, dejó de luchar; se acostó, quedó «bocabajo», y la aplastante dejadez tomó su curso.

»En resumen, Miguelito, nuestra isla se ha convertido en…. *la nación que perdió su identidad.*

—Doña Yegua está en lo cierto, Miguel —revalidó Simón—, pues cierta vez le comenté a uno de mis amigos que iba para Puerto Rico a buscar a mi abuelita, que no se atreve a montarse sola en la destartalada lancha que cruza el brazo de mar que separa las dos islas, y el muy engreído me dijo que no dijera disparates, porque, según su pensamiento, ¡yo estaba en Puerto Rico! Argumentó que, como somos puertorriqueños, los viequenses no pueden decir: "Voy para Puerto Rico", sino que tienen que decir: "Voy para Isla Grande", o algo similar. Eso demuestra que hemos perdido la gloriosa soberanía de nuestro país, ya que las nuevas generaciones no se identifican con Vieques; no sienten ser *biekenses de pura raza*. Y para colmo de males, los pasivos Comearepa dicen que son boricuas de pura cepa, y los acérrimos Comearepa dicen que son "gringuitos". ¡Qué te parece, amiguito!

—Sigues razonando bien los asuntos del pueblo Simoncillo. ¡Te felicito! —reafirmó La Indómita, entrando de nuevo en la conversación—. A pesar de que el tiempo es corto, aprovecharé la oportunidad para echar un poco de leña al fuego. En el año 1947, el gobierno de Puerto Rico, a escondidas, se confabuló con los jefes de la Marina Norteamericana, y juntos diseñaron un plan monstruoso conocido como "El Plan Drácula", cuyo propósito era expatriar a todos los habitantes de la Isla de Vieques, ya que los jefes militares de la armada bélica de los gringos, estaban enchulados de nuestro terruño.

»Se enamoraron perdidamente de la isla, y ambicionaban poseerla en su totalidad. Si bien se apoderó de la mayor parte de nuestras tierras, cercándolas, su plan malicioso de convertirla en el bastión de su armada náutica —pues ansiaba controlar la región del Caribe—, no tuvo éxito ya que, por cosas del destino muchachones, la semilla antigua germinó en algunos coquitos biekenses y borikenses sedientos de justicia, y sus portadores evitaron la catástrofe...

»Pero no os preocupéis pueblo mío, porque ya llegó la que tanto esperaban, ya llegó la que tenía que llegar... ¡Apareció la Yegua Indómita!; la que les saca los trapos sucios a los perversos y los pone a secar al sol. Nací del tuétano de esta tierra, y vengo a darle cantazos a los farfulleros, porque el gobierno central de Puerto Rico ignora las quejas de los ciudadanos viequenses. Se confabula con el Águila Calva y se niega a rehabilitar la infraestructura social y económica de nuestra amada islita. Se babea de gusto diciendo que es el dueño de la isla. ¡Pero es dueño postizo!, ya que la tiene abandonada a su suerte. Por lo tanto, exhorto a mis biekenses a buscar la independencia, a proclamarse Nación, a pregonar la Nueva Era de la Raza Comeyuca Biekense, a retomar su identidad, a gritar a viva voz por los confines del universo: "¡Somos biekenses Comeyuca de pura raza!, ¡somos los manchados con yuca cruda!, *¡somos los verdaderos dueños* del País de Bieke!"

—Yo espero que así sea doña Yegua —dijo Simón, esperanzado—, ya que todos los que se montan, o se han montado en el trono del capitolio, no ven más allá del pueblo de Fajardo. Tratan a los habitantes de Vieques y de Culebra —nuestra hermana menor—, igual que a esclavos, pues son acérrimos seguidores del pichón expansionista... Modelan el sistema gubernamental del Reino del Águila Calva, el cual se basa en: *Derrochemos parte del dinero del pueblo en carritos de lujo, en buenas comidas, en hoteles de cinco estrellas, en viajecitos exóticos, en champán francés para festejar nuestros gordos bolsillos* ..., mientras el país se llena de ciudadanos "Homeless".

La Indómita respingó llena de gozo, pero no comentó. Y, sin previo aviso, retomó la narración de sus históricas pasadas experiencias.

foto: thedominican-blog
Comentario de La Indómita:
«Los Conquistadores —Come oro y Come tierra— del nuevo mundo, embobando a los aborígenes, para luego esclavizarlos».

36

Los Comeyuca nunca mueren

—Un lunes, de madrugada —comenzó La Indómita—, cuando los múcaros, los llamados *águilas de la noche* se escondieron, después de cazar y devorar algunos ratoncitos del *pueblito ratón* al este de Puerto Rico, y luego que los rayos del sol despertaron a las flores, salí de gira con dos de mis amigos para la playa de Punta Campanilla; el eterno Chupaflor y el carismático Arepa, que se empeñó en hacerme una visita fugaz. Caminamos despacio y con cien ojos para no perder la extraordinaria belleza del paisaje, mientras el calorcito del sol nos vivificaba. Arepa iba, como tiene por costumbre, hurgándose los oídos y con su famosa sonrisa de caramelo derretido estampada en su lozano rostro.

»Tan pronto llegamos a la falda del cerro Amargura, Arepa ojeó un árbol de guayacán con follaje redondeado y flores pequeñas de color lila-azul, deseoso de ver entre sus hojas lisas y de color verde intenso, nidos de palomas. Pensé que quería recoger y saborear los huevecillos crudos por el camino. Creyó ver un nido en una de sus ramas, y, como es muy ágil, subió al cucurucho igual que un lagartijo huyéndole a una pedrada... Sólo encontró hojas, un chichón en una oreja y una dolorosa peladura de rodillas, cuando su cabeza chocó contra un nido de avispillas rabiosas, y bajó por el tronco del árbol más rápido que ligero.

»En otro lugar, detrás de mí, Chupaflor se deleitaba jugando con las belicosas *bibijaguas* —que significa hormigas

203

en el maravilloso lenguaje taíno—. Sin embargo, huyó semejante a un mosquito en baile de sapo concho de letrina vieja, porque el entrometido revolcó el nido y metió su largo pico, sin darse cuenta, de que tenía parte del pico impregnado de néctar, y los golosos insectos comenzaron a besuquearlo. Más tarde noté que Arepa iba pensativo, caminaba cabizbajo. Le pregunté el motivo de su preocupación, y me confesó que estaba un tanto agobiado por las extrañas canoas gigantes que habían aparecido cerca de la costa norte de Bieke, pues, aunque ustedes no lo crean, estaba escondido en la cueva de Cofí, y observó el paso de las naves extranjeras del año 1493, sin yo saberlo.

—¡¿Cómo lo hizo Princesa?! ¡Si el chico tiene que estar muerto! —chilló Miguel, azorado y confuso—. Usted dijo que lo conoció en el año 1200 de nuestra era.

—¿Eres "cabecicoco", Miguelito? Te dije hace un rato que Arepa "era" y "es". Descansa tu mente muchachito, porque aún no es momento de dar explicaciones.

—¡Pues voy a ser un testarudo hasta que usted me lo explique bien! Todavía no entiendo el enredo de vivo ahora y muerto después, y, luego de estar muerto, aparece vivo otra vez. Todo me suena a disparates suyos.

—Miguel tiene razón, ya es hora de que explique en detalle el misterio de la excitante muerte y resurrección de Arepa —intercedió Simón—, porque usted dijo que su espíritu está vivo, pero eso de que aparece en carne y hueso, es un soberano enredo.

—No me acuerdo Simoncillo, ¡se me cayó el asunto de la memoria! —expresó La Indómita, con picardía.

El chico la miró consternado... Odiaba la dichosa locución. Al segundo dijo:

—Mire, doña Yegua, mejor siga con la narración y, por favor, se lo ruego, no mencione más esa frasecita. No utilice esa muletilla para esquivar nuestras preguntas.

La Princesa apenas se inmutó con las declaraciones del chico. Reanudó el relato, contenta, con más empuje.

—Yo aconsejé a mi amigo Arepa lo mejor que pude Simón, le indiqué que mantuviera puestos y activos los cinco sentidos en todo tiempo y lugar, para evitar ser sorprendido. Creí que mi sabio consejo lo tranquilizaría, mas no fue así, ya que, mientras caminaba, susurraba: "Presagios, presagios de muerte". En aquel momento temblé y aligeré el paso, porque de la nada apareció el sapito Albi montado en un carrito de madera con ruedas chirriantes de potes de salchichas, vociferando lo mismo. ¡Qué susto me dio el "contraya'o" sapito mensajero de Monte Largo! Me hizo saltar igual que el Pichón Ambicioso del Norte, cuando le espeto sin clemencia un abrojo estrellado en una de sus patas, por estar desgarrando las tierras viequenses y trastornando la mente a mi gente con sus uñas puntiagudas. Pero, bueno, nada de lamentos... Continuemos.

»Después de la terrible experiencia, estuve tres días comiendo sopitas ralas de yuca y pensando en lo sucedido. Al tercer día, cerca de las dos de la tarde, me animé, y aparecí en Valle Real a divertirme con algunas de mis amistades en Cascada Real. Pensé que de ese modo me olvidaría de Arepa y los asomos de algo futuro.

»Mas todo fue en vano, pues Albi, el sapito perpetuo y curioso de labio blanco, apareció detrás de mí llorando y gritando: "¡Presagios! ¡Presagios! ¡Presagios de muerte!". De inmediato respingué, me encaramé en la cúspide de la cascada y, dando un salto, me zambullí en las aguas claras de la poza.

»Luego del chapuzón, me sacudí las orejas con fuerza para sacarme el agua y liberarlas de las dos pepitas algodonosas de guamá que me había puesto durante un breve descanso; para no escuchar los lamentos del brujito Albi. Pero el cuerpo tiene su límite, y me despedí de todos con diligencia, porque el brujito no me daba tregua. Se pasaba chillando lo mismo y lo mismo mientras se tiraba de pecho por el chorro de agua de la cascada, y salía de la poza con los ojos colorados y abultados. Yo ni lo miraba, pues parecía que tenía incrustados en sus cuencas dos guanábanos, que son los llamados peces globos, o pejes puercoespín, como dicen los acérrimos pescadores Comeyuca del barrio Morropó, mientras le dan mantenimiento a la flota de barcos comerciales que Vieques tuvo en su época gloriosa en las arenas de la playa; en la cuesta baja del montículo donde se asienta el faro Puerto Mulas. Algunos, entre varios eran: *Ala Blanca*, *El Escudo*, *El Crepúsculo*, *Patria Libre*, *Roslin*, *Santa Fe y Pocahontas*.

»Marché sin prisa, después de trotar un corto trecho y, enfilé mis piernas hacia la quebrada de Los Cayules, atajando por la maleza de la hoya de Cofí, cerca de la gallera Puerto Real, porque me acordé del saleroso Chupaflor, pues necesitaba con urgencia que me alegrara un poco el pensamiento, ya que mi flamante y fabulosa cholita, daba giros tratando de desechar los dichosos aullidos del sapito Albi.

»Mientras caminaba, disfrutaba del magnífico paisaje, entre tanto jugaba con las elegantes mariposas monarcas de color naranja y negro. También, escuchaba con deleite el pitirreo de un gracioso *guatibirí* acostado sobre mi espinazo cuando cruzaba por la cañada de los Higüeros, y subía la jalda adyacente al hermoso hospital antiguo de mi terruño. Al llegar al puente de Mambiche, vislumbré desde arriba la fabulosa quebrada de los Cayules. En un dos, por dos más uno, me deslicé por las *Lengua 'e Vaca* que crecen detrás de los muritos del puente, ¡jejé!, y divisé a mi eterno amigo Chupaflor haciendo piruetas en la rama de un árbol de flamboyán cerca de la cascadita El Salto, y por poco muero de risa. Me acerqué y me contó chistes que ustedes

206

no entenderían; el saleroso me sedujo, me revolqué en el suelo con sus payasadas y olvidé el lagrimeo y los arrebatos del brujito Albi.

»Después de que mi gracioso amigo alzara el vuelo, subí por la jalda empinada de la barranca para llegar al tope de un cerro; la loma de Mambiche, donde a plena vista había una hamaca colgada en medio de dos gruesos árboles de bayahonda. Miré de reojo para todos lados, ya que parecía la hamaca de uno de los poetas más queridos de Vieques, quien no permite que se la toquen. Como no lo vi por ningún lado, le saqué partido al chance, me recosté en la misma apuntando a las nubes con mis bellas piernas. Imaginaba que lanzaba *azagayas* o dardos, aunque ficticios, a sus barrigas. Al ratito, llegó "Morfeo" y me puso a dormir.

—¿Y dónde dejó a mi amigo Arepa, ah? —soltó, José de improviso—. Ya me lo imagino... ¡Lo dejó solito con el mosquito panzudo, en la cueva de Cofí! Por eso no terminó la odisea de la excursión y se fue a dormir, ¿verdad?

—No, chiquitín, tu amiguito se fue tal como vino, desapareció del panorama sin yo darme cuenta. Ya les había dicho que este barbilampiño, aunque muerto, vive, porque es un consentido de los guías celestiales. Para mí, es un "Mama's boy" y lo tienen engreído. Sin embargo, "era" y "es", ya que es una realidad eterna que va y viene del pasado y del futuro, y permanece en el presente.

José suspiró hondo y se calmó. Miguel vio la oportunidad, y trató de abrir la boca para pedir de nuevo una explicación referente a la complicada existencia del carismático aborigen. No obstante, La Indómita no le dio tregua alguna, porque al segundo, enseñó su flamante dentadura y expandió el argumento.

—Arepa es un símbolo, chicos. Mi fiel amigo aborigen representa, a todos los *Viequenses Comearepa* que dicen estar vivos, pero están muertos, porque la semilla antigua está dormida en sus cabezas; sin embargo, cuando se convierten en *Biekenses Comeyuca*, el germen se activa, brota con celeridad y da frutos en abundancia. Por lo tanto, estos convertidos antes "eran' y ahora "son", y sus inteligencias, que yacían pasmadas, descifran la clave de la grandeza de los países; el pasado y el futuro, atados al presente. Y así, igual que mi amigo Arepa, sus entendimientos se eternizan: van y vienen del pasado y del futuro, mientras analizan el presente. En palabras de mi otro yo, *Yegüita*, les aclaro el asunto: "Amarran las líneas temporales en sus pensamientos".

—Doña Yegua, yo tengo el don del discernimiento y entiendo su argumento —dijo Simón, —, pero las personas corruptas, los llamados *palomos y palomas,* ¡jejé!, que representan al pueblo carecen de él, y se confunden. Ahora mismo, como usted nos contó, están trepados en las tapas embarradas y blanquecinas de los inodoros de sus oficinas, y nos espían con sus telescopios de ojo de águila. Imagino que tienen sus coquitos bien atribulados, porque no entienden sus elocuencias ni el modo de contraatacarlas. Pienso que el mayor anhelo de estos cabecillas es evitar que los viequenses y los culebrenses lean sus relatos, los atesoren en sus cabezas y busquen la independencia.

»En consecuencia doña Yegua, adolecen de traumas mentales; sus seseras voltean y voltean pensando que, si el pueblo se rebela, ya no podrían atragantarles los arbitrios abusivos y, de paso, perderían sin remedio sus suelditos "extra large", ¡jejé! Yo sugiero que se lo explique con mucha calma para que sus cholitas se tranquilicen.

—¡Así se habla chiquitín! ¡Qué musa la tuya, comilón de yuca cruda! ¡Qué razonamiento tan bárbaro! ¡Ya te ríes como *Yegüita*! Te estás pareciendo a mí... Concho, ¿te habré *parío*? ¡Gracias por tu grandiosa sugerencia! Sin lugar a dudas, estoy de acuerdo contigo, hay que ayudar de buena fe a estos demonios a salir de las tinieblas. Recuérdame enviarles una cajita de aspirinas rompe cholas para que calmen sus delirantes coquitos y unos paquetitos de té de manzanilla para que se calmen y boten el estrés, pues tienen los nervios, nerviosos… ¡Jejé!

»Sin embargo, como yo soy la instructora del pueblo, es mi sacro deber martillarles sus "cocoteques" con mucho amor y cariño para desalentarlos, y, de carambola, para que se orinen encima brincando de gozo, igual que los cokíes cuando silban la melodía de la libertad; estresarlos sin compasión hasta la saciedad, para que respeten a los mansos y a los decentes de mi terruño.

»Del mismo modo, también le tiro a mi gente el argumento a quemarropa para que se espabile y salga de las trampas abusivas y de las garras asesinas del gobierno asfixiante del Reino Americano y del gobierno humillante del Reino Borincano.

Habiendo contestado a su pupilo, La Princesa Escarlata les dio la espalda a los chicos, y les sacó la lengua a los políticos corruptos de Puerto Rico, pienso que a modo de: *chúpense esa en lo que les mondo la otra.* Al segundo se volteó, observó a sus pupilos con una sonrisa a flor de bembos y amplió el argumento:

—Los viequenses que desechan la rica mandioca creen estar vivos, ya que se aferran al presente y al futuro con ambas manos, a una absurda idea de progreso bajo el sistema actual de gobierno. Sin embargo, son cadáveres vivientes, pues olvidaron su pasado, sus raíces, su patrimonio histórico, sin darse cuenta de que ahí reside la clave de la felicidad, puesto que la nación que olvida sus orígenes pierde toda esperanza de grandeza. Sólo el reino que consolida las líneas temporales en el presente, logra escapar de las garras de los malos gobiernos, porque esta atadura temporal lo ajusta a la realidad y le despeja la mente.

»Así que, cuando brotan los ataques nebulosos, las embestidas lava-coco de los reinos invasores y las intrigas de las administraciones corruptas, este pueblo preparado se rebela y no cede: no transige porque ya no vive ilusionado; vive *el presente verdadero*; reconoce la cruda realidad de la vida, y el pasado amarrado y atesorado en su cabeza lo fortalece en el presente, pues le recuerda que tiene identidad propia. Luego, una vez afincado en el presente, más unido a su pasado, mira hacia el futuro y lo enlaza con éxito, porque se ha transformado en una nación sobria, inteligente... Forja su propio destino sin trabazones extranjeras.

»Y así, mis ponderables estudiantes, encarcela los tres tiempos en su vida cotidiana, y tiene el poder para destruir toda la basura forastera que no es genuina ni prometedora; la mugre exótica que destroza la fe y el orgullo de los habitantes y les roba su identidad de patria, y que más tarde redunda en la apatía extrema, la cual define a los países sometidos; la abominable porquería que les dobla las rodillas y los convierte en naciones cuyos habitantes se arrastran "bocabajo", sin darse cuenta.

»Sepan pues, muchachones, que olvidar sus orígenes y esa horrenda manía de dejar de lado las circunstancias o situaciones vividas ocurre porque anda suelta una bestia abstracta: *el Síndrome del Olvido*. Es por ello, amiguitos, que la gente no endereza los errores torcidos del pasado. En el caso de su terruño, el síndrome del descuido se quintuplicó en la memoria de los habitantes, porque su tierra fue objeto de invasiones extranjeras que, sin sutilezas, le *craquearon* el cerebro, no por elevación de temperatura, sino por la doctrina lava-coco a que fueron sometidos.

»El problema mayor de su terruño chicos, es que su presente se tambalea, porque se desligaron de su pasado... ya no lo recuerdan porque son, ¡Comearepa! Y su futuro, ni se diga; es incierto, pues la soga que utilizan para atarlo es muy frágil y se disuelve en hilachos cada vez que tratan de enlazarlo.

»En fin, amiguitos, les revelare de otro modo el porqué de la muerte desastrosa de la mente Comearepa de su pueblo, para que lo analicen concienzudamente y encuentren la fórmula del jaque mate. Para que se espabilen y triunfen en su próximo jueguito de ajedrez contra los reinos corruptos y expansionistas: la mente de su pueblo va a la deriva, los vientos tormentosos de los actuales dueños postizos la empujan hacia el río Lete, y allí, las corrientes submarinas de su gobierno local, que se ha confabulado con el opresor extranjero entremetido, la "jala" por las greñas, no para que se ahogue, ¡claro que no! El propósito infernal es que la mente de su gente Comearepa se inunde con las aguas del río, provocándole el "Oblivion"; el olvido de su pasado, el abandono de su identidad de patria, el desgano por su patrimonio cultural. Por ende, como todo este chanchullo ha estado operando a ocultas desde el año1941 —y su pueblo no lo ha detectado—, es imprescindible que su gente abrace el *Movimiento Comeyuca*. Porque solo el Comeyuca puede detectar las intrigas inmundas de los falsos dueños. Porque solo el Comeyuca puede montarse en sus caballitos en la tabla de ajedrez, y darle el jaque mate al Rey déspota y esclavizador.

—Eso que dice es cierto doña Yegua—aceptó Pedro, melancólico—. En Vieques hay muchos monumentos históricos, mas yacen abandonados. El orgullo por conservar nuestro patrimonio es un mito... Ahora percibo con claridad que las garras de la dejadez devastadora han tomado su curso en la mente de mi gente.

—Yo pienso que mi gente muy pronto saldrá del estupor. Creo que hay esperanza para mi gente, ¿verdad que sí, doña Yegua? —cuestionó Simón, esperanzado.

—Claro, muchachito indagador, y ya que no tienen el suficiente tiempo para analizar lo expuesto, puedo añadir con certeza que, los nuevos Comeyuca, les cambiarán las inteligencias a los habitantes de tu islita y a todos los oprimidos del universo. Tu gente dejará la apatía y empuñará el interés; soltará lo negativo y agarrará lo positivo, y así y así... tu Bieke se convertirá en una nación Comeyuca. *La Nueva Raza Comeyuca* fortalecerá su mente y su vida diaria en el presente una vez ate con orgullo el pasado y el futuro en su memoria... Y vivirá para siempre. Porque todo lo que es verdadero lo veo reflejado en mi *espejito perspicuo.* Los Comeyuca Simoncillo, son los únicos habitantes de las naciones que amarran el ayer y el mañana al hoy, y salen airosos. Los Comearepa, mueren cuando se someten a los caprichos de sus opresores. Pero *resurgen cuando abrazan el concepto Comeyuca.* En palabras finas Simoncillo, los verdaderos Comeyuca nunca mueren.

Dice La Indómita:
«Aquí les dejo la foto del fenecido gran pintor biekense, José Felipe Torres —del barrio Mambiche—, en sus años mozos, para que se acuerden de que, en Vieques, también existen personajes del pincel, de buena calidad».

Dice La Educadora de la Isla de Vieques:

—¡Concho Los Sorprendí! ¿Se cayeron de "fundillón"? ¡Qué bueno! Porque ahora, así sentaditos en el piso les puedo machacar sus calabazas, ya que estoy en la hamaca de la loma de Mambiche del poeta viequense Guillermo Rivera Colón, y ustedes por ser Comearepa no le dan el reconocimiento que se merece. Lo bien que exaltan a los poetas extranjeros, pero a los suyos, los zumban al basurero; Algunos Comearepa, hasta adoptaron un poema de un boricua para que sea el himno nacional de Bieke... y pensar que su terruño tiene músicos y poetas de gran calibre, capaces de componer su propio himno nacional. ¡Qué desvergüenza! Corran y busquen las aspirinas, porque les seguiré triturando el intelecto hasta que salgan de la dejadez y empiecen a valorizar el país de Bieke.

213

37

El espejito perspicuo

—Y, ese *espejito quimérico* que usted menciona, ¿no se rompe doña Yegua? —lanzó José, cambiando el tema para lanzar una cuchufleta como tiene por costumbre.

—Si serás... José. ¿Cuándo aprenderás a bregar con los asuntos del pueblo con seriedad? —amonestó La Indómita, a cierra ojos—. Te has pasado todo el día buscando chistecitos baratos en el bolsillo izquierdo de tu pantalón, para lanzarlos sin previo aviso, igual que saetas de ballestas de Zancudos sobre lomos de aborígenes en el siglo dieciséis y balas de cañones del USS Gearing DD-710 sobre lomos de viequenses durante la operación yankee, POR-TREX de los años cincuenta. ¿Por qué no modelas mi carácter, ah? Haz como hago yo, que hablo poco, soy seria y no hago reír a mi fanaticada cuando están tristes, o cuando los llevo al borde de la locura con mis fabulosas narraciones y amonestaciones.

»¡Escucha, bufoncito! Mi espejito no es *quimérico* como tú insinúas burlonamente. Mi espejito perspicuo es una realidad. Es bueno que sepas, que lo utilizo magistralmente para enterarme de las maquinaciones sutiles de los líderes de cualquier nación. Es, en palabras pueblerinas, un espejito soplón y saca trapos sucios… ¡jejé! Y mientras les aclaraba el asunto de la muerte y resurrección de mi fiel amigo Arepa, paré el tiempo, y sin ustedes darse cuenta, Me fui al año 2018 a contemplar mi fabuloso y verdadero espejito en los lindes del capitolio de Puerto Rico, pues mi espejito transparente es portátil. De súbito, muchachones, salieron por las ventanas del dichoso parlamento, una andanada de piedras a toda velocidad que, con gran puntería, le dieron al espejo. Yo me zumbé al suelo y me tapé el coco con mis manos *por si las moscas*.

»No obstante, todos los pedruscos rebotaron en la superficie del cristal, sin tan siquiera guayarla (que es lo mismo que rayarla), y regresaron a sus dueños. ¡Jejé!... Lo sé porque escuché en la distancia un griterío dentro del capitolio.

»Pienso que era un grupito de representantes corruptos y algunos miembros de la junta de Trump, pues escuché con precisión absoluta sus maldiciones y, pidiendo a gritos, que los llevaran a un hospital de cinco estrellas en sus carros de lujo —manejados por sus chóferes privados— comprados con el dinero del pueblo.

—Y porque le zumbaron piedras doña Yegua —dijo José reflexionando en el asunto.

—Porque descubrí que están reunidos, para firmar un presupuesto que les quitará beneficios a los trabajadores públicos y privados, pero no a los jefes de agencias, los cuales se ganan hasta 625,000 dólares anuales. Me zumbaron piedras cuando me vieron con el espejito en las manos; presumo que piensan que es una camarita soplona.

—¡Qué bandidos! —respondió José—. Pues me alegro de que las piedras rebotaran y rajaran sus rancias calabazas. Así aprenderán a utilizar el sentido común y a valorizar el desempeño de toda la clase trabajadora.

—Buen análisis Joseito. Ahora les pregunto: ¿Debo cancelar o debo restablecer el envío de aspirinas y de infusiones de manzanilla que les tenía programado a estos mequetrefes?... ¡Jejé!

Excepto Pedrito, los demás chicos carcajearon sin hacer comentarios.

38

El mosquitero de la indolencia

Todavía encaramados en Cerro Ventana en el año 1514, doña Yegua y sus estudiantes continuaban sentados sobre unas rocas, charlando. De vez en cuando, los chicos observaban el yucayeke de La Hueca, y rogaban que doña Yegua los transportara al villorrio para compartir nuevamente con los ambles taínos. Pero La Indómita no les daba tregua. Así que sin respiro alguno prosiguió con sus lecciones.

—Espero que la exposición pasada conteste todas las preguntas referentes al carismático taíno. Alimenten con sabiduría sus inteligencias con esa aclaración, para que le den un respiro al señorito Arepa. De lo contrario, lo llamaré para que los persiga con la puya de pescado en la mano y les ponga pendientes de nácar, una vez les perfore sin sutilezas sus rollizos pabellones auditivos.

Los estudiantes —excepto Pedro, que parecía que estaba en el limbo— luchaban con una sonrisa nerviosa. Una risita inquieta, ya que imagino que tenían en sus cabezas un amasijo de espejitos indestructibles y piedras regresivas que no podían digerir y, al mismo tiempo, cavilaban en la puya de pescado del señorito Arepa; miraban para todos lados y se tocaban las orejas, para ver si por algún descuido, el travieso Arepa les había perforado las orejas y les había enganchado pantallitas de nácar en los pabellones auriculares.

Pedro aparentemente despertó del letargo, porque

216

abrió la boca para decir algo, pero no pudo articular sonido alguno, porque La Indómita torció su largo cuello hacia el valle, ignorándolo. En seguida, sin darle chance, se volteó deprisa y dijo:

—Tocante a la narración anterior sobre la excursión que planifiqué con mis amigos, no quise dar muchos detalles para que no se enteren...

—¡Para qué no sepamos! Pues, ¡despepite! Porque yo soy un curioso empedernido —interrumpió Miguel, dando un palmazo en su rodilla derecha.

—¡Qué remedio! —consintió La Indómita—. Miren, varones impúberes, cuando Arepa desapareció, salí corriendo como una centella sin frenos, porque Albi siguió chillando el presagio de mi amigo Arepa sin tomar descanso, y me fui para Tamarindo del Sur, que es la playa antes de llegar a Cerro Indio, viajando por la costa sur de la isla.

»Allí encontré un pescador de tintoreras observando unas cajas de madera y metal, amarradas con cadenas, flotando cerca de la orilla de la playa. Me alegó, medio azorado, que era el tesoro del Pirata Cofresí. Me aconsejó que no lo tocara, para que los demonios que celan el botín no se me pegaran en la espalda. Sin embargo, lo ignoré porque yo controlo los leviatanes y los fantasmas, y sin prisa alguna, abrí una de ellas y saqué algunas monedas de oro, dejando el resto del tesoro tranquilito; para que los políticos amadores del dinero del pueblo, los que no me pierden "ni pie ni pisá", vayan a buscarlo y se les peguen los diablos en los sobacos. ¡Jejé!

»En seguida me fui a comprar *jociquitos* y *mampostiales* de coco en la famosa tienda de don Goyo, ubicada en la Calle Unión de la capital de Vieques. Al minuto, caminé a tranco largo acortando por la hoya de los Cayules, y me senté cómodamente sobre una roca en la cima de la loma del

Mangó Yegua, ubicada al sur del altozano del Fortín —que es, y no sé por qué, mi loma favorita—, a darme un rico gustazo con las golosinas.

»¿Chupaflor? Bueno. Al otro día apareció con el pico forrado de curitas y me contó casi sin poder hablar que, cuando yo arranqué y me perdí del panorama, voló deprisa, a curarse los besitos de las bibijaguas, para la sala de emergencia del hospital ubicado en la cuesta del cerro del Tamarindo, el prestigioso hospital de antaño antes de llegar a la cañada del sector Los Higüeros; el dispensario que brindaba buenos servicios al pueblo viequense.

Los chicos sonrieron. Excepto Pedro, que lucía preocupado. La Indómita aprovechó la pausa, y dijo:

—Por el momento, hemos terminado la charla acerca de mis Comeyuca de antaño. La nación de Cacimar y Yaureibo fue la última generación aborigen de la Isla de Vieques. Estos fueron por varios años mis verdaderos dueños. Pero… ¡Ay, ¡cómo duele chicos! Mis preciados amos se convirtieron en mártires del genocidio biekense, perpetrado por El Reino de los Zancudos y sus mercenarios.

—¡No y no! ¡No lo puedo creer! —chilló Pedro al fin—, pues su memoria se había estancado en la frase: "hamaca en la loma de Mambiche". ¡¿Cómo se atreve a dejar el relato para irse a dormir en los brazos de Morfeo, el dios pagano de los sueños, en la hamaca de Mambiche, ah?!

—¡Concho, Pedrito! Eres parecido a Miguelito. Ambos son acérrimos oidores de mis relatos. ¡Cielos!, nunca había conocido a unos muchachones tan agresivos, tan locos por conocer la gloriosa historia de su pueblo. ¡Te felicito! Sin embargo, amiguito, te aconsejo que lleves el hilo de mis conversaciones con fidelidad. Te involucraras demasiado en mis narraciones, de tal forma que me pones nerviosa. Concluí la charla del encontronazo que tuve con Albi en Cascada Real acostándome en la hamaca de Mambiche hace un buen rato, y fue sobre algo que ocurrió en otra época. Así que, despierta muchachito, pon los pies sobre la tierra. ¡Espabílate! Amarra el glorioso pasado a tu memoria, pero vive el presente verdadero.

—¡Ay mi madre, doña Yegua! —exclamó el chico, alarmado—. Me ofusqué; mi pensamiento se estancó en las palabras "hamaca" y "Mambiche". Pero usted, ¡sí usted es la culpable por haberlas mencionado!, pues me recordó el poema de la hamaca imaginaria en la loma de Mambiche del poeta biekense Guillermo Rivera Colón y, me entró un sueñito. Y, me enredé, y pensé en Cacimar y su gente, y perdí el hilo de la conver… ¡Está bien, lo acepto!

»Bien mirado, usted tiene todita la razón: soy muy goloso, un fanático empedernido de los asuntos históricos de mi terruño; un tragantón de los escritos, las poesías y las trovas de mi gente: de los Silva (Leo, Manolín, Mon), de Eugenio Rojas Cruz, de Norma Torres, de Antonio Figueroa, de… ¡muchos, Princesa! No obstante, doña Yegua, quiero que me permita ir al yucayeke de Cacimar para alertar a los habitantes de los fatídicos pronósticos que los acechan: presagios semejantes a turbiones de desgracias.

—¡Imposible, Pedrito!, desviar el curso de lo que debe acontecer es apocalíptico. —alertó La Princesa.

—Lo que pide este chico es inverosímil —interrumpió Simón, sin resquemores—. Pienso que está *tostao*, loco de remate. Ya se parece al Coso Loco. Olvídelo y mude los aires del asunto Princesa. Por el momento, deseo que me explique con lujo de detalles lo que significa ser un Comeyuca, pues todavía tengo algunas dudas traviesas dentro de mi cabeza.

—¡Excelente, Simón! ¡Así se habla! Tienes madera de comandante. ¡Felicidades! Te has ganado un rico flan de yuca. Es un obsequio de Albi, el sapito de labio blanco. ¡Lo prepara bien rico Simón! Lo confecciona con la yuca que cultiva en su conuco. Estoy segurísima de que te va a encantar. ¡Ya lo verás!

Simón quiso protestar, pero La Indómita lo calmó con su famosa mirada de becerro mongo y al segundo añadió:

—Como les había contado hace un rato, yo me imaginaba que Albi era el dueño de la talita de yuca en el barrio Pozo Prieto, pero no estaba segura. Sin embargo, lo supe porque me lo confesó el año pasado. Me lo aclaró bien ceñudo, para que yo no me fuera a dar otra "jartera" de yuca, igual a la que me di la vez que salimos juntos, cuando me antojé de probar manjares exóticos sin comprender las consecuencias. ¿Se acuerdan? No obstante, me mondé de risa porque mencionó de nuevo que las aguas del aljibe que allí se esconde tumban las canas del cuero cabelludo. ¡Jejé! Qué sapito más chistoso, ¿verdad?

»Pero bueno, no se rían, y prosigamos nuestra charla, ya que mencioné el conuco del sapito Albi, adrede, para introducir un poquito de historia en sus seseras. Sepan pues, que mi amiguito lo tiene oculto entre las breñas cerca de Pozo Prieto, pasando por la barriada Gobeo; nombre que quizá fue dado en honor al municipio de la provincia de Álava, situada en la comunidad autónoma del País Vasco, en España. Pero, de seguro, el villorrio adquirió el nombrecito, porque aquí se estableció un hacendado español de apellido Gobeo.

—¿Por qué añade cosas insólitas que no vienen al caso Princesa? —increpó José, molesto—. Mire, a los "gobeeños" nunca les ha interesado saber el origen de su barrio. Se pasan la vida comiendo jobos cítaras, chupando *limbers* de piña colada y no visitan las bibliotecas de la isla para ampliar sus conocimientos. Creo que todos los viequenses padecen de ese mal —concluyó el chico, con un dejo amargo en la voz.

—En parte, tienes razón pipiolito, pero generalizas. Si

bien existen personas que en vez de estudiar la gloriosa historia de su pueblo se pasan el día ganduleando, pues no leen los libros históricos del Museo Conde Mirasol, ni *La Página de Cheo,* que es el periódico más instructivo del país de Bieke, en Gobeo, inexperto muchachito, residen fieles Comeyuca que no dan su brazo a torcer. Son acérrimos seguidores de mis relatos, y también se nutren de los hechos históricos de su islita.

»Las almas viequenses que no le dan prioridad a la educación Joseito, se encuentran dentro del mosquitero de la indolencia. Acuérdate de que ya hemos discutido un poco el asunto de la dejadez. Mira, nene lindo, mencionaré un ejemplo contundente para que tu cerebrito tenga una idea clara de las consecuencias de la apatía. Hace poco tiempo, los habitantes de tu terruño ni protestaron ni se inmutaron cuando, por un capricho "burrólogo" de personas que practican la "burrología", el gobierno local desmanteló la biblioteca pública de la capital; el centro educativo abarrotado de buenos libros que hoy en día son difíciles de reemplazar.

»Aquí, en este ambiente sublime José, la juventud nutría su intelecto y encontraba su vocación. Por desgracia, sabiendo el gran beneficio que este maravilloso edificio le brindaba a la clase estudiantil, los viequenses no alzaron la voz de protesta para bloquear la ignominia perpetrada por el gobierno. Te lo pongo de una forma fácil de entender: el pueblo viequense, por ser Comearepa, deja que *los palomos y las palomas* de Puerto Rico controlen su destino. Deja que los vende-patria y amadores del dinero del pueblo, se aprovechen de su ánimo enclenque, para destruir el glorioso patrimonio de la isla, su historia, su economía y, de paso, sumergir sus mentes en la laguna espantosa de la ignorancia. Así, controla a los ciudadanos viequenses. Así, los empobrece. Porque los tales, consideran a Vieques como un *Municipio Ratón* que, ¡no vale la pena invertir su dinero en él! Es por ello que, en el año 1947, cuando la apestosa Flota Naval Norteamericana se enchuló de la isla, estos despreciables caudillos, *comilones de otras cosas*, por poquito se la venden. Puesto en palabras finas chicos, para Puerto Rico, Vieques es un "estorbo público"; ¡una llaga pestilente que hay que extirpar!

»Por lo tanto, muchachito incrédulo, ¡son cosas que vienen al caso!; cosas que los viequenses deben saber, porque se encuentran perdidos y sumisos. Yo los animo inyectándoles una pizca curiosa de los hechos históricos de su terruño en sus cabezas, y ellos responden bailando y brincando de gozo, igual que los cokíes cuando silban la melodía de la libertad. De ese modo, con nuevos bríos, los despierto; para que salgan a toda prisa del mosquitero de la dejadez. Porque nadie les ha enseñado a defender su territorio con uñas y dientes, tal como lo hacen los valientes pitirres con garras y picos contra sus enemigos, los cobardes guaraguaos.

»Acuérdate, y no lo olvides, que soy la instructora de tu pueblo. En este caso, con sencillez, echo mi granito de arena, para que mi gente conozca el origen de sus barrios. De ese modo, por lo menos, sacan una piernita fuera del mosquitero de la indolencia.

José entendió y se aquietó. Doña Yegua, pues... "Feliz como una lombriz".

Dice la Educadora de los Viequenses:
«Sigan leyendo futuros Comeyuca, y recuerden: A Puerto Rico le importa un bledo el glorioso país de Bieke»

·

39

Aclarando dudas

—¡Un momento! ¡Epria, casi me olvido Simón! Recuérdame entregarte el sabroso flan de yuca para que te lo comas completito antes de regresar a tu morada en el siglo veinte. Albi lo preparó especialmente para ti. Metió sus manos dentro de una cacerola después de machacar la yuca con una piedra de Quebrada Trianón, la hoya que desemboca en los manglares de Caño Hondo, y mezcló la deliciosa masa con agua y *melao* de caña dulce, antes de cuajarlo al baño maría. ¡Te vas a chupar los bembos simoncillo!

—¡Flan de Albi el sapo! ¡Lo dudo mucho doña Yegua! ¡Cómaselo usted! ¡Se lo regalo! Chúpese usted…, ¡las bembas! —soltó el chico de inmediato, con cara de pocos amigos, y a renglón seguido la miró de ojo a ojo, y consultó:

—Por otro lado, le pedí hace un ratito que me diera más detalles sobre los Comeyuca, y usted abrió la boca y tomó otro rumbo. Complázcame ahora, y de paso, contésteme esta preguntita: ¿Son todos los comilones de yuca sus verdaderos dueños?

—¡Eso fue una antesala Simoncillo! —exclamó La Indómita—. Lo hice adrede para que se aviven; para que aprendan a conservar su patrimonio exquisito y, no caigan en las garras de la dejadez devastadora. Pero encendiste de nuevo mi intelecto, pues todo lo referente a la deliciosa mandioca me prende el bombillo del cerebro a toda velocidad. Es, sin discusión alguna, mi pasatiempo favorito.

Escucha: Todos los comilones de yuca, y cuando digo "comilones", incluyo a las "comilonas", son dueños absolutos de sus respectivas naciones, o de sus Yeguas, si prefieren al cuadrúpedo indómito, ¡jejé!

»En mi caso, todo biekense nativo y todo residente que procure de todo corazón, el bienestar de mi terruño, puede ser mi verdadero dueño. No obstante, deben conocer a cabalidad la historia y la geografía de mi patria. Del mismo modo deben aceptar el símbolo de la yuca, ya que a las personas que utilizan otros símbolos se les prohíbe la membresía. Por regla general, los Comeyuca forman hermandades, y participan en *El Gran Festival de la Yuca*. Dentro de las hermandades, sobresalen ciertos personajes a los que he denominado "Acérrimos Abayardes Comeyuca".

—¡Yayayai! ¡Casabi y Cusubé! —exclamó Miguel, interrumpiendo—. Eso de festín de yuca me pone súper; me impulsa a *bembetear* en lenguaje taíno. Chicos, necesitamos una comitiva Comeyuca que organice el Gran Festival de la Yuca... yo participaría en todos los festines.

—¡Concho, Miguelito! Tú no cambias, ¡siempre soñando con la yuca! —soltó Pedro sermoneando al chico.

—¡Es que hace falta amiguito! —retó Miguel—. Aquí en Vieques celebran de todo; el festival del buey, y no hay crianza de ganado, el festival de la arepa, y la harina es extranjera. Pero la yuca es de aquí, y se da riquísima.

»Insto a todos los viequenses a desyerbar sus patios o talitas y a sembrar se ha dicho. ¡Qué te parece Cholito! ¿Acaso no te gusta la yuca *strai* de Tavín Pumarejo... ¡jejé!

»Mire, "don Pedrito", tenemos que volver a la agricultura. Tenemos que producir lo nuestro para mejorar la economía, y rechazar el consumo desmedido de los productos extranjeros ¡Acaso eres cegato! ¡No entiendes que cuando importamos productos en demasía enriquecemos a los demás países, y nosotros no empobrecemos! Así que,

224

a sembrar nuestras yuquitas, y celebrar con regocijo el gran festival yuquero; ¡volvamos —igual que nuestros ancestros— a saborear con deleite los ricos manjares derivados de esta excelente mandioca!

»Además, doña Yegua me confesó, que todos los Comeyuca lo celebran en el mes de mayo, para conmemorar la masacre de nuestros aborígenes comandados por los cacikes guerreros, Cacimar y Yaureibo: los mártires de la Hueca. Sin embargo, de ñapa, también se incluye el natalicio de Ramón Emeterio Betances —El padre de la patria— y el cumpleaños de nuestro primer gobernador, don Teodoro Leguillou.

—Mira Miguelito yo no soy ningún "don Pedrito" y, eso que te confesó doña Yegua, de incluir otros eventos en el festival es un imposible, pues que yo sepa ella no lo ha mencionado. ¡Chacho!, ¡si ahora es que estamos recibiendo los sublimes chubasquitos de lo que en verdad es ser un Comeyuca! —respondió Pedro molesto, observando a La Indómita en busca de respaldo. Pero La Indomable no dijo ni pío... tan solo sonreía... la curiosa sonrisa de caramelo derretido.

José aprovechó y rompió el coloquio festivo, persiguiendo una duda.

—Y, ¿qué rayos significa "acérrimos" y "abayardes", doñita?

—Acérrimos significa *tenaces, vigorosos*. Por otro lado, abayardes son *una especie de hormigas pequeñas*, pero *bravas*. Te muerden durísimo José, cuando alborotas sus nidos o invades su territorio. Así deben ser todos mis Comeyuca.

—¡Siga doña Yegua! Expanda el asunto, que nos estamos entendiendo —acometió Simón ansioso.

—Mira Simoncillo, ya tú sabes que los Comeyuca son los que buscan justicia, los que no se amilanan ante las adversidades, los que no se someten a reinos conquistadores;

los que buscan el bienestar del pueblo... En fin, ellos son los auténticos patriotas; los verdaderos dueños de las naciones. También añado, como antes expliqué, que dentro de las Hermandades Comeyuca, los Comeyuca que pertenecen a La Real Orden de los Acérrimos Abayardes Comeyuca, son los más fieles. Son los más leales, porque son tenaces y bravos; son los más parecidos a las hormigas abayardes; las hormigas que defienden sus nidos y sus territorios con ahínco.

»Por otro lado, Simoncillo, existe el otro grupo: *El Club de Las Hormigas Locas*; las hormigas que caminan rápido y sin control. Existen dos cuadrillas complicadas dentro del grupo de hormigas desquiciadas. La primera es la de los "Falsos Comeyuca": los que se dejan llevar como las olas del mar, que van y vienen, que hablan mucho y dicen poco. Se jactan de ser mis dueños y comen yuca en los ventorrillos para que los vean, pero a escondidas, también se *jartan* de hortalizas exóticas embarradas con aderezos empalagosos. Del mismo modo, les encanta ser estrellas en los noticieros televisivos cuando el pueblo tiene algún percance.

—¿Insinúas que son *faranduleros?*

—¡Pues sí!, ya que presentan su mejor perfil frente a la cámara; montan un *Show...* pero no aportan soluciones a los problemas que aquejan a mi gente; luego, desaparecen y no se les ve ni un pelo en buen tiempo. Estos falsos Comeyuca Simoncillo, son oportunistas y buscadores de prestigio... para desprestigiarse. Les aseguro, que ni son patriotas ni son mis dueños. Porque, aunque huelan y coman la yuca abiertamente, cuando *chinchorrean* por pueblos y campos, para insinuar que pertenecen al movimiento Comeyuca, no llevan *la mancha de la yuca cruda estampada en sus frentes.*

»En la segunda cuadrilla Simoncillo se acomodan los

226

"Comilones de Otras Cosas" —esta cuadrilla incluye el grupo *Comearepa* de la Isla de Vieques—. Los comilones de otras cosas desechan los ideales Comeyuca. Ellos odian la yuca cruda, porque consideran que los manjares extranjeros son mejores. A ellos no les importa ni un pepino la condición del pueblo...Estos, Simoncillo, ni, aunque llueva café del cielo, como dice una canción popular, jamás serán mis dueños.

»Para mí, chicos, La Cuadrilla de los Comilones de Otras Cosas son los peores, ya que viven enchulados del país conquistador que los atormenta y, semejantes a esclavos eunucos, les chupan el sicote a sus falsos amos. También, les *lamben* el ojo bizco a los lacayos de alto rango del gobierno local, en busca de posiciones lucrativas. Este grupito de extraviados infieles que cambiaron sus raíces aborígenes, igual que el "Trujillo" dominicano que se creía blanquito, y sin misericordia planificó y ejecutó la *Masacre del Perejil* contra mis fieles Comeyuca de Haití; esta manada de lobos hambrientos atacando a las ovejas indefensas de su propio pueblo; este hatajo vende patria, entrega su alma sin condición alguna a los gobiernos explayados que revuelcan nuestras tierras, y a la larga, se convierten en acérrimos enemigos de los fieles Comeyuca; odiándolos, fichándolos, espiándolos, choteándolos. Y así... y así, esto no tiene fin.

—Me duele escuchar todo eso —soltó Pedro con tristeza—, pero es la pura realidad. Mi abuelito perdió su casita cuando uno de los "blanquitos" del pueblo; un mugroso Comearepa de Vieques, se antojó de ella. Planificó un chanchullo, compró el silencio de un político del pueblo, y se la quitó sin darle ni un centavo a cambio de la misma.

Hubo silencio. Luego se escuchó la voz impaciente de José.

—¡Oiga doña Yegua! ¿Qué demonios somos nosotros?

—Ya te lo había dicho muchachito, ustedes son los primeros Comeyuca titulados. Pasaron el escrutinio y las pruebas con éxito. Tienen estampada en su frente *la gloriosa mancha de la yuca cruda*. Desde este instante, los considero miembros vitalicios de la Hermandad Comeyuca Biekense y de la Hermandad Comeyuca Universal. Sin embargo, no todo acaba de esa forma. Deben trabajar con más empeño para entrar en la gloriosa Real Orden de los Acérrimos Abayardes Comeyuca Biekense. Luego, cuando sean mayorcitos, versados en los asuntos pueblerinos, formarán el temible grupo: Los Comandos.

—Y ¿cuáles son los requisitos para ser ubicados en La Real Orden de los Acérrimos Abayardes Comeyuca? —preguntó Pedro, interesado en el asunto

—Para obtener un título nobiliario en esta prestigiosa orden, todos los comilones de yuca del mundo deben realizar actos valerosos que redunden en beneficio de la gente común y humilde. También reciben títulos los que pierden su vida luchando por la libertad del pueblo. Tal como lo hicieron los caciques guerreros de las Antillas y los personajes de leyenda del universo.

»Para clarificar un poco el asunto, acordaos que toda Hermandad Comeyuca y toda Real Orden de Acérrimos Abayardes Comeyuca, toma su nombre de acuerdo a su país de origen. Por ejemplo, si se originan en el país de Bieke, se consideran *biekense*; si se originan en Puerto Rico se consideran *borikense*; si se originan en Cuba, se consideran *colbense*, o *cubanakense*, o simplemente, *cubana*.

»Del mismo modo puntualizo que el cognomento *Comearepa* aplica solamente a los habitantes de Vieques; aquellas personas viequenses que les importa un bledo su hermosa isla.

—¡San Carmona de la leyenda! Esto está bestial, super interesante Princesa —chilló Miguel, estirando la bemba—.

Bien mirado, como soy un chico indómito del país de Bieke, me gustaría ejecutar un acto valeroso y ser miembro de La Real Orden de los Acérrimos Abayardes Comeyuca Biekense. Realizar un acto espectacular por mi gente, pero sin convertirme en esqueleto, pues soy un chico hermoso y musculoso, y las chicas viequenses morirían de tristeza.

»Eso de "mártir" se lo dejo a los demás No deseo hermosas flores de yuca dulce sobre mi sepulcro de piedra ígnea y prieta en el cementerio del barrio Martínez: el famoso camposanto del pueblo de Punta Arenas, donde sale un muerto regalando dinero a la gente, como a Juan Carmona; cuando en los tiempos de la hambruna y de banderas negras en Vieques, un fantasma oportunista —tal como los políticos corruptos de Puerto Rico y USA se aprovechan de nuestra gente—, le obsequio dinero para luego explotarle los ojos.

Hubo risa tímida y desconcierto en los chicos. La Indómita observó a sus pupilos con sonrisa curiosa y no hizo comentarios. Se levantó del suelo en silencio y comenzó a bajar la cuesta empinada y frondosa del cerro Ventana. Los alumnos, igual que nenes chiquititos, la siguieron sin chistar.

Yo, La Yegua Indómita, La Educadora del país de Bieke, te aconsejo que salgas inmediatamente de la estupidez politiquera de Puerto Rico y Estados Unidos de América. Organiza un grupo Comeyuca, celebra El Gran Festival de la Yuca, recupera tus tierras y proclama a todo pulmón: «¡Nuestro Vieques no es un "municipio ratón", nuestro Vieques es un país libre con gobierno propio!».

Confiesa doña Yegua:

—*Cuando yo era inocente, mi gran amigo Arepa, el taíno carismático, me cogía de boba para que yo me espabilara. En una ocasión, de la cual no quiero acordarme, me sedujo con su labia sutil; que me fuera a ver a don Víctor Rivera Alejandro —el primer barbero "beutician" de Vieques—, para que me lavara el coco con champú de huevo espumoso, y me pusiera rolos en el cabello. Luego me maquiló, según dijo, "estilo mostro", y me sacó esta horrible foto. ¡Qué bárbaro! ¡El barbilampiño me convenció de que posara para ustedes enseñando la mirada alterada de becerro mongo! Yo Me puse "crispy" y furiosa, pero luego me lo aclaró y comprendí el motivo: «Lo hice Princesa, para que los viequenses Comearepa sepan que así mismo les hacen los representantes locales a ellos; les prometen villas y castillos para conseguir sus votos y luego los abandonan a su suerte. En fin, los cogen de bobos, por ser confiados y apáticos. Así como apareces en la foto, Princesa, así los viequenses Comearepa se ven; con rostros monstruosos y demacrados, puesto que su futuro es incierto».*

40

La canción Cokisonga de la libertad

Luego de bajar la empinada jalda, los viajantes temporales llegaron a la playa de La Hueca, a poca distancia del yucayeke de los cacikes viequenses, Cacimar y Yaureibo. La Indómita se estacionó debajo de un árbol de ramas gruesas colmadas de uvas playeras, y los muchachos hicieron lo mismo. Después de tomar algunos puñados de la exquisita fruta, los pipiolos se sentaron en la arena para devorar el jugoso botín. La indomable no los acompañó en la comilona. Se quedó de pie, pues observaba con detenimiento algunas chozas del yucayeke, cuyos techos se veían desde la playa. Lucía como ida, como en el limbo. No obstante, al ratito, sacudió la cabeza, reaccionó y clamó a viva voz:

—¡Ay bendito!, ¡cómo sufro! ¡Mi gente no sabe lo que le espera! Sin embargo, aunque estoy atribulada, también estoy contenta, ya que a ustedes se les otorgó el gran privilegio de conocer en esta lección parte de la historia trágica del país de Bieke. Son los primeros estudiantes graduados en la Hermandad Comeyuca Universal. ¡Los felicito!

La Indómita calló de golpe, y los observó con intensidad para saber su reacción. Los jóvenes se miraban unos a otros sin hacer comentarios.

Aparentemente, uno de los chicos que se entretenía tirando pepitas de uvas playeras en un hoyito que había construido en la arena, tenía el pensamiento acelerado, porque de la nada le dio un repente y chilló:

—¡Yo no creo nada de lo que dice! Que si *abayardes*, que si *Comeyuca*, que si *Real Orden*, que si *Comandos*… ¡Bah! ¡No nos cuente tonterías! ¡Déjese de cuentos chinos! A mí nadie, "me mete los mochos".

—Puedes creer lo que quieras Joseito. Te cedo la "luz verde del semáforo encendido" —respondió La Indómita—. Pero dicen los que saben que vosotros os consagraréis como héroes; como los guerreros legendarios de todos los acérrimos abayardes comeyuca biekenses, en los siglos venideros. Lo lograrán cuando establezcan el prestigioso grupo Los Comandos; la élite que se involucra en situaciones peligrosas. Por lo tanto, den un salto de alegría. ¡Piten la melodía cokisonga de la libertad! ¡Canten el Son de los Comeyuca!, porque yo tengo en mis manos sus destinos.

—No le haga caso a José doña Yegua —defendió Simón—. Le advertí que está medio "tostaito" de la chola.

—Pues yo creo en usted Princesa —dijo Pedro—. Y siento ser un Comeyuca. Pero a veces usted dice cosas sin sentido. En este instante, quiere que nos regocijemos cantando la dichosa melodía cokisonga de la libertad, pero no la canta ni la enseña.

—¡Cómo! ¡No me digas! ¿Yo no les he cantado La Canción Cokisonga de la Libertad? ¡Ay bendito, qué descuidada soy! Está bien. Les pido perdón. Sin embargo, ustedes son los culpables, pues me abruman con tantas preguntas que apenas tengo tiempo para pensar. Pero, bueno, gracias por recordármelo Pedrito… Es corta y fácil de digerir, y de estrofa libre, como debe ser. ¡Jejé! La escribió *Yegüita*, mi otra personalidad, que es una charlatana de cinco estrellas, y los cokíes quedaron tan satisfechos que, cada vez que la cantan, saltan como dementes y se orinan a chorritos, igual que los políticos corruptos cuando se meten el dinero del pueblo en los bolsillos y, contentos y orinados, se largan a chinchorrear con sus amantes. Escúchala Pedrito, para que también te regocijes y te orines de alegría.

¡Cokí!... ¡Cokisongo!
Más libre... que el viento
Canción Cokisonga
De la Libertad.
Por montes y llanos
danzando voy,
le saco mi lengüeta
a las tropas del convoy.
Te busca el comandante
como aguja en un pajar.
Me gritan los soldados
de la base militar.
Trepado en su tanque
me quiere fusilar.
Lo embarro en mi estanque
y abandona mi solar.
¡Intento baldío!
le rompo el caracol
¡Empeño tardío!
le meto el guayacol
Practico el solfeo
en la música del aria.
traduce el Bienteveo
¡Jamás vendas la patria!
¡Cokí!... ¡Cokisongo!
más libre... que el viento.
canción Cokisonga
de la Libertad.

Hubo estupor, fascinación. Los pipiolos carcajeaban jubilosos... Excepto, José. Que sin tomar en cuenta la estridente algarabía impugnó:

—La tonadilla está muy bonita doña Yegua, por poquito me orino encima mientras la escuchaba. Pero eso de trabarnos en situaciones peligrosas, ¡no me gusta ni un chispito!: Ande, diga, ¿cuándo ocurrirá el primer fenómeno de

233

su imaginación creativa? ¿Cuándo será nuestro primer encuentro con las huestes militares de la Armada Norteamericana?

—¡Muchacho, deja de pensar en lo inevitable y descansa tu mente! ¡Gózate la cantilena de *Yegüita* sin chistar! Mira, chiquitín, su primera misión no está a las puertas. Ocurrirá cuando enfrenten las fuerzas del Reino del Águila Calva en el año1948. Será la tarea de iniciación en el grupo Los Comandos. Olvida el asunto varón impúber, no le des vueltas en tu encéfalo, porque es una gestión muy arriesgada; una cuestión de vida o muerte que por el momento no la puedo revelar.

—¿Muerte? Usted sabe que esa palabrita me vira los sesos, ¿por qué la menciona tanto? Mire mis piernitas Princesa, parecen dos hamacas criollas movidas por la brisa tropical —se lamentó José.

—No seas testarudo chamaquito, ya hemos hablado sobre este asunto.

—Es cierto doña Yegua. Lo que pasa es que, al igual que mis compañeros, soy un chico virgen y todavía no me acostumbro. Sin embargo, veo con claridad que usted en parte, es la culpable.

—¿Y cuál es tu argumento Joseíto? Anda, enciéndeme el bombillo cerebral.

—Usted evade muchas de nuestras preguntas doña Yegua. Además, nos oculta su identidad. Díganos: es ¿yegua?, ¿isla?, ¿princesa?; ¿o un embuste en mescolanza con la realidad?

—¡Sí Princesa!, hable ahora o calle para siempre —soltó Simón de golpe, pues anhelaba confirmar la verdadera identidad de su profesora.

—La verdad es que no me acuerdo Simoncillo, ¡se me cayó el asunto de la memoria!

41

La confesión de La Indómita

Simón ignoró la frase que le trastornaba el coco, y tronó: —¡Eso no es justo doña Yegua! ¿Acaso no entiende que su público está deseoso de que lo despepite sin rodeos, de que lo confirme con su boca, para tomar una pronta decisión?

—¿Quién dice? ¿Simoncillo el «filo fofo» o el Comeyuca filósofo?... Pues que sigan esperando, porque yo... ¡no voy a separar mis bembas para vociferarlo! Además...

La Indómita no pudo terminar la negativa, ya que una música agradable se escuchó desde arriba.

—¡Rayos! —exclamaron los pipiolos al unísono, enfocando la vista al follaje del uvero.

—No os preocupéis comilones de yuca, es mi fabuloso celular —explicó La Indómita con calma—. El móvil que ayer, por un olvido incomprensible, se me quedó enganchado en la rama de este árbol cuando vine con mis amistades a disfrutar de un maravilloso día playero.

Deprisa estiró una mano, empuñó el inalámbrico y pulsó el botón recibidor. Escuchó y contestó: «¡Claro que sí!... Entiendo. ¿Cómo? ¡Imposible! Está bien, lo haré... Lo sé, es tu nueva personalidad... Eres mensajero de los guías celestiales, y estás "culeco". Que debo decir, ¿clueco? ¡Sí hombre, pero no me corrijas! Es que "culeco" suena más bonito. Pero... No, no te culpes... Lo soportaré... Bien, lo haré. ¡Adiós!»

—¡San Cañón! —chilló Miguel—. Ya era hora de que

contestara esa llamada, Gran Princesa. ¿Quién habló? ¿El sapo concho Albi? ¿O era un funcionario del gobierno que sueña con desbarrigarla porque lo descubrió recibiendo dinero por debajo de la mesa con su imaginario espejito perspicuo? Un momento... Puede ser uno de los «Nefilim» mencionados en *Veinte Siglos Después del Homicidio* del inigualable escritor biekense Carmelo Rodríguez Torres; ¡un derribador de alto rango! Un oficial de la marina de guerra del Águila Calva planificando un tejemaneje; ideando un proyecto turbio a espaldas del pueblo, para robarle sus tierras.

—Yo diría, ¡Santa Flora con Dolores! Puesto que no sé de dónde centella sacas esas ideas brillantes, varón impúber. ¡Cielos, si estos chamaquitos ya me leen el pensamiento! Está bien. Te dejo por incorregible.

»El que llamó, Miguelito, fue Albi. No uno de los palomos ni una de las palomas locales, ni uno de los truches extranjeros que engañan al pueblo, y que, yo descubro a cada rato, con mi espejito saca trapos sucios. El sapito inquieto me dijo, que deje las ñoñerías y les revele mi identidad. A más de esto anunció que ya tiene el visto bueno de los seres celestiales para traumatizarme con su primer mensaje fatídico. También añadió a bocajarro que me prepare con tiempo, ya que la sacudida que me trasmitirá será colosal. El brujito concluyó su charla riéndose igual que un representante público cuando baja por la ventana trasera de su oficina de lujo desde el segundo piso del capitolio, a media noche para que no lo vean, con el maletín lleno del dinero del pueblo, por el rayito de luz de su linterna encendida, presto a depositar su botín en el baúl de su lujoso carro, comprado con el arbitrio injusto que les tiene los bolsillos rotos a los residentes de Vieques.

—¡Qué chistosa se ha vuelto doña Yegua! —espetó Pedro, sarcástico—. Nadie puede caminar por un rayito de luz sin caerse. Además, le aclaro, y no sé por qué lo digo, pues no sé mucho sobre el asunto, ya que mi cabecita es casta, que esos impuestitos que el gobierno de Puerto Rico le mete en el buche a los viequenses no son malos. Son "bien buenos". Es más, yo diría que grandiosos, ¡pues los representantes del pueblo viven de ellos doña Yegua! Fíjese: estos ricachones se aumentan sus sueldítos todos los años. También, para vivir como sultanes durante su vejez, modifican las pensiones; desmedidas para ellos, insignificantes para el resto de los empleados públicos. Pero lo que más me gusta de estos graciosos palomos y palomas Princesa, es su negativa ardorosa cuando los habitantes de Vieques les piden que fortalezcan la pobre economía de la isla.

»En fin, utilizan los arbitrios abusivos a su gusto, apoyados por un pueblo al que no le gusta abrir la boca, porque cree con firmeza que si la abre *le entran moscas*.

Tras hacer una corta pausa, añadió:

—Pero, si usted se cree que con ese chistecito de la linterna encendida va a eludir la demanda de su amigo Albi, pues se equivocó. Ande, díganos, ¿quién es usted? Revele su personalidad. ¡Desembuche! Hable sin tapujos, somos todo oídos.

—No es un chiste Pedrito, es la pura verdad, desnuda y sin tapujos, y complementa la retórica mordaz y espontánea que te salió de la cholita, la cual catalogas como casta. No obstante, para mí, tú no tienes un coquito ingenuo, lo que tienes en la punta del cuello es un crisol repleto de los sentimientos reprimidos del pueblo viequense, que van asomando poquito a poco —precisó La Princesa que, al segundo, guiñó un ojo y chasqueando sus dedos, vociferó:

—¡Concho, se me acabó el *guiso*! ¡Yo quería seguir jugando con sus inteligencias hasta llegar al tope de sus paciencias! ¡Santo Pirincho!, ustedes tienen más suerte que..., un gobernante puertorriqueño que la gente no fiscaliza.

No importa... Está bien. Seguiré el consejo de Albi, divulgaré mi identidad.

Y mirando a los chicos con sonrisa de Arepa añadió:

—Lo confieso chicos, ¡soy el alma de su isla! Su isla *yeguarizó* su alma. En palabras finas, la humanizó. Yo espero que lo entiendan, porque si no es así, estamos perdiendo el tiempo.

—¡Lo sabía, lo sabía, al fin lo confesó! —chilló Simón, lleno de gozo—. ¡Qué alivio! Gracias por recobrar la memoria doña Yegua.

—¡Cómo es posible! ¿Usted simboliza nuestra isla? Eso suena a disparate —cuestionó José, estupefacto.

—¡Estás bien sordo José! Ella dijo que es el alma, la sangre de nuestra Isla —aquilató Simón.

—¡¡Pues no lo creo!! —arremetió José a boca 'e fuego—. Eso, ¡eso no tiene sentido!

—¡Pues yo lo creo! —replicó Simón en defensa de La Indómita—. Princesa nos ha demostrado que conoce cada recoveco de la historia viequense y nadie, José, nos instruye igual que ella. Pienso que eres un "Tomás" insensible... Quieres ver para creer.

—Entonces, ¡estás ido, chiflado, desquiciado, Simoncillo! —impugnó José de nuevo —. Y te encerrarán en una casa para locos. Pasarás tu vida igual que los habitantes de la Isla de Vieques en demencia perpetua, porque el gobierno de Puerto Rico los mantiene encarcelados en un manicomio flotante, controlando los servicios de transportación de la islita, negándose a mejorar la economía. El opresor nos tiene a su suerte; en *bancarrota forzada*, ¡porque somos *su colonia, y él, nuestro padrastro*! Y tendrás que caminar Simoncillo —igual que el político corrupto del chiste de doña Yegua que se roba nuestro dinero y no hace nada para remediar la situación del pueblo—, por el rayito de luz de una linterna prendida, para burlar las murallas acuáticas que nos aprisionan, si deseas liberarte y recobrar la sanidad mental ¿Acaso crees que un montón de piedra, arena y pasto, rodeado de aguas marinas puede hablar, ah? ¡Acaso estás anciano y chocheas Simón!

—¡Ya! ¡Ya, y ya! ¡Ya "paren el caballito"! —amonestó La Indómita—. Ya está bueno de tanto *teque-que-teque*, *ñeñeñé*, *mangoneo* y *bembeteo*. Sean caballerosos, compórtense como chicos Comeyuca decentes, y denle una descomunal patada al político corrupto, para que el rayito de su linterna se apague y aterrice de cabeza en un lodazal de puercos sucios. Ustedes, chamaquitos, semejan dos gatos *malsinos*; dos felinos malsanos, dañinos, peleando por una hermosa yegüita aborigen, pronto a ser ultrajada por el reino español de los Zancudos y, más tarde, por el reino borikense y el reino americano. Así que...

—¡San Taná! José, ¡qué descortés y burro eres! —cortó Pedro, regañando—. No te acuerdas de que doña Yegua nos explicó que las islas sufren mucho; que son violentadas, ultrajadas por reinos usurpadores, y que de la nada, sale un ser de las entrañas de la tierra que se convierte en paladín del pueblo. Ese ser es el alma; la sangre preciosa de una nación, la cual se hace hueso y carne en la mente de sus seguidores. Ella instruye, defiende su terruño y ayuda a liberar a los habitantes de sus agravios, a través de sus acérrimos Comeyuca.

Luego miró a Princesa y vociferó a todo pulmón:

—Para mí usted es: ¡La Increíble Yegua Indómita! ¡Usted es el alma y la sangre del país de Bieke! Usted es, ¡Bieke!

—Dijiste, ¿*Bieke*? ¡Así se habla chiquitín! ¡Te felicito! ¡Eres lo máximo! —vociferó La Indómita—. Recuérdame obsequiarte un delicioso *limber* de yuca, un heladito congelado y azucarado... El preferido de mi escritor cuando se antoja de fraguar una trama escandalosa.

(*¡¿Escucharon Eso?!* ¡*Esta yegua petulante me ha insultado!* ¡*A*

239

mí, su escritor! ¡Me tildó de incordio, de forjador de bochinches! Cuando es ella, la que me pone encima su mirada de pescado frito y me obliga a escribir sus tramas fabulosas, verdaderas y escandalosas. ¿Qué les parece? Con todo, creo que debo perdonarla. La absuelvo, porque así es ella; una instigadora. Le trastorna sin ton ni son el pensamiento a cualquiera, sin pestañear.)

Por lo menos la cosa se calmó. José entendió la grandilocuencia de su amigo Pedro, y pidió perdón. Creo que doña Yegua lo pasó por alto, porque lo miró fijo con la sonrisa: «Te perdono, ¡pero no te desmandes!», que es la sonrisa que utiliza cuando alguien comete una falla involuntaria. Sin embargo, no estoy seguro, ya que, en estos casos extremos, la que manda es ella.

¡Hola! ¡Otra sorpresa!

Aquí les traigo la verdadera "mirada de becerro mongo". Tengo en mi cholita los bucles o rolitos que me puso don Víctor Rivera, el barbero beautician de Vieques, después de darme un rico champú de huevo espumoso. ¿Les gusta? Estoy "regia", ¿verdad? En nada se parece a la que me hizo poner mi amigo Arepa.

Me tiré la "Selfie", mi autofoto bien bonita, para que se animen y terminen de leer mi verdadero y fabuloso relato, pues deseo que encuentren el tesoro escondido entre sus páginas y, con premura, enlacen el movimiento Comeyuca.

42

Ustedes son dignos de ser mis verdaderos dueños

Hubo un largo silencio, después del arrebato de José. Doña Yegua agarró un gajo de uvas y se arrellanó en la arena a disfrutarlas. Mientras engullía las jugosas frutas, miraba a los muchachos. Sonreía indiscreta a cada rato.

—Oiga, Princesa, estoy preocupado por usted —espetó Miguel sin aviso—. Estoy inquieto por lo que dijo el sapito tocante al asunto de la sacudida colosal que le quiere propinar. ¿Le dio detalles del asunto?

La Princesa Escarlata mostró un aire grave.

—La verdad, Miguelito, no sé a lo que se refería el sapito mensajero. Pero yo lo había comentado, ¿no te acuerdas comilón de yuca? Les dije que a lo mejor ya me sucedió, mas no me acuerdo. Creo que los consejeros siderales me bloquearon el entendimiento cuando me enviaron a esta época sin yo saberlo. Tampoco sé el motivo. Sólo sé que no es nada agradable por la forma en que reía el brujito Albi. Deduzco que la amarga sacudida vendrá sobre mí de sorpresa, tan pronto como ustedes desaparezcan del panorama.

—¿Cree que vale la pena entrenarnos doña Yegua? ¿Cree que mi pueblito merece sus sacrificios? —consultó Simón, bombardeándola con sus inquietudes—. ¿Cree que vale la pena instruir a un pueblo para que se convierta en acérrimo Comeyuca? ¿En verdad vale la pena adiestrar a los habitantes de una nación que olvidaron sus raíces aborígenes, por estar metidos de cabeza en la era cibernética

241

y adoptar las costumbres de los gringos? ¡Yo dejaría que se chavaran, nadie los manda a ser golosos por las cosas extranjeras!

—Así piensan *los comilones de otras cosas* y los «bocabajo» del pueblo, Simoncillo. Te prohíbo que pienses igual que ellos —amonestó La Indómita—. Debes ser un varoncito positivo en todo momento. ¡Y sí, vale la pena! Mi pueblo chiquitín, ha sufrido mucho; *lo controlan dueños falsos, lo han sometido a la bancarrota forzada, y le han extirpado el orgullo de ser biekense.* Por lo tanto, es un honor para mí convertirlos en acérrimos Comeyuca. Así se defienden de los buitres locales y extranjeros que trastornan sus inteligencias, expropian sus bienes, echan por tierra su patrimonio histórico y desbaratan sin remordimientos, su escasa economía. Deseo varoncito, que recuerden que son "biekenses", no *boricuas* ni tampoco *gringos*; deseo que perpetúen en sus cabecitas ese orgullo de ser biekense de pura raza; deseo que vociferen a los cuatro vientos: "¡Bieke es un país y yo soy biekense de pura raza!"

»Del mismo modo, anhelo que mi pueblo comprenda que Bieke no es un *pueblito ratón*, como dicen los políticos de USA y Puerto Rico. Quiero que mi gente se ponga "bocarriba" y, destroce duro y con saña, el mote de *doble colonia*. Deseo que atesore su libertad y su autonomía. Deseo que recuerde que, cierta vez, en su *Época de Oro*, cuando era administrada por un gobierno distinto al de Puerto Rico, su isla no era municipio, sino, ¡un *país glorioso*!

—Eso es imposible. ¡"Sucio difícil doña Yegua"! Los viequenses Comearepa no quieren recordar sus raíces. Lo que desean es ser "blanquita" y millonaria como los gringos. Se revuelcan en la cama soñando un sueño que es un sueño, el que sueña cuando sueña con el *Sueño Americano*. Y, para que lo sepa, por si no lo sabe, desechan sus tierras, sus bienes; venden sus propiedades al mejor postor. Ceden sin miramientos la herencia taína al extraño creyendo que, de esa forma, alcanzarán sus objetivos —remató Simón, rabioso y con cara de jíbaro desilusionado.

—Me conmueves pipiolito. Tienes toda la razón, porque la vida es sueño, según me contó Calderón de la Barca cuando charlábamos amigablemente comiendo cachitos cocidos de yuca dulce en un teatro pequeñito de Madrid en el año 1635, mientras Segismundo nos observaba desde su celda, suplicando por su libertad, en un soliloquio interminable.

»Por lo tanto, con este asunto de los sueños, sueño que estás herido y, *destas prisiones cargado*, y *soñé que en otro estado más lisonjero te vi*. Además, presiento, que estás endiablado desde los pies hasta el coco; igual que los familiares de Pepe Christian (Mapepe), cuando fue asesinado por cuatro militares (crunchies) y cuatro marinos (swabbies) de la armada del Águila Calva Norteamericana, en el año 1953.

»Pero si bien la tarea es dura muchachones, tiene arreglo y lo creo a puño cerrado. De mi parte, yo entiendo a mi gente, y no los juzgo, pues ahora soy su nuevo faro de luz. Lo que pasa es que los habitantes de nuestra amada islita están pasando por un periodo de dejadez extrema. No obstante, una vez descubran mis relatos, saltarán de gozo y comenzarán a luchar por su terruño. Ya lo verán. Pongo de ejemplo a ustedes que, aunque no son unos santitos, han respondido a mis razonamientos de forma positiva. Sus intelectos han dado un giro de...

—Bueno. Eso hay que verlo. Creo que debemos esperar un tiempito para estar seguros de que lo que usted augura es cierto —espetó José, sin cortesías, y sin aguardar al comentario de su maestra, cuestionó—: ¿Por qué dice que no somos unos "santitos", ah? ¡Está insinuando que somos un diablitos! Creo que nos ofende adrede, sin consideración alguna.

—¿Yo? ¿Ofenderlos? ¡Qué va! Si lo único que quiero es meterlos en la cueva de Cofí, para que el Mosquito español panzudo les chupe la molleja y los atormente sin límites; igual le hizo a mis preciados Comeyuca aborígenes.

—¡Huy doña Yegua, no diga eso! —chilló Miguel de súbito—. Los Zancudos barrigones semejan políticos corruptos. Obesos, porque no hacen nada; nos imponen arbitrios injustos y cargos monstruosos en los servicios que nos brindan, se guardan un buen fajo de billetes en sus bolsillos, y se largan a *chinchorrear* todo el santo día montados en sus carritos de lujo. Comen alcapurrias y bacalaítos en los friquitines costeros de día, y se "jartan" de langostas y camarones en restaurantes caros de noche… luego se bañan con champán francés.

—¡Qué clarividencia! ¡Qué muchachito! ¡Ya te pareces a mí! ¿Te habré "parío"? En cuanto a lo de no ser unos angelitos, fue porque su *comelata yuquera* me ponía histérica, y de vez en cuando, sin que ustedes sospecharan, para no interrumpir mis brillantes y verdaderos relatos, tenía que tragar rajas de la pulpa milagrosa del Cayul, remojadas con leche de yuca dulce, y así calmaba los punzantes dolores de mis desnivelados sesos. Esa es mi receta extrema para controlar el "escinco", porque estuve a un centímetro de la demencia.

—¿Escinco? ¿De qué centella habla usted doña Yegua? Yo nunca he oído esa palabrita —quiso saber Pedro, con un halo de asombro en su rostro.

—Ustedes dicen: "es… tres", pero para mí era, un "es… cinco", pues me sentía *bastante estresada* —explicó La Indómita sin pestañar—. O debo decir, ¿bastante "escincada"?… O quizá, ¿bajo mucha tensión? ¡Hum!… lo pensaré.

—¡No es hora de hacer chistecitos mongos Princesa! Todavía no comprendo el porqué de su insólito arrebato.

¡Hable claro! ¿Por qué nuestra comelata yuquera la trastornaba? —demandó Miguel.

—¡Cómo es posible qué no entiendas mi argumento, Miguelito! Es tan claro como las magníficas aguas de Cascada Real —chilló La Indómita—. Si mientras yo relataba mis brillantes fábulas históricas ustedes engullían alcapurrias, flanes y pastelitos de yuca, cada media hora. Eso, sin contar la mezcolanza de yuca con bacalao y aceite extra virgen que se tragaron la vez que aterrizamos en la arboleda espinosa. Y ustedes, ¡nunca me ofrecieron ni un pedacito! ¡¡Me dejaron velando!!

»Francamente, *¡ustedes son verdaderos Comeyuca!; ¡ustedes son dignos de ser mis verdaderos dueños!; ustedes tienen la maravillosa mancha de la yuca cruda estampada en sus frentes.*

»Por lo tanto, ya que me dejaron velando y me torturaron con crueldad —según me insinuó Lepsis, la salamanquita inmortal del monte; la presidenta de la Sociedad de Animales Realengos— les dejo una encomienda: cuando regresen a su época, pongan cuatro flanes y dos pastelitos de yuca en cualquier lugar debajo de una piedra cerca del antiguo y contorsionado atajo en Quince Cuerdas, para yo disfrutarlos con mis amistades cuando vaya a darme un rico chapuzón de hierbas aromáticas en Cascada Real el próximo domingo.

- Sí, pero… —comenzó a decir Simón.

—¡No hay tiempo para peros acérrimos comilones de yuca! ¡Cojan sus mochilas todavía repletas de yuca hervida, y arranquen! Presiento que se aproxima el Zancudo español, se avecina el fin. El último suspiro de una gloriosa generación de aborígenes biekenses... ¡la vil aniquilación de la Raza Taína!

43

Cumplimiento del presagio:
el arribo del Zancudo Español

El día menguaba cuando los chicos caminaban refunfuñando, insatisfechos y disgustados, por la orilla de Playa Vieja, de regreso a la gruta de Peña Hueca. Si bien padecían de estos indóciles sentimientos, también parloteaban y planificaban su próximo encuentro con el cuadrúpedo de cuerpo escarlata intenso.

Así los sorprendió el bólido brillante y chiflado que, los empuñó por el cogote cuando menos se lo esperaban, y los trasladó a Peña Hueca —cerca de la Central Azucarera Campaña de los socios Anduze y Luchetti—; la arcaica y misteriosa gruta en la playa del barrio Campaña en el pueblo de Puerto Diablo; lugar donde el espacio-tiempo confunde la realidad con la fantasía.

Cuando el astro sol estuvo a punto de terminar su caminata por el firmamento, para irse a centellear las tierras detrás del horizonte, La Indómita abandonó la playa y trotó cabizbaja por uno de los atajos que atraviesan por Valle Real, rumbo a su palacio en Monte Indio. Pudo haberse trasladado a su destino traspasando la barrera del espacio-tiempo, pero no quiso; tal parece que necesitaba caminar un poco para despejar su mente. Horas más tarde, llegó a su palacio entrando por el buraco luminoso de la quinta dimensión y, sin pensarlo dos veces, entregó su cuerpo al descanso nocturno sin probar bocado alguno, ya que ayunaba de vez en cuando si las cosas no marchaban bien. En este caso, su acelerado instinto así lo indicaba.

Al otro día, de madrugada, había frialdad en el aire. Al ver que nada había ocurrido durante la noche, que las pesadillas no la habían visitado, optó por cumplir un asunto pendiente. Se peinó con diligencia, después de bañarse en la piscina real con jabón de yuca cruda. Se perfumó con aceite de semillas de palmas reales, machacadas con piedras de la popular cañada Quebrada de las Muchachas, que es la hondonada cuyo cauce fluye por las afueras del barrio Resolución y se abraza a las aguas saladas de la costa norte de la isla.

Partió jalda abajo, trotando a tranco largo. Se metió por el buraco cilíndrico de la quinta dimensión, tomó el atajo contorsionado y antiguo y arribó a la quebrada que se arquea en dirección a Quince Cuerdas, sin mayores contratiempos. Poco después, vio a Dalis —la reinita mora de nuca anaranjada— montada sobre un guaraguo colirrojo anunciado la gran fiesta del Festival Anual de la Yuca, a llevarse a cabo en la playa de La Hueca.

La indomable aligeró el paso porque no quería faltar al festejo. Sin embargo, también tenía un compromiso con su eterno amigo Chupaflor en la hoya de los Cayules. Iba a apaciguarlo, a convencerlo para que abandonara sus radicales intenciones, ya que su amigo se encontraba bien molesto. El colibrí polifacético planificaba aparecerse en el capitolio de Puerto Rico en el año 1943 con un madero de tabonuco sin acepillar —el palo largo, grueso y áspero de su escoba— con el único propósito de suministrarles una tunda de palos a todos los representantes del pueblo, por asuntos relacionados con *la hambruna* ocurrida en ese año, y la marcha con *banderas negras* que realizó el pueblo viequense para repudiar la inacción del gobierno en aliviar la situación existente en la pequeña isla de Vieques. También, La Indomable llevaba colgado en el cuello un bultito de cuero de lo que parecía ser un pequeño botiquín de primeros auxilios, para brindarle ayuda a su amigo, ya que averiguó —el sapito Albi le envió un texto a su celular—, que Chupaflor había sufrido un patatús cuando se enteró de que la Compañía Agrícola de Puerto Rico se negaba a ejecutar las leyes No. 89 y No. 90, que fueron redactadas para fortalecer la industria azucarera en la Isla de Vieques.

Mientras avanzaba apresurada, escuchaba voces tenues, murmullos melancólicos; el bisbiseo de la jerigonza antigua a sus espaldas. De reojo, alcanzó a ver a dos figuras conocidas moviéndose. Sabía que traían el mensaje profético de los espíritus galácticos, pues se habían convertido en miembros honorables del Cuerpo de los Heraldos de Peña Hueca. Primero vio a Lepsis, la salamanquita del monte, empujando un carrito casero hecho de madera con ruedas de potes de salchichas, y después a Albi, el sapito perpetuo y curioso de labio blanco, conduciendo el carruaje igual que un profesional.

Entonces, sintió una extraña sensación en todo el cuerpo. Palpó y escudriñó su figura con detenimiento, suspirando alarmada. Espantada, porque se había transformado en la carismática *Yegüita*, la joven y graciosa potranquita de pelambre normal, vulnerable a los azares del destino. Aminoró la marcha adrede, para que los heraldos de los guías celestiales la alcanzaran. Necesitaba saber el porqué de la súbita transformación, ya que no la esperaba, y, de paso, enterarse con premura de lo que musitaban, pues apenas entendía el cuchicheo a sus espaldas: presentía que algo sombrío se avecinaba. Sin embargo, no hubo tiempo, su plan no resultó, porque arribando al risco bajo del enclave Joyo 'e Bin, en la hoya de los Cayules, la envolvió una densa nube blanca. Dentro de la niebla, un jinete abominable exhibía en su rostro un imponente aguijón ensangrentado, y una cabeza regordeta sosteniendo en el tope un morrión metálico. Parecía un mosquito conquistador, un zancudo con botas militares. El perverso, montado sobre un caballo amarillento, cubierto con una armadura reluciente y empuñando una enorme espada, la miraba con ojos deshonestos con el iris atiborrado de avaricia. La observaba fijo, con ojos melosos, con focos parecidos a cucubanos en noche tenebrosa. El roñoso se la comió con la vista.

De súbito, La Indomable viró el pescuezo y miró hacia atrás; oyó la voz estridente del sapito Albi que le gritaba a rajatabla: «¡Presagios! ¡Presagios de muerte! ¡Presagios de muerte!».

Y partió Yegüita a toda velocidad. Arrancó por la cuesta de la loma del Fortín, igual que una flecha lanzada por el arco legendario del cacique Guaribo-Guamajeye, Cacimar el de La Hueca. Salió huyéndole al jinete que, blandiendo la monstruosa espada cerca de su cabeza, la perseguía a toda prisa. Y mientras corría escuchaba el punzante griterío de la recia voz de Lepsis: «¡Huye! ¡Escóndete! ¡Desaparécete! ¡Que no te empuñe el Mosquito Español! ¡Resguarda a tus dueños aborígenes, del aguijón ensangrentado y bestial, del Zancudo conquistador!».

La nube blanca arropó el panorama con más vigor. Pero Yegüita, que posee ojos centelleantes, logró ver el camino. Sin embargo, el pánico hizo mella en su ánimo; se olvidó de su amigo Chupaflor y del Gran Festival Anual de la Yuca. Su pensamiento se le fue a la deriva cuando sintió un bulto sobre su lomo. Al voltearse, notó que la brujita Lepsis estaba agarrada en su espinazo, como sanguijuela americana chupándole el útero a las tierras fértiles de Vieques. Y aprovechando el descuido de Yegüita, le abrió los ojos como boca de pocillo, meneó la lengua y chilló desgalillada en la jerigonza antigua. La Indómita se encrespó y, dando un respingo, se deshizo de la mensajera que, voló por los aires —igual que un avión F-4 Phantom lanzando bombas de Napalm sobre la naturaleza vie-quense— y, cayendo en tierra, rodó jalda abajo haciendo su parada estrepitosa en un bejucal. El pequeño botiquín de Yegüita que, colgaba de su cuello, también salió disparado. (*La juventud Comeyuca de la Barriada Fuerte alega que el bultito todavía se encuentra enganchado en el tope de la cocina redonda del castillo asentado en la loma del Fortín.*)

En seguida, Yegüita se olvidó del bultito, y tampoco viró el cuello para saber la condición de la brujita, pues reconoce que esta salamanquita agorera es inmortal. Por lo tanto, no se inmutó... No detuvo su acelerada carrera. Se fue más rápido que ligero cuando escuchó otra vez los desgañitados aullidos de su amigo Albi que, había abandonado el carrito, y avanzaba por la cuesta de la loma del Fortín, a visto y no visto, repitiendo la fatal advertencia: «¡Presagios! ¡Presagios! ¡Presagios de muerte!».

Las nubes del cielo se unieron a la densa niebla, se ensombrecieron y centellearon, mientras Yegüita corría apresurada, casi desbocada... Iba suelta como *gabete*, porque el caballo amarillento y su jinete, rebasando al sapito Albi, se aproximaba a tranco largo. Iba como ventolera súbita hacia el palacio real en Monte Indio; aceleró igual que el bólido brillante y chiflado que transporta a los chicos...

Se fue por el atajo contorsionado y antiguo, conocido por los biekenses, por donde la quebrada se arquea en dirección a Quince Cuerdas. El agujero dimensional abrió sus fauces y, dando un gran salto, Yegüita se metió por el buraco y se esfumó en los aires. El caballo amarillento respingó, se espantó y detuvo su marcha. La entrada le fue vedada. Alzó sus patas y relinchó con furia. Al segundo, se retiró al galope cortando por Tapia, y cruzando por la maleza, se encaramó en el cerro de Quince Cuerdas, hendiendo por el guayabal de la cuesta norte del monte. El jinete zancudo sobre su lomo, desilusionado y con cara de diablo escapado de los infiernos, chilló y maldijo a todo pulmón.

En otro lugar, en el espinazo de la loma del Mangó Yegua localizado al sur del altozano del Fortín, el brujito Albi y la brujita Lepsis escucharon en silencio los berrinches del jinete zanquilargo. Diez minutos más tarde, Albi se acomodó en su carrito de madera y ruedas de potes de salchichas y, mientras Lepsis lo empujaba, bajaron con diligencia la empinada jalda hasta los humedales del barrio Fanguito. Y, acortando por Quebrada Santa María, pusieron rumbo a Valle Diablo. Iban satisfechos, contentos de haber llevado su primer mensaje predestinado a su dignataria con éxito.

La nube blanca y diabólica ennegreció. Se expandió de norte a sur, de este a oeste; el celaje prieto y tiznado se estacionó en las alturas, igual que un toldo de malla gruesa, invadiendo sin respeto la inmaculada atmósfera de la región antillana. El Zancudo de aguijón ensangrentado estalló en carcajadas, y los ecos del sonido estrepitoso acuchillaron los aires, estallaron en las peñas, en los pedruscos garrafales y solitarios diseminados en las colinas colindantes a Quince Cuerdas... La arcana Piedra de Borinquen chilló y se estremeció. Sollozó desconsolada… Dicen los testigos que, "¡Lloró más que una Magdalena!"

Las palmeras de la playa de Campaña del siglo veinte se conmovieron. Y los chicos —la simiente Comeyuca, los verdaderos dueños de la Isla de Vieques, los portadores de la mancha de la yuca cruda sobre la frente— escucharon los sonidos infernales retronando en sus cabezas: la diabólica risotada aflorando... de la boca del Zancudo.

Los sorprendí otra vez y, ¡estoy Super Feliz!

Brinqué de júbilo y me acosté nuevamente en la hamaca exclusiva de Guillermo Rivera Colón en la loma de Mambiche —por poquito me da un patatús—, porque ustedes mis venerables leedores y leedoras de mis relatos, llegaron al final de mi librito y tienen, sin duda alguna, la mancha de la yuca cruda estampada en sus frentes.

Como antes dije yo soy la "Cheche" indiscutible de un pueblo herido y no hablo por hablar, porque soy diferente a otros y otras que dicen ser líderes, pero no actúan ni les enseñan el camino a ser libres.

Aquí enumero algunas soluciones a los biekenses para que se quiten el amargo yugo de Puerto Rico y Estados Unidos de Norteamérica; el cual les amarra el gaznate, los esclaviza, los empobrece y les quita el ánimo de luchar por su país.

1. Formen Hermandades Comeyuca para que "Raimundo y todo el mundo" tiemble.

2. Planifiquen la estrategia a seguir; consigan nuevos miembros, y expandan el poder Comeyuca.

3. Celebren el Gran Festival de la Yuca.

4. Abran centros de enseñanza, y enseñen la geografía y la gloriosa historia, a los niños y jóvenes de Bieke.

5. Vayan por los campos, desempolven y rotulen los barrios antiguos de Vieques, ocultos en la maleza.

6. Conserven los poquitos monumentos históricos que les quedan, sean celosos con ellos, y, restauren La Casa del Francés, la antigua plaza de la capital Isabel II y otros.

7. Griten, fiscalicen y no les den tregua a los gobiernos abusivos...busquen la total autonomía.

¡La lucha ha comenzado, comilones de yuca!
De ñapa les reafirmo, ¡que los quiero más que si los hubiera paríó!

— ¿Una Yegua Que Cuenta Historias? —
Por Pedro Pablo Pérez Santiesteban
Editorial Voces de Hoy

Conversar con Juan Carlos Rivera sobre la próxima aparición de su novela, fue realmente un rato gratificante, que me dio la oportunidad de conocer un poco más a este joven autor puertorriqueño que se ha integrado a la familia de *Voces de Hoy*. La intriga surge desde el mismo título de su obra, que sin lugar a dudas nos lleva a imaginar cualquier situación menos la historia de la hermosa Isla de Vieques, pero contada por la voz de una yegua indómita. Es por ello que abordo a su autor con la primera pregunta:

Cuéntame cómo surge la idea de estas aventuras de la yegua indómita.

«La idea de comenzar una serie de novelas basadas en las aventuras de una yegua misteriosa surge como una necesidad que tengo de sacar a la luz los equívocos históricos de un pueblo. En este caso, la pequeña Isla de Vieques, al sudeste de Puerto Rico, que ha sido objeto de barbaridades por gobiernos abusivos y expansionistas. Sin embargo, puede ser cualquier otro pueblo que haya experimentado las mismas tribulaciones. Muchas veces los autores tratan infructuosamente de resumir la historia y los problemas de un pueblo en un solo libro. Esto, para mí, es un error, pues su obra se convierte irremediablemente en una mogolla de datos y fechas que nadie puede recordar. Además, una vez concluida, sus autores no quieren volver a mirarla, pues el banco de referencias en su cerebro los predispone para alucinaciones y pesadillas. Por el contrario, una obra en varios tomos pequeños orientada a un público general —amena y humorística—, deja huellas en las mentes jóvenes y adultas. Es un hecho que las fábulas tienen magnetismo. Al incluir una yegua mítica y parlanchina, como la narradora oficial en mis novelas, creo una atmósfera fértil para la lectura».

253

¿Cuándo comienzas a escribir?

«Comencé a escribir en el año 1969. Creo que mi primera novela, *El Regreso de Nito Díaz*, inédita y extraviada, todavía me echa en cara su abandono».

¿Quiénes consideras que han influido en tu mundo literario?

«Sin lugar a duda, el autor que más influye en mi mundo literario al comienzo de mi carrera, lo es el puertorriqueño Pedro Juan Soto, con su novela *USMAÍL*; novela que trata la situación de mi terruño (Vieques) bajo el dominio norteamericano, sin tapujos. También, hay otros escritores que han influido y moldeado mi espíritu inquisitivo; tal es el caso de José Luis González, Jaime Carrero, Tomás Blanco, Gabriel García Márquez y Mario Vargas Llosa».

¿Te gustaría ser reconocido dentro de la literatura?

«Ser reconocido dentro de la literatura es una gran satisfacción personal. Con todo, si el éxito es inalcanzable, continuaré con mi obra literaria, puesto que *Yegüita* tiene que despepitar todos los sentimientos que sacuden su corazón».

¿Qué es en la vida lo que más placer te ofrece?

«En la vida, lo que más placer me ofrece, es poder diseminar mis ideas y sentimientos, a través del lápiz y el papel».

Pienso que Juan Carlos alcanza su objetivo con este estilo, que además logra manejar con habilidad absoluta. Es por ello, que, para terminar nuestra entrevista*, le pregunto que si piensa continuar con la saga de estas aventuras.*

«La saga de estas aventuras no tiene límites, pues todos los pueblos del mundo de una manera u otra han sido ultrajados. Por lo tanto, *Yegüita* sigue buscando y rebuscando dentro de los cofres ocultos, los archivos históricos, sin que nadie pueda detenerla. Ayer me dijo que le van a entregar el volumen 2 de esta saga, *El Reino de los Zancudos*. Además, me confesó, que brincó de gozo y se cayó "patas arriba", porque su amigo Albi —el sapito de labio blanco— le rogó que escriba y relate sus *Memoirs*. Como puedes ver, la saga... continúa».

Regalos de La Educadora del País de Bieke

Antigua Calle, La Condesa (Hoy, Luis Muñoz Rivera)

El Job Corps del barrio Martineau
(A la izquierda el alcalde, Antonio "Toño" Rivera)

Regalo especial de La Indómita.

La Educadora del País de Bieke aconseja:
«¡Si eres Comeyuca!, usa este logo en tus camisetas con orgullo. ¡Si eres Comearepa!, no uses el logo, porque eres esclavo de PR y USA. Por lo tanto, engánchate un mono americano en el pescuezo, o métete una alcapurria borikense en el sobaco de tu predilección».

255

La Yegua Indómita, la Educadora del País de Bieke, exhorta y recomienda

«¡Aprende Cucho y conviértete en Comeyuca!»

Entérate de tu patrimonio cultural buscando y rebuscando los archivos del Museo Conde Mirasol y la Universidad de Puerto Rico. Habla con los envejecidos, pues son enciclopedias vivientes. Así, aprenderás la historia y la geografía de tu pueblo.

Busca y escudriña los libros fabulo-históricos y verdaderos de tu Yegüita preferida en:

* El Museo Conde Mirasol – Vieques, Puerto Rico
* Amazon
* editorialbiekelibre.com
* Para ventas en librerías, envía un E-mail a: labiekense@aol.com, o a editorialbiekelibre@gmx.com

Serie: Relatos de la Yegua Indómita
Vol. 1: Los Comeyuca (El nacimiento de la Isla de Vieques)
Vol. 2: El Reino de los Zancudos (Los españoles en Vieques)
Vol. 3: El Reino del Águila Calva (Los yanquis en Vieques)
Vol. 4: El Chanchullo Despreciable del Reino del Águila Calva (Wildlife en Vieques)

Serie: Los Comandos
Vol. 1: La Batalla de Quince Cuerdas
Vol. 2: La Embestida en Cerro el Muerto

www.ingramcontent.com/pod-product-compliance
Lightning Source LLC
Chambersburg PA
CBHW072216170626
46813CB00003B/971